シュレディンガーの容疑者

学者警部・葵野数則

中西 鼎

角川文庫
23580

目次

【主な登場人物】

大村珠緒《おおむらたまお》　警視庁刑事部捜査一課『科対班』所属の若手刑事。
葵野数則《あおいのかずのり》　『科対班』所属の科学捜査官。階級は警部。数学の天才。
国府龍平《こくふりゅうへい》　『科対班』所属の捜査官。現場仕事にこだわるベテラン刑事。
松浦雅之《まつうらまさゆき》　『科対班』所属の科学捜査官。重度のオタク。
川岸千鶴《かわぎしちづる》　『科対班』班長。階級は警視。
佐井茉理奈《さいまりな》　「土星23事件」を追う中で謎の死を遂げた佐井義徳《よしのり》の娘。小学六年生。

第一章　死因がふたつ

1

梶原翔《かじわらかける》が首を吊《つ》っている。倉田清《くらたきよし》はそう思った。

咄嗟《とっさ》に倉田の脳裏に浮かんだ感想は、「どうして自殺したのか」ではなく「ついに自殺したのか」というものだった。

ともあれ事件現場に居合わせた倉田の行動は、人間としてごくありふれたものだった。慌てて逃げるようにそこを後にし、最寄りの交番に駆け込んだのだ。

当時、倉田はスマートフォンを携帯していた。スマートフォンの操作法をあまり理解していない、八十四歳の倉田とは言え、現場から一一〇番通報をして、その場で警察を待つことも出来た。それでもわざわざ現場を離れて交番に向かうことを選んだのは、恐ろしい遺体から一刻も早く逃れたいという生理的な欲求のせいだっただろう。遺体を前にして一人きりで待つだなんて、考えるだにゾッとする。

ともかく十五分後、倉田は二人の警察官を連れて、ふたたび事件現場である『喫茶リーフ』のある木田《きだ》ビルを訪れた。

エレベーターで八階まで上り、喫茶リーフを前にした時に、倉田は異変が起きていることに気づいた。

遺体がない。

「ここに遺体があったはずなんです」と、倉田は言った。

それを聞いた四十代の巡査部長は顔を掻《か》いた。どうやらお騒がせな老人に早とちりで通報を受けただけで、事件性はないらしいぞ、と暗に言っているように倉田には思えた。

「本当なんです」

と、いささかむきになって言い返したが、その声には虚《むな》しい響きがこもっている気がした。

実際のところ、老齢の倉田には認知症の傾向があり、娘夫婦にもそれを指摘されていた。何よりも二週間前に閉店した『喫茶リーフ』に、今日ふらりと足を運んだのも認知症のせいだった。先週もここに来て、店先で閉店していることを思い出して、とぼとぼと寂しく帰路についたのだ。そんな自分が死体を見たと言っても、本気にして貰《もら》えないのも仕方ないかもしれない。

だが先ほど見た光景は、どう考えても首吊りの現場だった。もしも首吊りではなかったとすれば、なぜあれがあの場所にあったのだろう……。

倉田が困惑する一方で、連れてきた警察官たちの空気は弛緩《しかん》していた。死亡事件の初動措置をしなければならないという緊張感が消えて、目の前の老人をどうなだめようかという日常的な雰囲気が漂い始めたのだ。

その時だった。ふと、外が悲鳴で溢《あふ》れ返っていることに気づいた。

やけに騒がしい。いくら人の多い秋葉原《あきはばら》の歩行者天国とは言え、異常な喧騒《けんそう》だった。悲鳴は一つや二つではなく、数え切れないほどあった。まるで亡者の川の音だ。元より騒々しい空間なので、いつからこのような状態になっていたのかはわからない。

倉田たちは、窓を開けて外を見た。

すると秋葉原の歩行者天国に、はっきりとした円形の間隙が出来ていて、その中央に一人の遺体が横たわっていた。

梶原翔の遺体だ。

倉田はそう思った。遠目でもわかる。彼は黒を基調とした装飾の多い特徴的なファッションをしているからだ。

梶原はどす黒い血溜《ちだ》まりの中に身を投げ出していた。その光景は、彼が飛び降り自殺をしたことを示しているように見えた。

倉田は困惑した。

梶原は先ほど、この部屋で首吊り自殺をしていたではなかったか？

いや、もしかすると自殺に失敗したのかもしれない。首吊り用のロープが切れて、それで急遽《きゅうきょ》、飛び降り自殺に切り替えたとか——と考えてから、それでは筋が通らないことを思い直した。

喫茶リーフのある『木田ビル』は歩行者天国に面してこそいるが、道路の横幅が広いため、ビルから遺体までの距離は三十メートル以上あった。仮に立ち幅跳びの世界記録保持者が全力で窓から飛び降りたって、恐らくは届かないだろうと常識的には考えられる距離だ。

となると梶原は、向かい側のビルから飛び降りたのだ。見た目通りに、今梶原の目の前にある、歩行者天国を挟んで『木田ビル』の真向かいにある『金井《かない》ビル』から飛び降りたのだろう。

わざわざビルを移動した理由はなんだろう。別に喫茶リーフの窓からだって、充分に自殺が出来る高さがあるのだ。自殺直前の人間の心理は合理的ではないと聞いたことはあるけれども、それにしたって辻褄《つじつま》が合わないように倉田には思えた。

倉田の思考はそこで停止した。ようやく「目の前で人が死んだ」という恐怖心が、現実感を持って遅れてやってきたのだった。

2

警視庁本部庁舎の周辺でオシャレにランチを楽しむことは、かなり困難なことだという事実に、大村珠緒《おおむらたまお》は直面せざるを得なかった。

それは二ヶ月前に、本庁の捜査一課にある「高度科学犯罪対策班」、通称「科対班」に異動してきた二十七歳の彼女にとって、かなりもどかしい事実だった。

前に勤務していた世田谷《せたがや》区の経堂《きょうどう》警察署は、それなりに人通りの多い場所に位置しており、ランチの場所にも困らなかった。

それがどうだ、我が警視庁本部庁舎は。

周囲にあるのは、法務省、外務省、農林水産省、海上保安庁、東京高等裁判所……様々な官庁がびっしりと肩を突き合わせていて、オシャレなランチどころかチェーン店のファミリーレストランもなかった。強いて言えば霞ケ関《かすみがせき》駅の構内にドトールコーヒーが一軒あるくらいだ。

もちろん、本庁の中には警察官用の食堂がある。だがあくまで「食堂」といった趣きで、おまけに男女比にして九十パーセントを超える男性職員のニーズに適《かな》うように運営されていた。つまりは値段が安くて量が多くて味が濃かった。

珠緒もそういったものが食べたくなる時がある。同年代の女性と比べると、刑事という、エネルギーを大量に消費する仕事をしているためか、その頻度も多い方だと思う。だがさすがに、毎日食べたいほどではないのだ。いや、正直なところ飽きたのだ。もうあの、ごろっとした肉団子のようなハンバーグと大盛りの白米と無骨な大粒の野菜には飽き飽きしたのだ。

本庁に異動してきた直後の珠緒は、成果を出したいという気持ちで一杯で、昼食のことなんてまるで考えていなかった。ところが二ヶ月も経つと、ランチくらいは優雅に食べさせてくれよという思いが強くなっていった。人間とは欲深いものだなあとしみじみ思いつつ、いやしかし、ここで諦《あきら》めてしまうのは二十七歳の女子としてどうなのか。むしろ優雅にランチを楽しみたいという気持ちを持ち続けている方が健全なのではないかと自らに言い聞かせていた。

そこで珠緒が取った手段は、週に一回は、警視庁から比較的近い場所にある、日比《ひび》谷《や》公園内のレストランを使うというものだった。

警視庁を出て、東京地方裁判所を左手に、農林水産省を右手に、まるで両肩で国家を背負っているかのような気持ちで歩いていくと、日比谷公園に着く。

そこから目的のレストランまで、十分くらいで着く。感動で咽《むせ》び泣きたくなるくらいに近い距離だ。

ちなみに日比谷公園を抜けると日比谷駅に着き、その周りには気になるレストランがいくつかあるのだが、そこまで行くと歩くだけで二十分近くかかってしまうので、とても一時間の昼食休憩では利用できない。

といった理由から、今日の珠緒は、日比谷公園内のレストランで、束の間の休息を楽しんでいた。

目の前には一人の男が座っている。

すらっとしたスーツ姿で、切れ長の二重まぶたで、顔の彫りは深く、どこか異国的な趣きがある。その男が窓からの陽光を浴びている姿は実に絵になり、男性モデルのポートレートのようだった。

普通ならばこんなイケメンとランチをしようものならば喜びに沸き立つ所だが、この男の内面を知っている珠緒はそうはならない。

彼は葵野数則《あおいのかずのり》、元東京大学の数学科の准教授という、異色のキャリアを持つ科学捜査官にして、数学マニアの変人である。

二人きりでランチをすることになったのは、誘いに乗ってくれたのが葵野だけだったからだ。

一応は同僚の松浦雅之《まつうらまさゆき》にも声をかけたのだが、「昼休みはスマホゲームのスタミナ消費で忙しいから」という理由で断られてしまった。それが方便ではなく紛《まご》うことなき真実なのは、その話をしている瞬間も珠緒の方を見ずにスマホゲームに熱中していたことから明らかだった。

窓の外に聳立《しょうりつ》する銀杏《いちょう》の樹が、陽光をまばらに撥《は》ね返している。空も快晴、店内も瀟洒《しょうしゃ》で気分がいい。うんうん、刑事だってたまにはこういうランチを愉《たの》しむべきなのだ。

そのうち、葵野が注文した「温泉卵のカルボナーラ」が運ばれてきた。チーズパスタの上に、短冊状に細切れにされたベーコンが載せられ、その上にブラックペッパーがまぶされている。温泉卵は自分で割る形式らしく、別の皿で運ばれてきた。

「おお、たまに外食をすると、いいことがあるものだね」

葵野は感嘆の息を漏らした。普段ならば昼食の時は大量のビタミン剤を服用し、「理論上は健康」と謳《うた》っている男だが、そんな彼でもオシャレなランチを見ると心が躍るものだろうか。

「美味《おい》しそうですね」と、珠緒は声を弾ませた。

「うん。ベーコンの数が十七個。素数だよ」

ああ、やっぱり……。

葵野は数字にしか興味がないのだ。そして素数は彼が好む数の一つなのだ。もしもベーコンの数が完全数の二十八だったら、さらに狂喜乱舞をしていただろう――と思ってから、こんなにも彼の好みを子細に把握している私は一体なんなのだという気持ちが湧いてきた。

「パスタの本数も数えてみたら素数かもしれませんよ」

と、多少げんなりしながら珠緒は言った。

「確かに、そう言われると夢があるね」

葵野は目を輝かせた。皮肉のつもりで言ったのに、逆に微笑みかけられてしまった。

「パスタの本数が増減するたびに、僕は素数と出会っている可能性があるわけだ。とてもロマンティックな話じゃないか。さすがは珠緒さんだね」

褒められた。それも東京スカイツリーの天望デッキで、恋人に向けるような笑みと共に。まさか素数の出現の可能性だけで、ここまで無邪気に喜べる人間はいないだろう。

明るいというよりは変だ。そう、この男は変人なのだ。そんな、今更確認するまでもないことを毎回確認させられてしまうのは、ルックスがあまりにも良くて、外見的には常識人に見えるからだ。もうちょっと変人らしい見た目（？）をしていてくれれば、私も一々驚きはしないのだ、きっと、と珠緒は思った。

「次は、温泉卵を割る必要がある」と言って、葵野は卵を手に取った。「上手《うま》く割れれば真円になるが、失敗すると形が歪《いびつ》になったり、二つに分かれたりする。美しい昼食を取れるか残念な食事になってしまうかは、全てはこれから僕がやる、緻密《ちみつ》で繊細な作業にかかっているというわけだね、珠緒さん」

食事の質はコックさんの技量にかかっているのではないかと珠緒は思ったが、そんな当たり前のことはもちろん口にしなかった。

葵野が卵の殻にひびを入れて、割ろうとした時だった。

ふいに電話の着信音が鳴った。

机の上に仰向《あおむ》けに置かれた葵野の公用スマートフォンの画面が、科対班からの着信を告げている。

「葵野さん、スマホを見て下さい」

「うん」画面を見て、葵野が言った。「十三時〇一分、一三〇一は素数だね」

「いや、そうじゃなくて」なぜ時刻の方を見たのだろう。「電話がかかってきてますよ。それも科対班から」

科対班は二人が所属している部署だ。昼休みにもかかわらず、そこから電話が来ているということは、急用の可能性が高い。

「わかっている。だから今、急いでいる」

珠緒から見ると全く急いでいるようには見えなかったが、本人的には急いでいるらしい。眉間《みけん》に皺《しわ》が一つ増えたように見えたが、気のせいかもしれない。

葵野は「緻密で繊細な作業」をしっかりと終わらせると、完璧《かんぺき》に出来た真円に感嘆の息をつき、丁寧におしぼりで手を拭《ぬぐ》ってから、ようやく電話に出た。

「はい、葵野です」

話す葵野を横目に、珠緒はパスタの上に出来た均等な円をしみじみと見つめた。

――まあ確かに、卵が綺麗《きれい》に割れると気持ちが良いものだな。

その作業を職場の電話対応よりも優先するかはともかく……いや、しないのが普通だが、卵の割り方にこだわるくらいの心の余裕が、もしかすると刑事の生活にも必要なのかもしれない。どうしても刑事の私生活はぞんざいになりがちだからだ。

葵野は手短に電話を切った。珠緒は聞いた。

「どんな用件でしたか？」

「秋葉原で男性が転落死だ」

珠緒は小さく息を吐いた。やはり私たち刑事には、中々心のゆとりを持てるタイミングは訪れない。

現場に向かうパトカーは珠緒が運転する。助手席で葵野が言った。

「一般に『秋葉原』と言うと、JRの秋葉原駅の周囲を指すことが多いけれど、実はその辺りは地名的には『秋葉原』と呼ばないんだよ」

「ふうん」ウィンカーを出しながら珠緒は言った。

「本当の『秋葉原』は、千代田区《ちよだ》ではなく台東区《たいとう》に存在する。だがどうやら歴史的な経緯で、地名的には秋葉原でない場所を、秋葉原と呼ぶようになったらしい。秋葉原駅の周りは、地名的には『神田《かんだ》』『外神田』なんだ」

そんな雑学をぶたれているうちに、秋葉原の歩行者天国に到着した。

一般に歩行者天国とは、車道を歩行者のための歩道として開放したものを呼ぶ。都内にも三つあるが、秋葉原の歩行者天国はその中でも最大級であり、長さは五百七十メートル、道幅は五十メートルにも及ぶ。道沿いには巨大な家電量販店や、ゲームセンターや、アニメグッズ専門店や同人ショップなどのサブカルチャー関係の店が並び、その光景から秋葉原は「オタクの街」と呼ばれている。

今は事件のために、警察車両の立ち入りが許可されている。徐行で進んでいくと、ちょうど数台のパトカーが停まっている所があり、珠緒はそこに車を停めた。

その後ろに、同じく科対班である、国府《こくふ》と松浦の乗ったパトカーが停まった。

科対班の実働隊は、珠緒・葵野・国府・松浦の四人だ。班員は、指揮官である川岸《かわぎし》千鶴《ちづる》班長（捜査一課第二強行犯捜査管理官との兼任）を含めて五人。実験的に作られた班であるため人数も少なく、今後この班が存続していくかどうかは、珠緒たちが事件解決などの成果を出せるかにかかっている。

車の外に出ると、規制線で囲われた区画があり、その中央にブルーシートをかぶせられた遺体があった。

事件が起きた直後で、まだ遺体の搬送は終わっていないようだ。通行人が見てしまわないように隠されてはいるが、遺体の作り出したどす黒い血溜《ちだ》まりは隠し切れていない。それが賑《にぎ》やかな秋葉原の町に、具体的な部分だけではなく、抽象的な部分でも影を落としているように珠緒には思えた。

「遺体を見るか？」

科対班の実働隊の中で最も年長の国府龍平《りゅうへい》が言った。肌は浅黒く、気難しげな顔つきをした彼は、いかにも昭和のドラマに出てくる堅物刑事のようだ。

珠緒はすこし躊躇《ためら》ってから首を縦に振った。警察官になって九年、刑事課に雇用されて六年経った珠緒だが、未《いま》だに遺体を見るのは慣れない。ただ割り切れるようになったただけだ。

「遺体ですか……」

関西訛《かんさいなま》りで松浦雅之が言った。松浦は丸眼鏡をかけ、でっぷりとした体つきをした、三十代後半の科学捜査官である。

松浦はまだ刑事になって日が浅いため、遺体を見るのに抵抗があるようだ。遺体写真は問題なく見ていた覚えがあるが、やはり実物と写真では違うのだろう。

若手刑事が死体を見たがらないことには慣れているらしく、国府は「強制はしない」とだけ言って、ブルーシートの方に向かった。その後ろを頓着《とんちゃく》のなさそうな葵野がついていき、遅れて珠緒が続いた。

あまり損壊の激しくない男性の遺体だ。男は仰向けに寝転び、両目を閉じていた。かなり思いつめていたようで、目元に大きな隈《くま》が出来ており、皺も深い。鬱《うつ》病の末の投身自殺にも見えるが、もちろん見た目の印象に過ぎず、詳しく調べてみないとわからない。

年齢は三十代ほどで、ヴィジュアル系のファッションを身にまとっている。レザー生地の半袖《はんそで》シャツの肩には、金属製のリングがいくつか空いており、そこを通ってシルバーチェーンが両肩に渡されている。首周りにもネックレスが一つある。ズボンはシャツと同じくレザー地で七分丈。ブーツは厚底のゼブラ柄で、紐《ひも》は長く、ちょうちょ結びがされていた。

髪の毛は脱色されているが、美容院に行ってから日が経っているらしく、根本は黒髪に戻っている。そのせいで不潔感が出てしまっている……ように珠緒には思えたが、生前にもそうだったかはわからない。やはり遺体になると印象が変わるものだ。衣服だってやや使い古されているように見えるし、レザーシャツのリングには歪《ゆが》んでいるものもあった。ブーツだけはおそらく新品で、汚れ一つついておらず、派手な衣服の中でもひときわ輝いて見えた。

「かなりファッションに凝っとる方やったんでしょうね」

後ろから近づいてきた松浦が言った。「強制はしない」と言われたが、一応は確認しに来たようだ。遠目で見て、遺体の損壊が激しくなさそうだったがために、決心がついたのかもしれない。

「ですね。でもあんまり金銭的な余裕はなかったみたいですね」

珠緒は言った。これだけ衣服に凝っているのならば、古びたシャツは新調したいはずだし、美容院にももっと頻繁に行くのではないかと思ったためだ。『ファッションが好きだが金銭的な余裕がなく、昔買った衣服を使いまわしている』というのが実情ではないかと珠緒は思った。

その時だった。遺体に近づいた松浦がひっ、と声を上げた。

遺体の損壊が激しくなさそうというのは、あくまで初見の印象であり、単に傷が死体の裏側、つまりは背中に集中しているためだった。そちらはシャツごと皮膚が破けて、赤黒いぼろきれのようになっているのが表側からでもわかった。オセロみたいにひっくり返してみれば印象もまるで変わるはずだと思ってから、珠緒は自分で自分の想像したものにゾッとした。

遺体の検分を終えて、珠緒と松浦はそそくさとブルーシートから引き上げた。

二人が引き上げた後も、葵野は腕を組んで、じっと遺体を見つめていた。

そんなにも集中して見る必要がある遺体だろうかと珠緒は思った。どのみち正式な検死結果が資料化されるだろうし、自分たちが観察することで得られる情報がさほどあるとは思えない。彼は一体何を気にしているのだろう。

……というより、この男には遺体が怖いという気持ちはないのだろうか。そういえば数日前の事件で、この男はナイフを持った凶悪犯にも冷静に対処していた覚えがある。やはり色々な部分で只者《ただもの》ではないなと珠緒は思った。

その時だった。一人の男性がゆらりと近づいてきた。

「皆様との連携を担当させていただく、末広橋《すえひろばし》警察署の刑事課の者です」

男は頬に皺を増やした。作り笑いを浮かべているつもりかもしれないが、目元が真顔のままなので、やや不自然な印象がある。

川岸班長からは事前に、所轄の末広橋警察署と連携して捜査を行うようにと言われている。そのために来たのだろう。

「科対班の皆様の華々しいご活躍のほどはよく知っています。あなたたちにご協力が出来ることは、我々所轄にとって光栄の極みであります」

必要以上にへりくだった言葉遣いには、かえって攻撃的な印象がある。だから彼は、本庁が所轄の事件に横入りすることをあまり良くは思っていないのだろうと珠緒は察した。

「被害者の名前は？」国府が聞いた。

「梶原翔と言います」

「死因には見当がついているのか？」国府が単刀直入に聞いた。

「七割方……いや九割方、飛び降り自殺でしょう」

遺体の目の前には、七階建ての古い雑居ビルがあった。そのビルから飛び降りたのだろうということは、遺体を見ただけでも想像がつくことだった。

「当時、現場の近くには二十人近くの歩行者がいました。そのうち五人が、空から落ちてきたのを見たと言って、聞き取りに応じてくれています」

「飛び降りる瞬間を見たものは？」ビルの屋上にある柵《さく》を見ながら国府が言った。

「残念ながらいませんでした。ただ、状況的にはあのビル、金井ビルから飛び降りたと考えるのが自然でしょう」

国府はうなずいた。金井ビルから十五メートルほど進んだところに遺体はあった。やや距離は離れているが、上空で風に煽《あお》られたのだろうとすると、特に違和感はない距離だ。

「金井ビルに監視カメラは?」

「古いビルなので無いそうです。なので現在、周囲の目撃情報を洗っています」

「では誰かと争った末に、屋上から落とされたという可能性もあるんじゃないか?」

と、国府はごく普通の疑問を呈した。

「いくつかの理由から、現在は飛び降り自殺を有力視しています」末広橋署の刑事ははっきりと言った。「まず簡易的な検視の結果、遺体には争った跡がないことがわかっています。次に、被害者が以前から自殺をほのめかしていたという、関係者からの証言を聞いています。彼の妻、真理亜《まりあ》によると、家庭には借金が八百万円以上あり、それを苦にしていたそうです」

「動機はあるということか」

「そうです」

珠緒は遺体の目元に刻み込まれた深い皺《しわ》のことを思い出した。梶原翔はいかにも思い詰めていた様子だった。あれが多額の借金に端を発していたとすると、とりあえず筋は通りそうだ。

「お金は何処から借りていたんですか？」珠緒は聞いた。

「大手のカード会社です」

「一応聞いておくが、生前に多額の保険金をかけられていたということは？」と国府は聞いた。

偽装殺人による保険金詐欺は、反社会的な勢力が借金を取り立てるために使用する常套《じょうとう》手段である。遺体が借金を背負っていた以上、一旦《いったん》はこの可能性を当たっておくのがセオリーだと国府は思った。

「そちらも現状では伺っていません。だいたい自殺では保険金を受け取れませんから、その目的での殺人は失敗したことになりますね」末広橋署の刑事は冷笑的に言った。

「保険金殺人が失敗する例もある」ムッとして国府が言った。

「借金の理由は？」珠緒が聞いた。

「彼は喫茶店を経営していたそうです。ちょうど真向かいのビルで『喫茶リーフ』という店舗を経営していました。ところが経営難を理由に、この店は二週間前に閉店したそうです。借金はこの喫茶店が原因だと、梶原真理亜は証言しています」

なるほど、と珠緒は思った。

喫茶店経営による借金を苦に、飛び降り自殺をしたというストーリーはそれなりに納得感がある。またそれを本線に、初期の捜査を進めようとしていることに対しても異論はない。

ただその確率が九割もあるかに関しては、いまいち断言できないなと珠緒は思った。梶原翔の身辺を洗っていく中で、我々の知らない怨恨《えんこん》が浮かび上がる可能性もあるのだし、借金とは関係なしにそれが原因でビルから突き落とされた可能性もある。争った跡が無いことだって、捜査を進めていく中で何らかの説明が付けられる場合もあるだろう。やはり最初に目の前の刑事が言いかけた「七割方」というのが適切で、彼が本庁への対抗心からすこし大きめの数字を口にしただけだと思った。

それ以外に気になる点は珠緒にはなかった。強いて言えば一つあったが、それは自分の勘違いが原因のような気もしたので、口にするほどではないと思い直した。

金井ビルの周囲の目撃情報を集め、被害者の人間関係を洗っていく——おそらくは既に、所轄がその方針で捜査を始めている——そんな着実な作業こそが解決の道となるだろうと珠緒は考えた。

だが、やはりと言うべきか、我々の後ろで静かに話を聞いていた一人の男だけが、納得がいかないとでも言いたげな様子で、じっと右上の方を睨《にら》み、何かを熟慮していた。

葵野は時たま目を閉じ、「この推理は間違いか」というふうに素早く首を横に振り、乱れた髪の毛を直さないままに、また何かを探すように虚空を睨んだ。

彼がこんなふうになにかを考えている時は、事件に対するなにかしらの違和感を持っている時だと珠緒は知っていた。だがここまでの情報で、彼は一体なにを疑問視しているのだろう。

やがて葵野はすっと息を吸うと、末広橋署の刑事に聞いた。

「金井ビルで過去に自殺した人はいたのかな」

「八ヶ月前に一件、半年前に未遂が一件ありました」刑事はすこし目を丸くしてから、事務的な様子を繕って答えた。「あまり本件とは結び付けられていなかったのですが、私を含めて、末広橋警察署の刑事の多くが捜査に参加しているのでよく知っています。ちなみに二件目は、不審者がビル内にいることに偶然気づいたオフィスの事務員が、屋上の柵の外にいる所を慌てて呼び止めたというものです。気づかなければ事件は二件になっていたかもしれません。八ヶ月前の事件は人目につく場所での自殺ということで、マスコミにも大々的に報道されましたから、二件目の自殺未遂の呼び水になったのでしょうね」

自殺者は、過去に自殺が成功している場所で自殺を行おうとする傾向がある。死を前にした彼らにとって、中途半端に自殺に失敗して痛い目に遭うことは、死よりも避けたいことだからだ。

その点、「誰かが死ぬことが出来た」という実績のある場所であればその心配が薄まる。報道が呼び水になるという話もよく聞くと、珠緒は思った。

「都内でそれなりに高さがあって、おまけに管理の杜撰《ずさん》なビルですからね。自殺を考える人たちにとってはいい場所なんでしょう」

なるほど、と、何かを察したように葵野は言った。

4

規制線のすぐそばで顔を真っ赤にし、ブラウスのひだをくしゃりと指で潰《つぶ》しながら、嗚咽《おえつ》している女の人がいた。

彼女は梶原翔の妻である梶原真理亜だ。翔と違って衣服は質素だが、スタイルが良く、おそらく普段は快活で魅力のある女性なのだろうと珠緒は想像した。

真理亜の肩には分厚い手が乗せられていて、それは兄である福永敦夫《ふくながあつお》のものだった。福永は大柄な男性で、必死に妹の激情をなだめようとしている。

「それで」意図的に感情を込めない声で国府は聞いた。「梶原真理亜と福永にはアリバイはあるのか」

縁故を疑うのは刑事の仕事である。泣き喚《わめ》いている女性を前にしてそれを行うのは辛《つら》い部分もあるが、大事なことだと思ったので珠緒も表情を消した。

珠緒が経堂署で担当した事件でも、事件後に最も悲しみを露《あら》わにしていた人間が犯人だったことがあった。演技をしているわけではなく、人間の心は複雑で、殺害動機と大切な人を失う悲しみが同居してしまうことがあるらしいと珠緒は思っていた。

「事件が起きたのは十二時四十七分。この時、真理亜は錦糸町《きんしちょう》にある食品会社で事務仕事を行っていました。その光景は多くの同僚が目にしています。彼女は兄である福永敦夫から事件を知らされ、急いで秋葉原に駆けつけたので、彼女が殺害を行った可能性は限りなくゼロに近いと思われます」

「福永敦夫の方はどうなんだ？」

「福永は事件当時、秋葉原にいました。そもそも梶原の身元確認がこれほどスムーズに進んだのは、福永が直ぐに、梶原は自分の義理の弟だと名乗り出てくれたからなのですよ」

「ふむ」国府は言った。確かに事件発生から一時間近くしか経っていないのに、随分と捜査が進展している。

「まあ、聞き取りに応じてくれた関係者は、二人だけではないのですが……」と、刑事は言い淀《よど》んだ。

「福永は秋葉原にいたんだな?」国府は聞き直した。

「はい。福永は事件当時、金井ビルの向かい側にある木田ビルの七階に居たそうです。彼は梶原がやっていた喫茶リーフの一つ下の階で、ジャンクPCショップ『ジャンクタウン』を運営していました。十二時から十三時は中休みになっていますが、在中はしていたようです」

「なるほど」

「こちらもほぼ、裏は取れています。木田ビルも古いビルで、監視カメラは二台しかなく、一台は三階の階段の近くの廊下に、一台は唯一の出入り口にある郵便受けのそばに取り付けられているのですが、事件の三十分前に、三階のカメラに階段を降りていく福永の姿が、また一階のカメラに郵便受けまで来て、郵便物を取ってビル内に引き返していく福永の姿が映っています。どちらのカメラも完全な検証は終わっていませんが、福永の口述した出入り時刻だけは確認しています」

「少なくとも事件の三十分前には、福永は木田ビルにいたわけか」

「そうです。事件が起きたのは十二時四十七分。梶原の転落は大きな騒ぎになりましたから、福永は七階の窓から現場を見て――」

　末広橋署の刑事はブルーシートのあった場所を見た。遺体は先ほど、近隣の医科大学に司法解剖のために送られたが、事件があったことを示す、暗黒物質のようにどす黒い血溜《ちだ》まりは残ったままだ。

「あの派手なファッションです。直ぐに妹の夫であることに気づいたそうで、現場に駆けつけて、初動措置にやってきた警察官たちに事情を説明してくれました。ちなみにこの時、木田ビルを出ていく福永の姿は、二台の監視カメラのどちらにも映っております」

「事件当時『ジャンクタウン』に居たかまでは断言できないが、少なくとも木田ビルの中には居たということか」と、国府は結論づけた。

「はい。そして、事件に関わっていないのならば、わざわざ嘘をつくこともないでしょう」と、所轄の刑事が言った。

「監視カメラに映らないようにビルを出入りする方法はないんでっか？　例えば窓から出入りするとか」松浦は場を引っ掻《か》き回してやろうという、愉快犯的な笑みを浮かべて言った。

「不可能ではないでしょうが……」末広橋署の刑事はすこし考えてから言った。「梶原の転落から福永が木田ビルから出てくるまでには、ほんの三分ほどの時間しかなかったのですよ。例えば金井ビルの屋上から梶原を突き落としたとして、直後に屋上から一階まで降りて、更には動揺する人々で溢《あふ》れる歩行者天国を全速力で突っ切って、窓から木田ビルに侵入し、少なくとも三階以上の階までエレベーターか何かを使って上昇し、あえて階段を使って一階まで下りるなんて、中々出来ることではないでしょう」

「まあ、そうですな」松浦は矛を収めた。

「一つ、気になることがあるのだけれども」葵野が言った。「聞き取りに応じてくれた関係者は二人だけではない、と君は言ったね」

「はい」

「現状で聞き取りを行っている梶原の関係者は、真理亜さんと福永さんだけではないのかい」

「そうですね。だが彼は――」

とまで言ってから、末広橋署の刑事は言葉を詰まらせた。だが、ふと名案を思いついたかのように顔を上げると珠緒たちに言った。

「いや、そうか。そうですね」妙に明るい声だ。「実際に話を聞いてもらった方が良いと思います。是非とも本庁の皆様にご清聴いただきたい、興味深い証言をする男なのです」

「はあ……」珠緒は思わず生返事をした。

今までの捜査では、科対班が事件の関係者から話を聞くためには、事前の手回しが必要なことが多く、嫌がられることも多かった。

その点、今回は所轄の刑事から「事情聴取をして欲しい」と直々に頼まれているわけであり、その意味だと喜ぶべき事態であるが、にしても目の前の男の素振りはなんとなく空々しかった。

「どんな男なんだ」

国府も同様の警戒心を抱いたのか、硬い声で末広橋署の刑事に聞いた。

「倉田清と言います。被害者が運営していた『喫茶リーフ』の元常連客です。店内で梶原翔と梶原真理亜が、たびたび借金に関して言い争いをしていたのを聞いていたと言っています。また、事件当時も秋葉原にいて、梶原翔を見たと言っています」

「亡くなる直前の梶原を見たと言っているんですか？」珠緒が聞いた。

刑事は少し考えてから、「そうですね。事件の前に梶原を見たと言っています」と言い換えた。

……今の言い換えに何か意味があっただろうか？

なんの意味もないと考えるのが自然なのだろうけれども、妙に作為的な印象があると珠緒は思った。だが何を暗示しているのかはわからなかった。

「ふむ、それは確かに興味深い証言を行う男だな」と、国府は言った。

刑事の言葉が真実ならば、むしろ事情聴取を行わない理由がないくらいだ。気にしても仕方がないかと珠緒は思い直した。

「その男はどこにいるんだ？」国府は聞いた。

「末広橋署の取調室にいます」

「話させて欲しい」

「わかりました。私が事前に連絡をして、科対班の皆様が事情聴取を行えるように取り計らっておきます」と言い、刑事は唇だけで笑みを浮かべた。

末広橋署にいる刑事たちの多くは協力的だった。先ほどの刑事とは違って、心から科対班という名の新鋭部隊を応援する気持ちがあるように思えた。二週間前に、難解な誘拐事件を解決したことが好評を呼んだらしい。

だがその一方で『あの倉田を事情聴取するのか』ということには驚いていた。その理由はわからないが、とはいえ行きがかり上、事情聴取を行わないわけにもいかなかった。

取調室に入る。取調官は国府と珠緒の二人だ。

取り調べはベテランの刑事が行う花形の仕事であり、本来ならば珠緒も同席させてもらうのが恐れ多いくらいだ。なので、入庁から半年しか経っていない葵野と松浦は、基本的に別室でその様子を眺めているだけだ。

……そのはずなのだが、二ヶ月近く前に、不遜《ふそん》にも葵野は一人の人物の取り調べを断行したことがある。この男は事件解決のためには手段を選ばないのだ。

机の向かい側には一人の老人が座っていた。

八十四歳らしく皮膚はたわみ、その隙間から、奇妙に混じり気のない、澄んだ黒目が珠緒を捉《とら》えていた。腰が弱いのか猫背になっていて、そのシルエットはインコのように見える。白髪は半ば抜けていて、頭頂部にはまばらな白い霧が漂っていた。彼が倉田清という名の参考人らしい。

倉田に向けて、珠緒と国府は自己紹介をする。その様子を倉田は身じろぎもせずに見つめていた。珠緒たちを不審がっているのか、単に疲れているのか、よくわからない。しばらくすると倉田は嗄《しわが》れた声で言った。

「さっきまでの人とは違うんですね」

「……はい。違う指揮系統に属しています」珠緒は言った。

「あの……その」倉田は急に歯切れが悪くなった。「あなた方も否定なさると思いますが……、やはりあれは……」

「あれは……？」珠緒は聞き返した。

「ええと、まずは落ち着いてお聞きいただけますか」倉田は声を震わせた。

「わかりました」

先に落ち着くべきは倉田の方ではないか、と珠緒は思ったが、そのうち倉田は意をかに私の前で、首を吊っていたんですよ！」

無理にひねり出した時のような大声で言った。「梶原翔は首を吊《つ》っていたんです。確

「聞いて下さい！」倉田は取調室の机に両手を叩《たた》きつけると、使い終わりの絵の具を

決したように言った。

倉田は混乱していた。取調室というロケーションも、彼の困惑を助長していたようだった。

しばらく訳のわからないことをまくし立てていたが、なんとか珠緒が落ち着かせてやると、ようやく自分の体験したことを時系列順に話してくれた。

かねてから倉田は認知症を自覚していた。とはいえ比較的軽度のもので、症状が起きた時には自覚ができると言っていた。同年代でも、もっと症状が進んでいる人がおり、彼らと比べると自分は若さを保っており、生活にも今のところ、大きく支障は出ていないのだと本人は胸を張った。

かつて倉田は、秋葉原にある「喫茶リーフ」を好んで利用していた。習慣的に行っていたため、リーフが閉店してからも、何度か誤ってお店に行ってしまう時があった。

今日もリーフに行くために木田ビルを訪れた。エレベーターで店の前まで到達したところ、店内で梶原翔が首を吊っているのを見つけた。

「首を吊っているって……、あの？」珠緒は宙に人形のジェスチャーを作りながら言った。

「そうです」

「時刻はわかりますか？」

「ええと……私が通報した記録が残っているはずです。お巡りさんも口にしていた記憶があります。……確か、十二時三十一分だったかな」

正確な時刻を覚えていたことを誇るように倉田が言った。後で公式の記録とも照合するが、倉田の記憶が確かならば、事件が起きたのが十二時四十七分なので、その十六分前ということになる。

「ええと……じゃあ、梶原さんは喫茶リーフで首を吊っていたということですか？」

と言ってから、さっきとほとんど同じことを言っていることに珠緒は気づいた。

「そうです」倉田の受け答えも同じだ。

うーむ、と珠緒は考えた。

もしも梶原が首吊り自殺をしていて、その後に何者かに突き落とされていたとすると、頸部《けいぶ》に首吊りに使った縄の痕《あと》、いわゆる索条痕が出来るはずである。

だが梶原の遺体にはそんな痕はなかった。特別な検死技術を持っていない珠緒でも、首に何の傷跡も付いていないことくらいは一目でわかった。自殺どころか自殺未遂だって、今日どころか一週間くらいはやっていないはずだ。

「その……どうして倉田さんは、梶原さんが首吊り自殺をしていたと」珠緒は少し言葉を選んでから言った。「見做したのでしょうか」

やはり目の前の刑事も、自分の話を信じてくれないらしい。その諦《あきら》めが少しだけ倉田の顔をよぎったが、諦めずに言った。

「翔さんと真理亜さんは、よく店内で喧嘩《けんか》をしていたんです。私は店の常連客だったので、その光景を時々目にしていました。人がいるうちはしないのですが、客が私だけになると、彼らは時たますれ違いざまに、小さな嫌みを転がしたりするのです。言われた側は注意深くそれを嗅《か》ぎ当てると、少しだけ誇張して言い返すのです。最初は言葉少なに、徐々に声を荒らげて、やがて石ころが転がって岩なだれを作るように、徐々に『口喧嘩』と呼べるものを作り上げていくのです」

倉田は続けた。

「そして真理亜さんはこう言うのです。どうしてあなたはそんなにも、お金を使ってしまうのだと。これでは借金は膨らむばかりだと。果たして何にお金を使っているのか、具体的なことは言いませんでしたが」

想像だが、たぶんファッションではないかと珠緒は思った。梶原翔は随分と、衣服に凝っていたようだったから。

そう言えば翔が身につけていたゼブラ柄のブーツは新品だった。あれ一つだって、すくなくとも数万円はするだろう。多額の借金を背負っているのに、いきなり高額のブーツを買われたのでは、真理亜が責めたくなる気持ちもわかる。

「翔さんも言い返すのですが、こちらもあまり具体的なことは言いません。『うるさい』『黙れ』とか、喧嘩の矛先を変えてみたりとかですね。でも結局は翔さんの方が折れるのです。卑屈になって、『死ぬしかない』『もう死ぬ』『借金を残して死んでやる』とか、そんなことを言い出すのです。それも眉間《みけん》に皺《しわ》をびっしりと寄せてね。私にはあれが本気のようにしか思えませんでした」

珠緒はふたたび、遺体の眉間に刻まれた深い皺のことを思い出した。

「すると真理亜さんは急に泣き出して、『お願いだから死ぬと言うのだけはやめてくれ』『死なないでくれ』と頼むのです。さっきまでの喧嘩が嘘のようにね。でも翔さんは険しい顔つきのままなのです。そんな光景をよく見せられていたものですから、私は翔さんはいつか本当に死を選ぶのではないかと思っていたのです」

梶原翔は以前から自殺をほのめかしていたと、末広橋署の刑事も言っていた。倉田もそれを知っていたのだろう。

「そして今日、私は喫茶リーフに行きました」倉田は言った。「すると当然ながら、入り口に『Ｃｌｏｓｅｄ《クローズド》』と書かれた看板が吊るされていて、扉のガラスには経営難が理由の閉店を事務的に知らせるA4プリントが貼り付けられていました。私は落胆し、そのまま近くの別の喫茶店に移動しようとしました。しかしその時に見たのです。梶原翔の首吊り遺体を――」

倉田は言い直した。

「いや……、これは最初に担当してくれたお巡りさんにも言ったことなのですが、私は翔さんの全身をはっきりと見たわけではなかったのです」

「では何を見たのでしょう?」珠緒は聞いた。

「限りなく首吊り自殺をしているとしか思えない状況を目にしたのです」

「それは、どういう状況でしょうか」

「ええと……まずはスマートフォンで『喫茶リーフ』を調べていただけますでしょうか? 私は取調室に来る前にスマホを取り上げられてしまってありますから」

「はい」よくわからないが、珠緒は言われた通りにする。

倉田の指示に従って、ヤフー(倉田はヤフーを使っているらしい)の画像検索結果を辿《たど》っていくと、喫茶リーフの入り口の扉の画像が出てきた。どうやらお店をレビューするために、利用者の誰かがアップロードしたもののようだ。

「この画像を見て頂ければわかるように、喫茶リーフの入り口の扉は木製で、扉から一回り小さい長方形のガラス窓が、扉の中央に付いている仕様になっています」

「はい」珠緒が画像を見たところ、確かに倉田の言う通りになっていた。

「ガラスの上半分は、内側から東洋風ののれんで覆われています。また閉店を示すA4用紙も貼られているため、実質的にガラスの上半分は見えない状態です。この扉からは、ガラスの下半分、つまりお店の足元だけが見えます」

「そのようですね」写真を見ながら珠緒は言った。

「私はこのガラス越しに、梶原翔のぷらぷらと揺れながら浮いている足を見たのです」

「足ですか？」珠緒は鸚鵡《おうむ》返しにした。

「はい。ゼブラ柄のブーツを履いて、やや丈の短いレザーのズボンを穿《は》き、白い脛《すね》を出している、翔さんの下半身が浮いているのが見えたのです。それも、ただ浮いているだけではありません。意識を失っているとしか思えない、一定の調子でゆらゆらと揺れているのを見たのです。もしも縦方向にその足が、元気よく動いているのを見たとすれば、例えば懸垂でもしている可能性も浮かぶところですが――いや、誰も閉店した自分の店で、懸垂をしようとは思わないでしょうが。そんなのは奇行でしょう――とにかく、その両足はただ生気なくぶらりと揺れているだけだったのです。どう見たって刑事ドラマに出てくる、あの首吊り遺体だったのです」

珠緒はうなずいた。刑事ドラマなどでは、直接的に首吊り遺体を放送することが出来ないがために、ぷらぷらと揺れる足を見せてその代わりにすることがある。

「それで私は思ったのです。『ついにやったのか』と。……いや、冷静になってみれば、もう少しきちんと確かめるべきだったとは思いますが、私は驚いて逃げ出して、近くの交番に行ったのです。梶原翔が首を吊《つ》っているのを見たと言って」

遺体——少なくとも、遺体だと思われるもの——を見て、パニックになって深く確かめもせずに警察に通報するというのは、生理的な行動だろうし、特にその点は責められるべきものではないと珠緒は思った。

また、普段から梶原翔が自殺をほのめかしているのを聞いていて、それからその、「ぷらぷらと揺れながら浮いている足」を見ることで、咄嗟《とっさ》に首吊り自殺を連想したというのも、自然なことだろうと珠緒は思った。

「どうして足だけなのに梶原翔だとわかったんですか」

国府は聞いた。確かにその点は気になった。

「衣服です」倉田は答えた。「翔さんはいつも派手な衣服を着ていたでしょう。あんな服を着る人は翔さんしかいませんよ」

「同じ衣服で店に立っているのを見たことがあったのでしょうか」と珠緒は聞いた。

「そうですね」と、倉田は答えてから、言い直した。「……いや、これは不正確な言い方でしたね。同じ系統の衣服で店に立っているのはよく見ましたが、全く同じ組み合わせで店にいるのを見たかはわかりません。むしろ翔さんはファッションマニアだったので、毎回コーディネートは変えていたんじゃないかな」

「なるほど」別に梶原翔の勤務中の服装に関して、詳しく思い出す必要はないだろうと思ったので、珠緒はあまり力を入れずに相槌《あいづち》を打った。

「変わった店員がいるものだとは思いましたが、それはまあ……こういう町ですからね」

珠緒は秋葉原を思い浮かべた。確かにこの町においては、店員の服装がヴィジュアル系だったくらいで、取り立てて騒ぐべきことではないかもしれない。

「翔さんは昔、ロックバンドのボーカルをやっていたそうですよ。今は活動していないそうなので、つまりは単なる趣味であの格好をしていたことになりますが、本人はかなり気に入っているようでした。面白がって客に写真を撮られている時だけは、やけに無邪気に喜んでね……」

倉田は当時を懐かしむように微笑んだ。それからその男が、もうこの世にいないことを思い出して、ふいに面食らったように目を細めた。

「それで、地域課の警察官を連れて戻ってきたんですね」と、珠緒は聞いた。

「はい」倉田は答えた。「こちらの時刻もお巡りさんが口にしていました。確か十二時四十六分ですね」

梶原翔の転落死が十二時四十七分だ。となると、倉田たちが木田ビルに戻ってきたのは、梶原の転落死の一分前ということになる。

木田ビルの入り口は一つしかなく、それは歩行者天国に面している。

「倉田さんたちが木田ビルに入る時、歩行者天国に変わった様子はありましたか？」

と、珠緒は聞いた。

「ありませんでした。翔さんはまだ飛び降りをしていなかったはずです。断言は出来ませんが、そんなことがあれば騒ぎになっていて、私たちも見ていたはずです」

「そうでしょうね」

「喫茶リーフのある八階まで、エレベーターで行こうとしたのですが、中々来なくてですね。ボタンを押してから二、三分ほど足止めを食らった覚えがあります」

「その間に、歩行者天国の騒ぎは聞こえませんでしたか？」

珠緒は聞いた。時間的には、その頃には梶原は飛び降りを実行していたはずだ。

「聞こえませんでしたね」倉田は答えた。「エレベーターは建物の奥まった所にありますし、歩行者天国と木田ビルの間は分厚いドアで隔てられていますから、遮音されていたんでしょうね」

「なるほど」

「外がやけに騒がしいことに気づいたのは、喫茶リーフに辿り着いて、遺体が無いことに気づいてからです。それまでの私たちの頭の中は首《くび》吊《つ》り遺体で一杯で、外の様子なんて気に留める心のゆとりはありませんでした。もっと早く気づいていても良かったのかもしれませんが、ともかく余裕が無かったんです」

「まあ、もっともですね」

「こうして喫茶リーフに到着したのですが、その頃には私が見たはずの、翔さんの遺体は消えていました。そして、翔さんは歩行者天国で転落死体として発見されていました。私は翔さんの遺体を木田ビルの窓から見たのですが、遠くからでも翔さんだとわかりました。繰り返すようですが、あんな特徴的な格好をした人はそう多くはないですからね」

　倉田は続けた。

「一応、ビルの管理人の方に鍵《かぎ》を貰《もら》って、すぐにリーフの店内を確認してもらったのですが、まあ……当たり前というか、翔さんの遺体はありませんでした。また、私が遺体を見たと思っている場所の近くに、ロープを引っ掛けられそうな手頃な場所もないと言われました。手頃な場所はないとは言っても、物が多い喫茶店の店内ですからね。工夫次第でいくらでも吊るせるようにも思えたのですが、まあ……それ以上は、私が見間違いをしたのだろうということになって、詳しくは調べては貰えませんでした」

「………」珠緒はつい言葉を失った。

「それからこの末広橋署に来て、刑事さんたちに代わる代わる『見間違いをしただけなのではないか』『話は聞いたからもう帰って欲しい』と言われているのですが……いや……いくらなんでも私だって、何もないところに首吊り遺体を幻視するとは思えなくて……。それで、こうして何度も同じ話をしているのです。お二人は私の話を信じてくれますか？」と、倉田は締めくくった。

取調室を出ると葵野がいた。

珠緒は煙《けむ》に巻かれたような気分だったが、葵野はやけに嬉《うれ》しそうだった。その証拠に、別室に待機していたはずなのに、待ち切れなくて廊下に出てきてしまったようだ。飼い主を見つけた柴犬《しばいぬ》が上機嫌にすり寄ってきたみたいだ。

「珠緒さん。倉田さんに、『歩行者天国にある梶原翔の遺体に近づいたか』と聞いてくれないか？」

言われるがままに伝令役を務めた。すると倉田は、自分はずっとお巡りさんと一緒だったから、事件現場には全く近寄らなかった、と答えた。

ふたたび取調室を出る。ようやく考えがまとまった珠緒は、ある結論に達した。

自分たちは、あの末広橋署の刑事に一杯食わされたのだ。

梶原翔が生前から自殺をほのめかしていたことや、妻と日常的に喧嘩《けんか》をしていたことなど、彼の人となりを知ることは出来たが、肝心の倉田が見たと言う「首吊り遺体」については、やはり見間違いとしか思えなかった。

どうして十六分後に転落死をする人間が、その向かいのビルで首吊り自殺をしていることがあるだろうか。

飛び降り自殺に見せかけたくて、首を絞めた後に、高所から遺体を突き落とすという事件もある。ただ、当然ながらそれをやると、首には索条痕が残る。梶原の首に索条痕が無かった以上、この考え方はナンセンスだ。

また、第三者が喫茶リーフで梶原翔を絞殺したとして、わざわざ向かいにある金井ビルに運ぶ理由もわからない。飛び降りに見せかけたくて梶原翔の遺体を突き落とすにしても、喫茶リーフの窓を使えばいいだけだ。

運ぶにしたって成人男性の遺体は重い。遺体を持って歩行者天国を横断しようものならば、その時点で見つかりそうだ。倉田が発見してから梶原の転落までは十六分しかなかったわけだから、時間の観点でも難しそうだ。

一応、先ほどまで倉田の事情聴取を行っていた刑事に話を聞いてみた。

すると彼は、倉田の証言を受けて、十二時三十一分から十二時四十七分までの、木田ビルの人の出入りを監視カメラで確認してみたらしい。だがやはり、遺体をかついでビルを出てくる不審者は見つからなかったと言う。というより、その間の人の出入りが倉田しかいなかったと言う。

「お互い、苦労しますね」

と、刑事は頭を掻《か》きながら言った。自分たちと同じくお騒がせな老人の取り調べをさせられた、珠緒たちの苦労をねぎらっているようだった。

珠緒はため息をついた。すると、にこやかな顔の葵野が近づいてきてこう言った。

「とても面白い証言をする男だったじゃないか」

「なにが面白いんですか。あ……八十四歳が素数とか？」

「八十四は素数じゃないよ」葵野は真顔で言い返した。

「皺《しわ》の数が素数とか――」

「倉田さんは事件現場にはまともに近づいていないにもかかわらず、梶原の衣服を正確に言い当てていた」葵野は珠緒の発言を遮って言った。「梶原はたくさん服を持っていて、同じ組み合わせの服は中々着ていないにもかかわらず。窓の外から遠目に遺体を見たって、ズボンの生地まではわからないし、特にブーツなんかは真新しくて、喫茶店が開店していたタイミングで持っていたかもわからないのに」

まあ、衣服については葵野の言う通りではある。でも――。

「そういう偶然もあるんじゃないでしょうか？」

「科学者の仕事は、起こった出来事に対して、最も筋の通る説明を付け加えることだよ」葵野は微笑んだ。「倉田さんが単なる見間違いをしたということで、解の矛盾が最小限になればいい。見間違い……それも立派な解だ。ところが僕には、倉田さんが見たものが本当だったとする解の方が、この事件は筋が通ってくるように思えるんだな」

珠緒は目をぱちくりさせた。どう考えても事件をこんがらがらせているだけに思える倉田の証言に対して、この男は何を言っているのか。

「それに、仮に見間違いだったとして、倉田さんは重要な情報を僕らにくれた。それは十二時四十六分、倉田さんがエレベーターを使おうとした時に、中々来なくて二、三分、足止めを食らったということだよ。木田ビルは人の出入りが少ない。それは事件前に、監視カメラが倉田さん以外の人間の出入りを記録していないことから明らかだ。どうしてそんなビルでエレベーターが止まることがあるだろう？」

そのタイミングにエレベーターが止まっていたということは、倉田清の認識違いでは済ませられないだろう。同行した地域課の警察官も確認しているはずだからだ。

とはいえ、梶原翔が転落したのは向かい側にある金井ビルだ。そこから五十メートルも離れた木田ビルで、事件当時にエレベーターが止まっていたことは、果たして本当に事件と関係しているのだろうか。

「さあて、わからない。ともかく倉田さんの証言の裏付けを取りたい」

葵野は踵《きびす》を返すと言った。

「早速、喫茶リーフに向かおう」

5

末広橋署から喫茶リーフまで、ふたたびパトカーを走らせる。助手席の葵野が運転席の珠緒に言った。

「梶原翔の遺体を覚えているかい」

はい、と珠緒は答えた。あまり思い出したいものではなかったが。

「飛び降り自殺だとすれば、妙な遺体だとは思わなかったかな」

「いや……あまり」

「普通、飛び降り自殺をする人は足から落ちる。横向きに落ちたり頭から落ちたりして、わざわざ恐怖を煽《あお》ることもないからね」葵野は言った。「今回は金井ビルの屋上、つまりは八階相当の高さから飛び降りたとのことだが、その高さならば普通はそのまま足から落ちる。すると、まず足を骨折する。直後に尻餅《しりもち》をつく。これはほんの一瞬で起きる。今回の高さならば、着地時の時速は八十キロを上回っていただろうから、着地後の〇・〇三秒後には尻餅をついていることになる」

そらで計算をしながら葵野は言った。

「次に骨盤を骨折する。尾骨を骨折する。腰椎《ようつい》を骨折する。それでようやく尻餅をつき終わる。その後に――人間の頭は重いからね、頭部が前方向にぐるんと回転する。その最中に頸椎《けいつい》を骨折する。上半身が前に向かう影響で、胸が脚部に激突する。多発性肋《ろっ》骨《こつ》骨折が起き、その次に胸骨を骨折する。最後にその反動で体が後ろに倒れ、仰《あお》向《む》きの状態、いわゆる一般的に想像される『飛び降り自殺体』の体勢になって、自殺が完了する」

珠緒は最初、頭の中でその光景を想像していたが、そちらに気を取られると交通事故を起こしそうな気がしたので、途中でやめた。

「特に、途中で起きる多発性肋骨骨折に関しては、飛び降り自殺の特徴的な損傷と言われている。このメカニズムを知らなかったら、『どうして飛び降り自殺なのに肋骨を骨折しているんだ』と、頓珍漢《とんちんかん》な大騒ぎが起きてしまう所だよ」

葵野は冗談めいた言い方をした。

「今回の遺体はどうだった？　今回の遺体は、僕の見たところこのプロセスを経ていなかったね。梶原の傷は背中に集中していた。これは見た目通りに、梶原翔が背中から落ちたことを意味する」

珠緒は女友達と、富士《ふじ》の須津《すど》川《かわ》渓谷でバンジージャンプをしたことがある。

その時はもちろん前方に飛んだ。それでも充分に怖かった。上級者だと背中から飛ぶ、いわゆる背面バンジージャンプをすることもあるのだとスタッフさんから聞いたが、そんなことは想像するだけでもくらくらした。

わざわざ自殺の方法に背面飛びを選ぶ人間がいるだろうか。言われてみれば確かに違和感があった。

「でもそれだけの材料で、自殺説を覆すことが出来るんですかね？」珠緒は聞いた。

「決定的ではないだろうね。だから先に手を打ってある。知り合いの信頼できる女医に検死を頼んでいる」

葵野が言う。珠緒はちょっと驚いた。なぜなら葵野は以前に、人生を通じてほとんど友人を作らなかったと言っていたからだ。彼の知人というのはそれだけでレアだ。

思わず珠緒は割り込むように聞いた。

「どこの人ですか？」

「東京大学に所属する法医学者だよ」

秋葉原から東京大学は近い。司法解剖は現場の近くの医科大学で行われるのが常だから、梶原の遺体は東京大学に送られているのだろう。

「どんな人ですか？」興味本位で聞いた。

「頼りになる人だよ。ただすこし……僕は苦手にしている」

葵野が誰かを苦手にしているというのは珍しい。どんな相手でも平気そうなのに。謎の女医について、もう少し根掘り葉掘り聞いてみたかったが、もう木田ビルに着いてしまった。

木田ビルも、金井ビルに負けず劣らずの古いビルだ。色褪《いろあ》せたコンクリートの肌には、経年劣化によって引かれた黒い涙のような線がある。

エレベーターは建物の奥まった所にあった。また、外とは分厚いガラスのドアによって隔てられていた。歩行者天国の音もほとんど聞こえない。確かにこの場所であれば、飛び降り自殺の騒ぎを聞き逃すこともあるかもしれない。

特に待たされることもなくエレベーターに乗れた。

七階を通過した所で、そういえばこのビルの七階には、梶原翔の妻の兄である、福永敦夫が運営するジャンクPCショップがあったのだったな、と珠緒は思い出した。

喫茶リーフのある八階に着いた。

ここが最上階で、また喫茶リーフ以外は空きテナントになっていた。近年のウイルスの影響で、都内といえども空きテナントが増えている。リーフが閉店した以上、倉田のように間違いでもしなければ、まず訪れない場所だろうと珠緒は思った。

倉田の証言の通り、入り口からは室内の下半分だけが視認できる状態だ。珠緒はそこから、梶原の足が幽霊のようにぷらぷらと揺れているのが垣間《かいま》見えるところを想像した。ビルの雰囲気も相まって、かなりおどろおどろしい状況だろう。仮に見間違いだったにせよ、倉田がパニックになったのも責められないか、と珠緒は思った。

管理人室で借りた鍵《かぎ》で店内に入る。

片付けの途中らしく、床の上に段ボールがいくつか転がっている。ただ店の奥半分だけは、おそらくは開店していた時のままになっている。机と椅子が一定の間隔で配置され、ただ塵芥《じんかい》の降られるがままとなっている。喫茶リーフは二週間前に閉店したとのことだが、片付けの進み具合もそれを裏付けている気がする。

ふと、眩《まぶ》しくて珠緒は目を細めた。窓が大きく、かなり採光がいい部屋なのだ。カーテンが取り外されているので、光を遮るものも何もない。

葵野は目を細めて、手で日傘を作りながら窓の外を見た。ふと国府が言った。

「こんな所に来てなにか意味があるのか？」

国府は葵野に言い包《くる》められて、かなり渋々といった様子でここまで付いてきたのだが、そろそろ不満を堪《こら》えきれなくなったようだ。

ちなみに国府は、倉田の証言を単なる見間違えだと主張していた。もちろんそちらの方が一般的な考え方ではある。

「国府さんは、どうして意味がないと思うのでしょうか？」

逆に葵野が聞いた。その質問に面食らったように国府が言った。

「だって、辻褄《つじつま》が合わないだろう」なぜこんな当たり前のことを説明させられているのか、というふうな口ぶりだった。「首吊《くびつ》り自殺云々《うんぬん》は別にしても、倉田が証言した時刻に梶原が『喫茶リーフ』の中にいたとすると、その場合は倉田が木田ビルを出た後に、梶原もまた木田ビルを出なければならないだろう。だが監視カメラはその時間内に、倉田以外の人の出入りを記録していない」

「なぜ梶原が木田ビルから出なければならないんですか？」

「金井ビルに移動しなければならないからだよ」と国府は不承不承言った。「飛び降りにせよ、第三者に突き落とされたにせよ、金井ビルに上る必要が――」

「梶原が木田ビルから落ちたという可能性はありませんか？」

葵野ははっきりと言った。目を丸くする国府を前にして、葵野は付け加えた。

「末広橋署の刑事は言っていましたよ。五人の目撃者が聞き取りに応じてくれましたが、誰も梶原が飛び降りる瞬間を目撃していないと。また金井ビルに監視カメラはなく、よって梶原がそれに映ることもなかったと。金井ビルの管理が杜撰《ずさん》なことは周囲でも有名で、それが原因で、半年以上前から自殺の名所と化していたとも」

葵野が言っていることは全て事実だった。実際のところ、梶原が金井ビルから飛び降りたという確証はどこにもなく、状況証拠的にそうとしか考えられないという状態だった。

葵野は目尻《めじり》を下げながら窓からの陽光を浴び、白い歯を見せながら言った。

「ここから現場までの距離は……目算で三十五メートルか。歩行者天国の道幅を五十メートルとして、向かいの金井ビルからは十五メートル。喫茶リーフの高さは、わからないが建物の八階部の高さの平均を取って、二十一メートルとしよう。地上の風速はゆるやかで五メートル以下だが、高所だから倍になるとして、きりよく十メートルと仮定する。さあ、計算《シミュレーション》の時間だよ。この時、この窓から立ち幅跳びをして、遺体発見現場まで到着することは可能だろうか？」

一人で盛り上がる葵野に対して、国府はなんとか声を絞り出した。

「……遠すぎる。するわけがないだろう」

「どうして、やったことがないのに、しないと言い切れるんです？」葵野は明るい声で言った。「科学者の基本は、まずは実験をして真偽を確かめることですよ」

「…………」国府は黙り込んだ。

言われてみれば、実際に真偽を確かめたわけではない。ただ常識的に考えて、ここから着地地点までは届かないだろうと言っているだけだ。

だが「実験する」にしてもどうすればいいのか。

葵野は珠緒の方を見ると、にこやかに目を細めた。

「さあ、実際に跳んでみよう」

ああああ、といった叫び声をあげて、珠緒は飛んだ。

木田ビルの八階から飛んだ——のではなく、ただ廊下で立ち幅跳びをさせられたのだった。

手にはスマートフォンを持っていて、それをストップウォッチの代わりにする。

飛び上がってから着地するまでの時間は〇・七二秒。飛んだ距離は、葵野がメジャーを使って測ったところ、二・三一メートルだった。

ちなみにこのメジャーは、折よく葵野のスーツのポケットの中に入っていたものだった。

「……なんでメジャーなんて持ち歩いてるんですか？」と、着地の姿勢のまま珠緒は言った。

「なにかと便利じゃないか」

どういう時に便利なのかはわからないが、ともかく今日のところは役に立ったらしい。

「珠緒さんは松浦くんの一・四七倍も遠くに飛んでいるね！」と葵野は称賛した。ちなみにさっき松浦も飛ばされたが、一回飛んだだけで「足をひねった」と不平を言った。「二十代の女性の平均記録も大きく超えている。秒速にして、珠緒さんの立ち幅跳びの速さは三・二メートル。八階から地面までは二・二秒で到着するから、もし同じ速度で窓から飛び降りたとすると、木田ビルからは九・四メートルの位置に着地することになる」

「……ビルから遺体までは何メートルでしたっけ？」

「三十五メートル」

全然届かないじゃないかと珠緒は思った。何のために私は全力の立ち幅跳びを披露したのだ。

「まだ結論を出すのは早い」と葵野は言った。「一般的に、瞬間風速は平均風速の一・五倍から二倍程度だと言われている。というわけで仮に、風速二十メートルの突風が、幸運にも珠緒さんに吹き付けたとしよう。おめでとう、台風の時と同じくらいの速度の風だよ」

「はい」ビルから飛び降りている自分が突風に煽《あお》られている所を、嫌々ながらに想像しながら珠緒は言った。

「風によって運ばれる距離は、約一・八メートル。これを九・四メートルに足すと、木田ビルからは十一・二メートルの距離に着地することになる」

「……遺体までの距離は」

「三十五メートル」

いや、だから全然届かないじゃないかと珠緒は思った。漫才のツッコミ役になった気分だった。

「十一・二メートル？」

国府がふいに声を上げた。ああ、ついに葵野も国府に怒られる時が来たのか。私も松浦も一度は怒られたことがある。いっそカミナリを落とされてしまえ──と珠緒が思っていると、国府は全く思いもしないことを言った。

「台風と同じ風を受けて、全力で飛んで、十一・二メートル？」

「そうです」

「金井ビルから遺体までの距離は？」

「仮定なので切りよく十五メートルとしましたが、実際は十四・三メートルくらいだったと思います」葵野は記憶の中にある現場写真の上に物差しを置いて、測定結果をそらで暗唱するように言った。「鑑識の記録を当たれば正しい数字がわかると思います」

「大村の立ち幅跳びの記録は、三十代男性の平均記録と比べてどうなんだ？」

「三十代男性の立ち幅跳びの平均記録は……」葵野は目をつぶり、わずかの後に言った。「二・二二メートル。珠緒さんは運動神経がいいので、一般的な男性の平均記録も上回っていますね」

よく覚えているな、と珠緒は思った。葵野は人間離れした記憶力を持っているので、一度目にした数字はだいたい覚えているのだ。

……というより、立ち幅跳びの平均記録を覚えているのならば、私と松浦がわざわざ立ち幅跳びをさせられた理由はなんだったのだろう。単にこの男の実験好きに巻き込まれたわけではあるまいな。

「十一・二メートルか……」と、国府はつぶやいた。

「国府さんは一体、何を気にしているんですか？」と、つい珠緒は聞いた。

「金井ビルの屋上と『喫茶リーフ』はほぼ同じ高さにあるんだよ」

「つまり……」葵野が語り継いだ。「さっきの実験は、木田ビルから飛び降りた時の検証になっていると同時に、金井ビルから飛び降りた時の検証にもなっている」

「ええと……だから？」珠緒は聞いた。

「梶原翔が珠緒さんと同じ跳躍力を持っていて、突風などの好条件に恵まれても、着地地点は金井ビルから十一・二メートル離れた所になる。ところが梶原翔の遺体は、金井ビルから十四・三メートルも離れた場所に落ちていた」

なるほど、確かにおかしい。だが。

「三メートルくらい……」と珠緒は呟《つぶや》いた。

すると葵野はメジャーで三メートルの長さを作り、不敵な笑みを作った。

こうして見てみると、三メートルというのは思ったよりも長い距離だ。誤差では済ませられない距離だよ、珠緒さん、とでも葵野は言いたいのかもしれない。

「もちろん、死んでしまった梶原の跳躍力は検証しようがない」葵野は言った。「また事件当時の風の状況だって今となってはわからない。くわえて、遺体が着地してから転がったのだという可能性も――傷の付き方からして無さそうだが――一応はある。少なくとも自殺説を提唱する人間は、そういった規定外の事態が起きたのだと主張するだろうね」

確かに、様々な理由をこじつければ、梶原が飛び降り自殺をしながらにして、十四・三メートルも離れた場所に着地するという事態もありえるかもしれない。

だが珠緒はもはや、その可能性を無垢《むく》には信じられなかった。葵野の言う解の矛盾が、少しずつ増えて行っているような気がした。梶原がなぜか背中から落ちていたことといい、金井ビルから遠すぎる所に落ちていることといい、ただの飛び降り自殺では説明がつかないからだ。

とはいえ、梶原翔が金井ビルから飛び降りたわけではないとすると、新たな疑問も湧き上がってくる。

梶原翔はどうやってあの場所に辿《たど》り着いたのだろう？

まるで歩行者天国の真上、遥《はる》か宙から降ってきたかのようにしか思えなかった。

6

その日の夜。

珠緒は喫茶リーフの一つ下の階にある、福永敦夫の経営するジャンクPCショップ「ジャンクタウン」を訪れた。

と言っても現在、彼女の隣にいるのは葵野ではなく、同じ科対班にいる科学捜査官、松浦雅之だ。二人は今回、葵野に託されたある目的を果たすためにここに来ている。

木田ビルの七階にあるのはジャンクタウンだけで、他は空きテナントになっている。ジャンクタウンには「臨時休業」の札がかかっているが、中に人はいるようだ。ガラス越しのドアの向こうは蛍光灯の青白い光で染まっていて、小さなカウンターの奥で福永が何かの作業をしているのが見えた。

ドアを引くと鍵《かぎ》が閉まっていた。松浦がドアをノックすると、福永がちらりとこちらを見て、すこしだけ眉《まゆ》をひそめてドアを開けた。

福永敦夫は大柄な男性だ。脂肪が半分、筋肉が半分だろうか。柔道やラグビー等の、筋肉量が重要なスポーツをしていた経験があるのではないかと珠緒は予想した。柔道だったら、警視庁の早朝柔道に参加している珠緒と同じだ。

「警視庁捜査一課の松浦です」

「大村です」

二人が警察手帳を取り出すと、福永は困惑の表情を浮かべた。

「もう、随分とお話をしたと思うのですが……」福永は頭を掻《か》いた。

「末広橋署から事情聴取を受けたんですね」松浦が言った。「我々は警視庁なので、ちょっぴり指揮系統が違うんです。まあ、悪いようにはせんのでご安心下さい」

「はあ……」

「にしても、風情のあるお店ですねえ」松浦が一方的に畳み掛けた。「私も自作PCをやるんですが、宝の山みたいなお店ですよ」

ジャンクタウンは一見、倉庫のような店だった。壁際一面、巨大な棚で埋め尽くされている。そこにPCモニターやデスクトップPCの筐体《きょうたい》が置かれている様は、さながら粗大ごみ置き場を想起させるが、違うとわかるのは値段や商品の情報が書かれた紙が、一つ一つの機器に貼り付けられているからだ。

足元には、歩くのも難儀するくらいに黄色いカゴが置かれていて、マザーボードやCPUやジャンクノートPCといったものがカテゴリーに分けられて詰め込まれている。驚くべきことは一つ一つの値段の安さだ。家電量販店では数万円という値段で売られていそうなPCが、ここではたったの数千円、数百円だったりする。

「なんだか、ゴミ捨て場みたいですね……」

と珠緒は言った。やや失礼な言葉にも思えたが、これは失言ではなく、事前に松浦が作った台本にて指定されたセリフだった。

「そう、ゴミ捨て場なんです」松浦はそう言うと、多幸感に溢《あふ》れたにやにや笑いを浮かべた。「自作PCの醍醐味《だいごみ》は、こういった大量のゴミの山から、宝物を掘り出すことにありますよねえ、福永さん」

「そ、そうですねえ」福永は賛成したいようだったが、松浦たちが警察官であることを思い出し、咄嗟《とっさ》に警戒心を強めたようだった。

「ジャンクPCって、そもそもどうして売ってるんですかね？」珠緒は松浦に聞いた。来る前に説明されて知ってはいるのだが、そう聞くように台本には指定されている。

「大村さん。PCっていうのはね、結構単純な造りなんですよ。CPU、メモリー、ストレージ、この三つと、それらを繋《つな》ぐマザーボード、それに電力を供給する電源ユニットさえあれば動くんです。ジャンクPCっていうのは、この中の一部しか壊れとらんわけですから、それを買って、例えばメモリーだけを取り出して、自分のPCに繋ぐ、ってことが出来るわけです」

「ふうん……そうすると安くなるわけですか」

「安い⁉　安いとか高いとかのために自作PCをするわけではないんですよ‼」

松浦は興奮しながら言った。台本通りのはずなのだが、熱がこもっていて、全く演技だとは思えない。もしかすると半分くらいは、自作PCを趣味にする松浦の本音なのかもしれない。

「自作PCというのはね、ロマンなんです‼　このPCをね、一から自分の手で作り上げるという、その喜びのために行うんです‼　ジャンクPCというのは、自作PCの世界における、ロマン中のロマンです。五百円で買ったジャンク品の中に最先端のグラボがあるかも、もしかしたら動くかも、ああすごい、動いた、動いたぞぉ……という、あの瞬間の感動のために行うんです‼　そう思いませんか福永さん‼」

「え、ええ……まあ」

福永は気迫に押されながら言った。松浦がPCオタクを装うことで、PCショップの店員である福永を懐柔する、という計画だったのだが、果たして計画は成功しているのだろうか。単にヒかれているのではないだろうか。

「最近は自作PCは要らない、BTOでいい、などと言う輩《やから》がいますが、奴らは自作PCの良さを全くわかっていませんね。

「BTOは許せませんね！」福永はハッキリと言った。そこは松浦に賛成であるらしい。そもそもBTOってなんだろうと珠緒は思った。

「自作ならBTOよりも自由度がある。好きなCPUとメモリーを選び、あえての水冷式、筐体をクリアケースにして、LEDライトをピカピカ光らせるってことも、自作PCなら可能なんですよ!!」

「ハハハハハ!! フフフフフ!」

福永は笑っている。なんだ。なにが面白いんだ。二人は何を話しているんだ。

「水冷式にして、その中に魚を入れてアクアリウムにしたりとかね!」松浦は言った。

「フハハハハ!! それは、あのユーチューバーの鉄板ネタですねえ!」

「三万円で最新のゲーミングPCを作るっていう動画が面白くて――」

怖い。実に怖い。意味のわからないことを物凄《ものすご》い熱量で語り合う人々というものは怖いものだ。珠緒はたった一人で南極基地に取り残された人のような気持ちで、ぽつんとその場に立っていた。

四回目くらいの大爆笑が起きた後、ふと松浦が聞いた。

「店の奥の方はどうなっとるんですか?」

三人は店の奥の方を見る。

ジャンクタウンの店舗の面積は部屋全体の七割くらいで、残り三割はカウンターの向こうにあった。そこは福永が店番をしながら、納品されたPCの動作確認をしたり、商品の発送作業をするためのスペースとなっているようだ。ちょうど今も動作確認の途中であるらしく、巨大なPCの筐体が埃《ほこり》っぽい音を吐き出していた。

「おお⁉」松浦は目をむいた。「あれは最先端のスペックのゲーミングPCちゃいますか‼」

「そうですよ」福永は言った。「ちょうど今、動作確認中で――」

「ちょいと見せてもらってもええですか⁉」

福永の返答も聞かず、松浦はカウンターの向こうにずかずかと入っていった。

その様子を呆気《あっけ》に取られて眺めていた福永だったが、ややあって「ちょっと……」と、松浦を引き留めようとした。

「いやあ、すっごいお宝がたくさんありますねえ。ほら、このインテルのPCとか――」カウンターの中にあるものを漁《あさ》りながら松浦は言った。

「……あの、困ります。こちらは来客用のものではなくて……」福永は弱々しく言った。

「あれえ？　これはなんですか⁉」

そう言って松浦は、ジャンク品の山の中から、無骨な鉄塊を一つ拾い上げた。

PCに詳しくない珠緒にも、それがPCと無関係なものであることは、目に見えてわかった。それは電源コードの付いた、二列一組の黒い鉄の棒としか言えないものだった。それを目にした瞬間、福永の顔からみるみる血の気が引いていくのが歴然とわかった。

「ええと、それは……」福永は言い淀《よど》んだ。

「……自分たち、こういうもんなんで」松浦はわざとらしい仕草でふたたび警察手帳を取り出すと、呼び込み男が木札を鳴らすように空中に叩《たた》きつけた。「こいつを押収させてもらっても構いませんね？」

家宅捜査の令状が出ているわけではないので、法律的には押収の拒否も出来る段階だった。

だがもちろん、拒否したならば、それを原因とした激しい追及を受けることになる。何よりもそれくらいのことは平気でやるという、やや威嚇的な態度を松浦は見せている。

結局のところ、福永は観念したようにうなずくしかなかった。

時刻はすこし遡《さかのぼ》って、その日の夕方。

末広橋署から借りた会議室に、科対班の四人は集まっていた。

葵野は電話をかけていた。検死を依頼した東京大学の法医学者、津田美穂《つだみほ》に結果を聞くためだった。

血液や尿などの化学検査の結果を待たないと、正式な検死結果は出ないが、暫定的な解剖結果であれば聞けるだろうと葵野が言ったのだった。

電話が繋がったようだ。親しげな雑談を二、三挟むと、電話口で葵野が言った。

「司法解剖の結果は――」

果たして梶原翔の死因は転落死なのか、はたまた絞殺なのか。

「後頭部に、明らかに生活反応の伴う打撃痕が一つ有り。残りの傷は生活反応が弱く、死後間もない頃に付けられたもの……」

葵野は電話口で津田から聞いた内容を反芻《はんすう》した。

生活反応のことならば、もちろん珠緒も知っている。

例えば生きている人間を刃物で斬ると血が出るが、死後長く経った遺体に傷を付けても血は出ない。死後、間もない頃であれば血は出るが、凝血が起きるか起きないかなどの、細かな部分で差が生まれる。こういったことは監察医や法医学者によって確認される。

津田によると、生きている時に付けられた傷は後頭部の打撃痕のみだという。つまり、梶原の死因は転落死ではなく、まして絞殺でもなく、撲殺だった。

「犯人は梶原を撲殺した後に、飛び降り自殺に見せかけるために高所から落としたんだ」葵野は一旦《いったん》、電話を保留にすると言った。

「殺した後に自殺に見せかけるために偽装工作を行う……それだけならば実例も少なくない、ありふれた事件だな」国府が言った。

「刑事ドラマなどで、一般人でも検死について、ある程度は知識を持っていますからね。犯人も恐らく、本当の死因が撲殺であることがバレることは織り込み済みでしょう」

「だろうな」

「だから、その上で金井ビルから遺体を落としたのだと、誤認させるような仕掛けを行った」葵野は会議室の机に浅く腰掛けると言った。「倉田さんの証言がなければ、僕らだって本当の事件現場が金井ビルではない可能性に、気づけていなかったかもしれない」

「その本当の事件現場が、木田ビルだとお前は言ってるんだな」国府が言った。

「そうです。もちろん金井ビルでも木田ビルでもない、第三のビルが事件現場である可能性もありますが、倉田さんの証言がある以上、解の矛盾が最小になるのは木田ビルでしょう」

「木田ビルから遺体を投棄して、金井ビルの下まで到達させる方法があるのか」

葵野はふたたび電話を手に取り、津田に対する礼の言葉を述べてから通話を切ると、科対班の三人に向かって言った。

「一つ、あります」葵野は言った。「これは少し子供じみた方法なので、あくまで可能性の一つだと思って欲しいのですが、喫茶店の一つ下がジャンクPCショップであることと、事件当時にエレベーターが動かなかったことを考え合わせると、可能性は低くないと思われます」

「ほう」国府は唸《うな》った。

「それに、僕はずっと前から梶原翔のシャツのリング、、、が気になっています」

「リング？」

珠緒はふと、梶原の遺体を思い起こした。梶原翔はヴィジュアル系のファッションを身にまとっていて、シャツの肩には金属製のリングが空いていた。

「特殊な服だから気になっているのではなく、リングが歪んでいるのが気になっているんです。まるで何かに押し潰《つぶ》されてひしゃげているみたいだった……」

葵野は宙に手の指をひらひらさせた。蛍光灯に照らされて、彼の腕に這《は》う蔦《つた》のような太い血管が浮かび上がる。

「梶原の衣服は全体的に使い古されていて、アームカバーの糸だってほつれていたし、ネックレスにも細かな汚れが付着していました。ただ、大きな力をかけない限り、金属製のリングはああいうふうに歪むことはないと思うんです。経年劣化にしては不自然です」

「それが事件と何か関係があるのか？」国府が聞いた。

「僕はあの歪みは、梶原の遺体を投擲《とうてき》する、いわば投石機のようなものに固定された跡だと思っているんです」

「投石機？」と、珠緒は繰り返した。

「そう」と、葵野は言った。「珠緒さんの立ち幅跳びの速さは秒速三・二メートル。それでは遺体のある位置までは届かない。……では、逆にどれだけの速度があれば遺体に届くのでしょう？　概算ですが秒速十六・一メートルは必要です。逆に言えばそれだけの速度を出せれば、木田ビルの窓から遺体を撃ち出して、金井ビルのふもとまで着地させることが出来ます」

　葵野は鋭い目で空間の一点を見つめると言った。

「おそらく、犯人は喫茶リーフの真下の階で『ジャンクタウン』を営む、被害者の妻の兄の福永敦夫」

　事件現場が金井ビルであったならば、福永は鉄壁のアリバイを持っている。だがひとたび事件現場を木田ビルだと仮定すると、彼にはなんのアリバイもない。それどころか梶原が殺された時間帯は、丁度「ジャンクタウン」の中休みに当たる。木田ビルの七階以上で営業している店は「ジャンクタウン」だけだった。そのためこの時間に人気が無くなることは確実であり、梶原を殺して隠蔽《いんぺい》工作をするためには、都合がいい猶予が得られる。福永は最大の容疑者と言ってもよかった。

「福永はまず梶原を撲殺した。その後、投石機を使って梶原の遺体を『喫茶リーフ』

から撃ち出し、金井ビルの近くに落とした。直ちに投石機を回収、自分のＰＣショップに隠した——この時にエレベーターを使ったんでしょう。直ぐに隠蔽工作に移れるように、梶原の遺体を投擲する間は、なんらかの物を挟んでエレベーターを止めていたんだと思います。もちろん目撃者の可能性を減らす意味もあります。もしも福永がエレベーターを止めていなかったら、倉田さんと警察官たちがとっくの昔に福永を見つけていたかもしれません——それから、事件当時の自分のアリバイが完璧《かんぺき》であることを証明するために、何食わぬ顔で木田ビルから出てきて、到着した警察官の聞き取りに応じたというわけです」

「なるほど」国府は言った。「一応聞いておくが、遺体が通行人から見て不自然な落ち方をすることはないのか？　お前の言う方法だと、斜め上から落ちてくるようにも見えてしまいそうだが」

「地球の重力は、我々の体感よりもずっと大きいんです」葵野は答えた。「遺体が着地する時の下方向への速度は、最低でも時速八十キロを上回ります。横方向に撃ち出したって、落ちる時にはほぼ上から落ちます。心配ならば、やや山なりに撃ち出せば、垂直に落ちるのと似た状況を作り出せます」

飛び降り自殺体は思ったよりも速く落ちる。それは、遺体の恐ろしい損壊具合を見て、刑事ならば誰もが間接的に知っていることだ。その速さをもってすれば、撃ち出す時の横方向の速度なんて問題にならないということだろう。

「それで、肝心のその『投石機』とはなんなんだ?」

国府は聞いた。葵野は答えた。

「レールガンだと思います」

7

三日後。

科対班の四人はふたたび喫茶リーフを訪れた。事件に関係する、ある実験を行うためである。

ちなみに二日前、福永敦夫は自首をした。どうやら『二列一組の黒い鉄の棒』を押収されたことで、種が割れたことに気づき、逮捕の重圧に耐えかねたらしい。ここまで証拠を差し押さえられてからの自首に、果たして減刑の可能性があるのかはわからないが、本人は一刻も早く精神的に解放されたかったのだろう。

というわけでこれから行う実験は、あくまで福永の証言の裏付けを取るための追試にすぎない。

喫茶リーフの大きな窓は開け放たれており、葵野が福永の作ったものを参考にして作った二列一組の鉄の棒が宙を睨《にら》んでいる。福永のレールガンをそのまま使う訳にはいかないので、似たものを模して作った。

これがレールガンだ。長さ一・五メートルの二つの黒い棒の間には、長さ一メートルの鉄棒が架《か》けられ、そこには重りの入った丸められた布団が吊るされ、梶原翔の遺体の代わりを務める。重さとしては遺体よりも軽いし、空気抵抗も大きいが、安全面を考慮してこの形にしている。

「レールガンとは、電磁力によって物体を撃ち出す装置のことだ」葵野が言う。「磁界内部を電流を持った物質が動く時に働く、ローレンツ力を用いて物体を加速する。機構的には単純なため、かつてはSF作品の中でよく見られたが、現実的に実用レベルの物を作るのは、熱損失などの技術的な問題から難しかった。ところが今は技術的な改善から、実際の使用も検討されている。例えば二〇二二年度の、日本の防衛省の予算にも、レールガンの開発経費が含まれている」

「そんなすごいものが、民間人の手で作れるんですか？」珠緒は聞いた。

「繰り返しになるが、機構としては単純だからね。自作して動画にしている人もいる。さらに言えば銃刀法に問えるのかグレーな存在でもある」

「そんなものが存在していて、悪い人に使われたりしないんですか？」珠緒は慌てた。

「まあ、見ての通りに、装置としては大がかりなものになりがちだからね」葵野は珠緒の慌てぶりに笑った。「こんなものを持ち歩いていては、武器として利用する前に、不審者として通報されてしまうだろう。……まあ、もちろん今後誰かが、小型で耐久性のあるレールガンを開発してしまえば、話は変わるだろうけれども」

それを聞いて松浦が言った。

「そういえばアメリカで、3Dプリンタで作れる銃の設計図が発表されて、慌てて国務省がアクセス不可にした、っていう事件がありましたね。日本でもそれを作った大学生やら、大学職員やらが逮捕されましたが」

「うん、そんなふうに実用性のあるレールガンが、誰にでも作れるようになったら、色々と法改正の必要が出るだろうけれども、今のところは既存の火薬銃の方がずっと危険なんじゃないかな」

葵野はあくびを一つした。というのもここ数日、彼は再現用のレールガンを作るために、ほぼ寝ずに勤務していたからだ。

残業を好まない葵野にはかなり珍しいことだが、もちろん急に仕事熱心になったわけではなく、単に公道を貸し切りにしてレールガンの実験が出来るという、その状況にウキウキしているだけだろう。

そもそも葵野が「レールガンを作って実証実験をしよう」と提案した時、彼以外の刑事たちは「そこまでする必要はなく、押収した証拠で充分」という意見を持っていた。だが葵野がどうしても必要だと言い張り、またあの教授らしい稲妻のような弁舌を振るって実験の必要性を正当化し、レールガンを作り始めたのだった。

経費は求めず、十万円近くの製作費は全て葵野が自腹で払っている。やはりこの実験は半分、彼の趣味なのではないか？　と珠緒は思わずにいられなかった。

　今朝葵野に見せられたところによると、レールガンの中には、無数の電磁石がびっしりと敷き詰められていた。また電磁石たちは巨大な真四角の電流源に繋《つな》がれていて、そこにもコンデンサと呼ばれる素子が、まるで炊きたての炊飯器の中のお米のように大量に張り巡らされていた。

　あれを全て一人でやるのは——私も少し手伝わされたけれど——かなりの手間がかかるだろう。それを自分からやりたいと提案し、最後まで熱心にやってのけるとは。珠緒には時々、科学者という生き物がよくわからなくなることがある。葵野が特別なだけかもしれないが。

　ちなみに、先ほど喫茶リーフのドアを閉めて確認したところ、布団の末端、つまり遺体の足に当たる部分がぷらぷらとぶら下がっているのが、店の外からでも確認できた。つまり倉田が見たという首吊《くびつ》り遺体は、二列のレールガンに吊るされた梶原翔の足だったのだろう。

　準備が出来ました、という元気のいい声が、外の歩行者天国から聞こえた。今は末広橋署によって、歩行者天国を数秒だけ、貸し切らせてもらっている。

葵野はもっと話したそうにしていたが、国府が「早く撃て」と言うので、仕方なくスイッチを押した。

レールガンの根本から、銃声に似た音がして、小刻みな火花が散った。サイズの割には小さな音で、巨獣が小さく唸《うな》ったかのようだ。

それと同時に重り付きの布団が高速で動き、一瞬でレールガンの末端に到達した。角度センサー付きのクリップがぐるりと回り、設定された角度に達して、空中に丸めた布団を解き放った。

布団は山なりの軌道で宙を舞い、梶原翔の遺体発見現場のそばに到着した。

仮説を聞いた段階では本当に出来るのかと訝《いぶか》しがっていたが、実際に再現されてみると、思った以上に納得感があった。仰々しいレールガンの実物と、葵野の懸命な作業を目の当たりにしているからだろう。

レールガンは組み立て式のため、遺体を投棄した後は直ちに片付けられる。エレベーターを使えば、素早く下の階にも運ぶことも可能だ。それを済ませて、何食わぬ顔で木田ビルから出てくれれば、めでたくアリバイ工作が完了するというわけだ。

くわえて梶原翔のリングにあった不自然な歪《ゆが》みは、リングがレールガンのクリップに強力に固定されていたためだろう。

このトリックの問題の一つは、証拠隠滅に時間がかかることだ。なにしろレールガンはパーツにしても巨大だ。不燃ゴミに出して、はいお終《しま》いというわけにも行かない。出来ることならばさらに分解し、小分けにしてゴミに出したいが、それを行う前に葵野がトリックを見破り、証拠品を押収したというわけだ。

着地地点の計測を末広橋署の刑事たちが行う。

その結果を聞いて葵野は満足げにうなずくと、こう言った。

「折角だから、あと二発くらい撃ってもいいかな」

駄目に決まっている、と国府が言った。今だって歩行者天国を通行止めにしているのだ。

そう言うと葵野は肩を落とした。それが子供みたいで珠緒は笑ってしまった。

取り調べのために末広橋署に赴く。

かなりの歓迎ムードだった。目立つ場所での事件ということで、マスコミにも大々的に取り上げられていたし、それを迅速に解決したのは警察の好印象にも繋がる。葵野が事件現場の偽装に気づかなければ捜査も後手に回っていただろうし、その間にレールガンの証拠隠滅が完了して、最悪の場合は迷宮入りしてしまっていたかもしれない。お手柄と言っても良かった。

福永敦夫の取り調べを行う。

今回の取り調べは葵野も同席する。科学技術を使った事件の取り調べでは、科学捜査官が同席することもある。

葵野が福永の使ったトリックを確認すると、彼は全面的に自供した。最後に、動機についてこう語った。

「あの男の浪費癖が、真理亜を追い詰めていたのが許せなかったんです」

その言葉を聞いて、珠緒はずっと思っていたことを口にした。

「……ギャンブルですよね？」

福永は目を丸くした。

梶原真理亜は「喫茶店経営のために借金を背負った」と証言していて、梶原翔のギャンブル癖に関しては一言も口にしていなかった。でもそれは、梶原翔の名誉を守るための嘘だったのだろう。

「帳簿を見れば、喫茶店の経営状況が、それほど悪くなかったことはわかります」珠緒は言った。「でもその前から、なんとなく変だと思っていました。梶原さんはカード会社から借金をしていたそうですが、事業経営のために借金をするならば、銀行や事業主向けの金融機関などの、利息が少ない場所から借りるのが普通ですから」

それは最初に末広橋署の刑事に、話を聞いた時から違和感があった部分だった。自分が金融に詳しくないから何か勘違いをしているのかと思ったが、やはり調べてみても矛盾を覆すことは出来なかった。

「カードローンは審査が甘く、大きなお金が借りられることから、ギャンブルを行う人間に好まれる傾向があります。と同時に、利息が高いので借金が膨れ上がるリスクがあります。梶原さんの八百万円の借金は、ギャンブルによって膨れ上がったものだったんですね」

福永は声を出さずにうなずいた。

また、これらは梶原翔のファッションマニアの一面とも結びつく。

ギャンブルを行う人間には、得た利益をまとめて使ってしまう人が多い。『悪銭身につかず』と諺《ことわざ》で言うのと同じだ。衣服が全体的に薄汚れているのに、それらを新調せず高価なブーツを一点買いしてしまう消費行動にも、梶原の金遣いの荒さの片鱗《へんりん》が見える。

福永は顔を真っ赤にし、目頭を押さえながら言った。

「真理亜はとてもよく出来た妹だったんです。大学時代からの友人と会社を作って、それが上手《うま》くいって、売却して多額のお金を手にしました。それを元手にして、小さな喫茶店をやるのだと言っていました。余ったお金を使って投資を行えば、喫茶店からの収入は最低限でも、生活のためのお金は用意できる。毎日を過不足なく暮らせる……これが真理亜の立てた人生計画でした。そんな幸せな計画は、梶原という名の寄生虫によって破壊されました」

福永は続けた。

「真理亜と梶原はマッチングアプリで出会ったんです。梶原は最初、大手の会社で働くデザイナーだと身分を偽っていました。実際は無職であるにも拘《かか》わらずね。真理亜とのデートでも羽振りが良かったらしく、真理亜は疑いを持ちませんでした。本当のところ、それは梶原が何百万円という、高額の馬券を当てた直後だったからという、ただそれだけの理由だったのですが」

福永は唇を嚙《か》んだ。

「めっきが剝《は》がれたのは籍を入れた後でした。そしてその頃には、既に真理亜の情が移っていました。ほら、『星の王子さま』にもあるでしょう。君が薔薇《ばら》のために使った時間の分だけ、薔薇は君にとって大切なものになる、のような台詞《せりふ》が。ダメ男に入れあげる女性の心理を、こんなにも上手く表現した言葉はありません。真理亜はすっかり、梶原の傍には私がいなければならない、私が支えてあげなければならないと、そんな愚かな信条を背負うようになってしまいました。……あんなにも酷《ひど》い目に遭わされたのに。持っていたお金はすべてむしり取られて、喫茶店もやめなければならなくなって、八百万円の借金を、小さな会社の事務仕事で返さなければならなくなったのに」

福永は深く息をついた。その息は取調室のコンクリートの壁の向こう、どこか救いのない場所まで吸い込まれていったような気がした。

「真理亜はうつ病になり、ますます視野が狭くなってしまったことから、更に梶原に入れ込むようになりました。彼女の目を覚まさせてやるためには、もう梶原を殺すしかありませんでした。今回の殺人に対して、私が後悔していることは何もありません。唯一悔いる所があるとすれば、もっと早くに梶原を殺しておけばよかったというその一点です。どうせトリックが暴かれるのならば、真っ向から刺し殺せば良かった……。真理亜は私を憎むでしょうが、本当の彼女の幸せを願うならばこれしかなかったんです」

8

幸せ、かあ……と珠緒は思った。

珠緒にとって「幸せ」というのは、耳にタコな言葉だった。

なぜなら、今年で二十七歳になった珠緒は、母親と通話をするたびに、「彼氏はいないの？」「いい人はいないの？」「結婚して幸せになりなさい」と言われているからだ。

ただ、当たり前だが結婚イコール幸せではない。結婚して不幸になることもあるのだ。その実例をまざまざと見せられた気分だった。

「幸せ、ねえ」

と、珠緒の隣で葵野は言った。どうやら思っただけではなく、実際に呟《つぶや》いてしまっていたらしい。

「幸せをもたらすと言われている、脳内物質のドーパミンだが、これには困った特性がある」葵野が言った。「それは、予測不可能な嬉しい出来事ほどドーパミンが出やすいという習性だ。具体的には、ダメな男に優しくされる方が、普段から優しい男性に親切にされるよりも、多くのドーパミンが出る。これこそ、ダメ男に騙《だま》されてしまう女性の心理の根源にあるものだね。梶原真理亜が酷い目に遭いながらも翔を捨てられなかったのは、このドーパミンの急激な上昇に対する中毒状態になっていたからなのかもしれない」

珠緒は廊下の壁に頭を付けたまま、なんとなく相槌《あいづち》を打った。

「これはギャンブルにも同じことが言える。必ず勝つ勝負事なんて、やっていても面白くないだろう。時に手痛い負けを食らうからこそ、人はギャンブルを繰り返してしまうわけさ。この中毒状態によって日常生活に支障をきたす状態を、ギャンブル依存症と呼び、WHOにも『病的賭博《とばく》』という名で正式に病気として認められている。病気なのだから当然、医者に行った方がいいのだが、多くの人はギャンブル依存症を精神的な問題だと決めつけて、当人の『自制心』や『我慢』で解決しようとする……。これは化膿《かのう》した傷口を放置するのと同じだ。今回の事件も、世の中にもう少し、ギャンブル依存症の概念が浸透していたら、起きなかった事件かもしれないね」

ふうん、と珠緒は言った。

それはともかく、と言って、葵野は自販機のボタンを押した。

自販機から出てきたのは、珠緒がよく飲んでいる銘柄のミネラルウォーターだ。葵野はそれを手に取ると、珠緒に向けた。

「今日は朝から忙しかったから、珠緒さんも疲れているんじゃないかな。だからミネラルウォーターくらいなら奢《おご》ってあげようかと思ってね。どうぞ」

どうも……と受け取りかけて、珠緒はふと思った。

なぜだろう。ただミネラルウォーターを奢ってもらっただけなのに、たまらなく嬉《うれ》しい。葵野はただの数学マニアではなく、こんな気遣いが出来る人間だったのか。

……って、あれ？　これはさっきの「予測不可能な嬉しい出来事ほどドーパミンが出る」の実演ではないか？

私はこの男に懐柔されているのではないか？　そう思うと段々と、自分で自分の感情が信じられなくなってきた。

「……アリガトウゴザイマス」

結局のところ、珠緒はそう低い声で言って、ミネラルウォーターをひったくった。

第二章　マリが十三人

1

「こん畜生っ！」

大声が聞こえてきて、珠緒は警視庁の廊下に立ちすくんだ。

声の主は国府だったらしい。目の前にある「高度科学犯罪対策班」のドアが開き、中から昭和風の筋肉質な刑事が飛び出てきて、一目散に走り去っていった。

こん畜生……か。

昔の小説では見たことがあるが、あまり現実では言っているのを聞いたことがない罵倒《ばとう》句だ。やはり国府は怒り方も昭和なのだな――という平和な感想を抱いた後に、果たして国府は誰と喧嘩《けんか》をしていたのだろうかという、穏やかでない疑問が浮かんだ。

開けっ放しのドアをくぐる。

すると、科対班の発起人であり班長である川岸千鶴警視が、ランウェイの先っぽで観客を見下ろす女優のように、悠々と自分のデスクの前に立っていて、その周りを葵野と松浦が囲っていた。慌ててそこに交ざる。

美しい容姿のため、同年代からのファンも多い川岸だが、実は国府の一つ年上であり、入庁時には彼の同期だった。なので警部補と警視という、大きな階級の違いはありながらも、国府は川岸に敬語を使わないし、川岸もそれを問題視していない。

そしてどうやら状況的に、国府の喧嘩の相手は川岸だったらしい。彼が喧嘩をして逃げ去っていくような相手は、この場に川岸しかいないからだ。

「共有事項があります」

だが川岸は、柳に風といったふうに言った。別に国府を軽視しているわけではなく、業務に不要な感情は出さない人なのだ。

「科対班の今後の活動のために、警視庁の他の部署との連携を強めたいと思っています」

川岸が管理官を務める、第二強行犯捜査との連携でも強めるのだろうか――と珠緒が思っていると、予想だにしていない言葉が続いた。

「公安部との連携を強めようと思っています」

ぎょっとした。刑事部と公安部は仲が悪い。その険悪さは刑事ドラマ等を通して一般にも知れ渡っているほどだし、誇張の多いフィクションの中でも、それは数少ない事実の一つだったからだ。

国府が怒ったのは、川岸が公安部と科対班の連携を強めると言ったからだろう。昭和気質の国府にとって、耐えがたい提案だったに違いない。

「公安総務課第六公安捜査の成海《なるみ》さんと本堂坂《ほんどうざか》さん、お入り下さい」

川岸がそう言うと、ドアの前で紹介されるのを待っていたらしい、二人の警察官が班室に入ってきた。廊下で自分とニアミスしたのかもしれないが、国府の怒りが原因で気づかなかったなと珠緒は思った。

「おはようございます！　巡査部長の成海良太《りょうた》です！」

一人は二十代後半の、百六十センチほどの低身の男性だった——いや、少年と呼んだ方が感覚に近いかもしれない。それくらいに童顔で、さらに言えば美形だった。髪の毛は栗色がかっていて、まつ毛はマスカラでもしたように長かった。サーフパンツでも穿《は》いて、ファッション誌の表紙にでも載っていそうな。

「……警部補の本堂坂鷹宏《たかひろ》です」

もう一人は三十代後半の、百九十センチほどの長身の男性だ。顔立ちがはっきりしていて、こちらも世間的には男前なのだろうけれども、なにか重々しいものを背負っている人間だけが持っている濁った陰が彼の存在そのものを覆い尽くしている。猛禽《もうきん》類《るい》のような眼光を持つ目の下には分厚い隈《くま》が出来ていて、寡黙そうに閉じられた唇の周りには無精髭《ぶしょうひげ》とも言えなくない髭がついていた。

対照的な二人だ。どちらかと言えば成海の方が親しみやすそうに見えるが、彼も食わせ者であることを珠緒は知っている。過去に経堂署に捜査本部が置かれた時、公安総務課の二人も参加していて、その時に彼らの傍若無人な振る舞いは、珠緒も知ることが出来たからだ。そして正直なところそれに拠《よ》って、珠緒も公安のことが苦手になったのだ。

「第六公安捜査の彼らは、『土星23事件』に関して独自の情報網を持っています」と、川岸が言った。「同事件の解決を目指す科対班にとって、連携を取り合うことは利益を生み出すと考えています」

土星23事件は、三年前から計五件起きている、連続猟奇殺人事件である。未《いま》だに解決しておらず、六件目の殺人が今も日本の何処かで起きるのではないかと恐れられている。マスコミには日本史上最悪の劇場型犯罪と書き立てられている。科対班の結成目的の一つも、土星23事件の犯人である通称・土星人を見つけることだ。

土星23事件には大きな特徴が三つある。

一つは、必ず事件現場に異常な特徴があることだ。

例えば経堂署に捜査本部が置かれた事件では、遺体は生きたまま木の枝に包まれて焼かれていた。またテレビスタジオで起きた事件では、実業家が生放送中に、いきなり踊り出して毒死した。首の斬られた遺体の頭部が北海道で、胴体が沖縄で見つかったということもある。遺体の死亡推定時刻は二時間以内だったが、二つの距離は二千キロ以上も離れており、その説明をつけることは未だに出来ていない。

二つ目の特徴は、事件現場に必ず「♄」という、hの上に一本線が引かれたようなマークが見つかることだ。♄は土星の惑星記号であり、西洋にて占星術のために十五世紀頃に考案されたと言われている。♄は遺体に彫られていたり、現場に刻まれていたり、遺体の装飾品に書かれていたり、見つかり方は様々だが、必ず現場に存在する。

三つ目の特徴は、必ず月の二十三日に起こることだ。

日付の理由は土星23事件の犯人が、大手週刊誌の編集部に出した投書で明かしている。

マスコミに犯行声明文を出すというのは、ゾディアック事件や切り裂きジャック事件、ＢＴＫ（緊縛《バインド》・拷問《トーチャー》・殺人《キル》）事件やハッピー・フェイス・キラー事件と同じ、典型的な劇場型犯罪者の行動である。

投書の中で土星人は、「土星にとって二十三日は祝うべき日であり、生け贄《にえ》を捧《ささ》げる必要がある」から、二十三日を選んでいると書いていた。本心はわからないが、ふざけている、と珠緒は思った。

その一方で、公安部の使命は、国家を脅かすテロリスト／テロ組織を取り締まることである。

土星23事件も既に五件起きており、単なる殺人ではなく、国家秩序を脅かしかねないものとして公安部にも認定されているのだろう。だから同じ相手を敵とする刑事部と連携した方がいい……というのは、理屈としては合っているのだが。

「是非ともよろしくお願いします！」と、成海は人懐っこい笑みを浮かべた。それから、「もちろん職務上必要な機密は守りますが」と小声で付け足した。

そう、公安部の特徴は徹底的な秘密主義だ。

公安部は自分たちの情報を、決して外に出さない。警察外部はもちろん、警察内部にも秘密にしている。なぜなら彼らの仮想敵による、警察内部へのスパイや調査などを、常に警戒しているからだ。

だから公安部のどの部署にどれだけ人員がいて、どの係がどういう仕事をしているかといった、特に当たり障りのなさそうな情報でさえ、珠緒たちには知る由がない。そういった些細《ささい》な情報の断片から機密は漏れるものだというポリシーの下に、公安部は運営されているからだ。

だから、仮に土星23事件に関する情報を成海や本堂坂が握ったとしても、科対班の自分たちに明かしてくれる可能性は低い。

だいたい、経堂署に置かれた土星23事件の捜査本部でも、公安は他部署から情報を収集する一方で、自分たちが持っている情報は決して明かさなかった。

それが勝手な行動に見えて――彼らには彼らの言い分があるのだろうけれども、どうしても刑事部の自分にはそう見えて――珠緒もまた公安が苦手になったのだ。

公安部と連携するというお題目を掲げたところで、彼らの良いように扱われるのがオチなのではないかと珠緒は思わざるを得なかった。そんな珠緒の気がかりをよそに、成海は握手のために手を伸ばしてきた。

「いやー、科対班の皆様のご協力が得られるなんて光栄の限りです！　公安は刑事事件には弱いですし、科学捜査なんてもってのほかですからね！」

「あーはい、よろしくお願いします」

一番近い場所にいた松浦がその手を握った。松浦はオタクなので、私生活でもあまりこういった外向的で騒がしい人間との関わりはないらしく、やや勢いに呑《の》まれている様子だった。

「松浦雅之さんですよね」

「なぜ私の名前を？」松浦はきょとんとした。

「そりゃあ、有名人だからですよ！」成海はにこりと笑った。「例の誘拐事件、葵野さんのご活躍はもちろん有名ですが、彼をサポートする、インターネットを駆使する凄腕《すごうで》の科学捜査官がいたっていうことは、当然存じ上げておりますよ！」

「フフフフ、ありがとうございます」松浦は上機嫌に笑った。

珠緒は舌を巻いた。成海が話している誘拐事件について、葵野の活躍を知っている者は多くても、松浦の関与を知っている者はそう多くはない。

「いやあ、頼もしい仲間がつきましたねえ！」松浦は上機嫌に言う。

公安の警察官は、他の部署から向けられている悪感情を知っているから、他者にすり寄る媚態《びたい》を持っている人間も少なくない。成海もそういった天性の媚態を持っているようだ。松浦が単純すぎることを差し引いても。

「それはこちらの台詞《せりふ》ですよ。いい連携をしましょう！」と成海は笑った。「それと葵野さん、あなたは甘い物好きという話があったので、こちらを――」

と言って、成海は小箱を取り出した。

それは珠緒も知っている有名店のバタークッキーの缶だった。羨《うらや》ましいと思う一方で、ある疑問も浮かんだ。

「甘い物好き……？」

葵野は首を捻《ひね》った。あまり葵野に甘い物が好きだという印象がない。むしろ日々のカロリー摂取量を気にしているイメージがある。

「ほら、よく刑事部の無人コンビニで、チョコレートを買ってらっしゃるじゃないですか」

ああ、と葵野は言った。確かにこの男は最近、無人コンビニでチロルチョコを買うのをマイブームにしていた。

だがあれは、チョコレートの表面が五×五のレンガ模様になっていて、本人いわく「幾何学的に美しい」がために買っているだけだった。よくチョコレートの表面を私に見せてきて「ふふふ……、正方形が二十五個。ハッピーだね」と笑いかけてくるのだ。

チロルチョコはたくさんの種類があり、その中で特定のものしか選んでこない葵野に対し、珠緒は今更ながらにかなりの変態性を感じていたのだが、どうやら公安部といえども、さすがに葵野の図形フェチだけは見抜けなかったらしい。

だが普段の購買行動を把握していたのは確かだ。刑事部と公安部では階も違うのに。

葵野はバタークッキーの缶を手にして少し困ったようだったが、結局は「ありがとう」とそつのない礼を述べた。

成海は珠緒に対しても、「敏腕の若手女性刑事がいるって噂はかねがね聞いていますよ！」と、きらきらとした上目遣いを向けてきた。

うう、戦略であることがわかっていても誑《たぶら》かされてしまいそうな態度だ。珠緒は早めに挨拶《あいさつ》を切り上げた。

挨拶を終えて、成海と本堂坂が去っていく。ちなみに成海が話している間、本堂坂は鷹《たか》のような目でじっとこちらを見ているだけだった。

すこし話しただけなのに、どっと疲れた。珠緒はつい、川岸に本音を漏らした。

「公安部との連携なんて、上手《うま》く行くんですかね……」

すると川岸は遠くの方を見ながら、予言のように言った。

「いつかは、公安部の方が科対班に助けを求めてくると思いますよ」

本当かなあ、と珠緒は思った。川岸の考えていることは、時々よくわからない。

自席に戻る。

2

ふと私用のスマートフォンを見ると、母親から無数の着信が入っていた。

なにが起きたのだろう。珠緒は慌ててトイレに向かった。鏡の前で折返しの電話をかけると、母親から驚きの事実を告げられた。

「……おばあちゃんが倒れた？」

珠緒の祖母は静岡に住んでいる。

十歳の時から高校を卒業するまで、珠緒も祖母の家に母親と一緒に住んでいた。

だからタクシーの窓に映る景色にはどれも見覚えがあった。子供の時に見たのと同じだ。だが珠緒が大人になったからか、何もかもが記憶よりも少しだけ小さく見えた。まるでミニチュア造りの思い出の回廊の中を進んでいるみたいだ。道を行くたびに思い出の中の風景が縮小していき、その分の空間が開き、何も残らない。

小学校からの帰り道を、気まぐれに折れたところにあるレンガ張りの病院の中に、祖母は搬送されていた。

受付の女性に祖母の名前を伝えると、病室の場所を教えてくれた。

ドアを開けると、思ったよりも溌剌《はつらつ》とした声が返ってきた。

「おお、珠ちゃん！　久しぶりだねえー」

祖母だった。彼女は四階の病室の窓際のベッドに座り、珠緒を見て目尻《めじり》に皺《しわ》を浮かべた。珠緒は明るい声で答えた。

「そんなに久しぶりじゃないでしょ？　お盆に一回帰ってるし」

「そうだった？　アーッハッハ、珠ちゃんが来てくれるのなら、年に一回くらい倒れておくべきだねえ」

笑い声と共に、安っぽいベッドがギシギシと軋《きし》んだ。

わりあい元気そうで、珠緒は安心した。ただ、一度倒れたことは事実のようで、銀色のスタンドから点滴のチューブが延び、彼女の腕に喰《く》い込み、その上にサージカルテープが貼られていた。白い腕にはしわのまだら模様が出来ていて、それを見ると祖母の老化ぶりにすこし驚くが、そのことについてはあまり考えないようにしながら、珠緒は聞いた。

「なんで倒れたの？」

「めまいだって」珠緒の母親が言った。「急に視界がぐわんぐわんして、立ち上がれなくなっちゃったんだって」

「ええ……大丈夫？」

「さっきまでは悪かったんだけどねえ。珠ちゃん来たら元気になっちゃったよ」

それから三人は束の間の団欒《だんらん》を楽しんだ。

軽食としてバタークッキーをつまむ。ちなみにこのクッキーは、葵野に「実家に帰るなら手土産でも」と言って渡された成海のクッキーだった。

会うたびに話される、死んだ祖父の自慢話（ただ、頰のエラが張りすぎていたことだけは許せなかったというどうでもいい話）を聞き流していると、ふと祖母は珠緒の手の平を不思議そうに眺めてから言った。

「どうしたの、珠ちゃん。左手のところに擦り傷が出来てるよ」

祖母の言葉に、珠緒は慌てて左手を隠した。

実は二日前に、警視庁の早朝柔道で、受け身を取り損ねて手の平が傷ついたのだ。その日は消毒液を付けて絆創膏《ばんそうこう》を貼っていたのだが、一日も経つとすっかり平気になってしまって、絆創膏を貼っていても逆に目立つと放っておいたのだ。小さな傷だと思っていたのだが、さすがに祖母は孫のことを注意深く見ている。

「そんな、怪我をするような仕事なの？」

「まあ……」

「続けてるんでしょ、駐在さんの仕事」

祖母がそう言うと、母がちらりと珠緒を見た。珠緒は素知らぬ顔で言った。

「うん……そうだよ」

嘘をついたという後ろめたさが、わずかに胸をかすめた。

珠緒は現在、本庁で働く刑事である。だが、刑事を目指すと高校時代に宣言した時、母親と祖母からは猛烈な反対を受けた。二人は刑事というハードな職業に、女の子がつくのを好まなかったし、何よりも珠緒の父親は元刑事で、過去に勤務中の事件で、容疑者を銃殺して逮捕されていた。

その事件こそが珠緒が刑事を目指すきっかけになったのだが、同時に二人にとっては刑事にさせたくない理由だったらしい。まあ、珠緒からしてもそっちの感受性の方が普通だとは思ったのだが、自分の気持ちに嘘はつけなかった。

というわけで、高校生の時の珠緒はごねて、結局のところ「刑事にはならない。駐在さんになるだけ」と言って、二人に警察官になることを認めさせたのだ。

もちろん本心ではなく、入庁してから直ぐに、刑事課に入るための専務試験の準備を始めた。そして同期の中でも比較的早く刑事課に入れた。珠緒が女性であり、警察が慢性的な女性の人手不足であることも大きかっただろう。

刑事になったことは隠そうとは思っていたのだが、さすがに毎週一回は通話をしている母親の目を欺き続けることは出来ず、結局は打ち明けざるを得なくなった。

だから今、祖母は珠緒のことを交番勤務の警察官だと思っている。やや複雑な状況になっているのだ。

「ハードな仕事なのね、駐在さんって」

「……まあ」

「そろそろ辞められそう？」

……え、という声が漏れた。

「珠ちゃん、今年いくつだっけ？」

「六月に誕生日があって、二十七歳」と母親が補足した。

「二十七歳⁉ へええ、あんなにちいちゃかった珠ちゃんが二十七歳かあ。おばあちゃんも年取って倒れるわけだー」

祖母と母親はげらげら笑った。苦笑する珠緒に、祖母は続けた。

「警察官なんて、女の子がずうっと続けていけるような仕事じゃないんだから。いつかは辞めて、結婚して『女の子の幸せ』を見つけなきゃね」

その言葉に対して、珠緒はなんとなく言い返したいことがあったが、とりあえずうなずくことでやりすごした。

「珠ちゃんは、彼氏出来たの？」

「いや」

「好きな人は？」

「んー……」

「じゃあ、気になる人は？」

そう言われて、ふと脳裏に葵野の姿が浮かんだ。

彫りの深い二重まぶたで、鼻筋が凛々《りり》しく通っていて、口元には爽《さわ》やかな微笑が浮かんでいる。スタイルも良く、黒いスーツでも着ると、長い足が真っ直ぐに空間を分断しているように見える。はっきり言って容姿は完璧《かんぺき》だ。

……だがその内面は、カルボナーラのベーコンの枚数が素数であることを喜び、不眠不休でレールガンを作って公道に撃ち放ち、私に高級店のバタークッキーを渡す一方で、自分はチロルチョコの「幾何学的な美しさ」に酔いしれている数学マニアである。

うん、これは好きとか嫌いとかそういうのじゃない。ただ頭に浮かんだだけ。脳のバグだ。

「ここで黙り込むってことは、もしかして珠ちゃん……」

祖母と母がひそひそ話を始めたので、珠緒は慌てて「ないない、絶対ない！」と割り込んだ。

声、大きすぎ、とたしなめられて珠緒は顔を真っ赤にした。ここが他の患者もいる病室であることを忘れていた。珠緒はぐっと膝《ひざ》の上でパンツスーツの布を握った。

「ないなら、ステキな男の子を見つけないと」

「いや……でも、結婚したい気持ちは、今のところ無いというか」

「じゃあ一生結婚しないつもりなの？」

珠緒は黙り込んだ。そりゃあ一生とか、そういったスパンの話をされると、私にもよくわからなくなってくるけれど。

「警察官をやって、そうやって体に傷とか作っちゃうと、格好いい男の子に貰《もら》ってもらえないわよ」

珠緒はふたたび手の平の傷を見た。

確かに、世間的な女の子らしさに欠けた振る舞いをしているかもしれないけど……。

なんだか珠緒の中に、灰色のわだかまりのようなものが溜《た》まっていった。埃《ほこり》っぽい風に吹かれて、なすすべがなくなっているみたいだ。

「仕事ばかりしていると、ゆっくりと人生について考える時間もないものね」祖母は言った。まるでゆっくりと人生について考えれば、自《おの》ずと祖母と同じ境地に行き着くとでも言いたいかのように。「珠ちゃん、せっかく静岡に帰ってきたんだし、明日《あした》は土曜でしょう？　お母さんの家に泊まっていったら？」

「ええっ」今度ははっきりと声に出た。それが意外だったらしく、母は目をぱちくりさせた。

「なにか用事でもあるの？」

「いや……」用事は無いのだが、一つだけ心残りがある。

「じゃあ、いいじゃない」

祖母が言った。仕方なく珠緒はうなずいた。その件は別の方法で解決しようと珠緒は思った。

それにこの件に関しては、母と祖母には口が裂けても言えない、刑事になったことよりも、さらに後ろめたいことなのだ。

まさか自分が佐井茉理奈《さいまりな》という名の、過去の誘拐事件の被害児童と、東京で一緒に暮らしているだなんて。

翌日の夕方。

珠緒は物思いに耽《ふけ》りながら、東京行きの新幹線に乗っていた。

二十代の後半になって、まるで見知らぬ人間が気づかないうちに仲間の輪に加わっていたみたいに、結婚という言葉を身近に聞くようになった。

いや、予兆はあったのかもしれない。高校を卒業してから警察官になり、静岡の友人たちとは半年に一回くらいしか連絡を取らなくなったが、言われてみればその間に、友人たちの恋の状況も少しずつ変わっていった気がする。何かに向かって進んでいる感じはせず、同じところをぐるぐると回っているように見えたので、見逃していたけれども、あれは結婚という名の一箇所へと向かう螺旋《らせん》運動だったのかもしれない。

するとある日、高校時代の同級生が結婚。間もなく別の同級生が結婚、岩なだれが起きたかのように結婚報告が相次ぎ、今ではおめでた報告も見られる始末だ。

正直なところ珠緒は、全くもってこのスピード感についていけていない。警察官になってからは、まともな恋愛だってしていないのだ。日々の業務に忙殺されて……というのは言い訳か。同期でも頻繁に彼氏を取り替えている女の子がいるものな。だから結局のところ、それに対するやる気が足りていないのだ。そしてやる気が無いことに対して、自分でも問題視をしていないのだ。すると時々、横っ面をひっぱたかれるかのように、結婚、という言葉が猛スピードで吹き抜けていく。

人の恋愛の話を聞くのは好きだ。でもそれは遠くの緑を眺めるようなものなのだ。自分のことになると、途端に距離感が摑《つか》めなくなってくる。

珠緒のため息に似た音と共に、新幹線がプラットフォームに到着した。

珠緒は自分のマンションに向かうのとは別の路線の電車に乗り、世田谷区の隅っこにある小さな駅までガタゴトと電車に揺られていった。

駅を出る。都内にしては人気は少なく、低い建物が立ち並び、のんびりとした時間が流れている地域だ。

公園の前にある小綺麗《こぎれい》なマンションが、珠緒が一緒に暮らしている佐井茉理奈の住居であり、現在、珠緒が寝泊まりをしている場所である。

チャイムを鳴らすと、聞き覚えのある男の声が聞こえる。

「おかえりなさい、珠緒さん」

玄関からすぐそばにある、キッチンに立っているのは葵野だった。

彼は週末だけ召喚された、ピンチヒッターの子守役だった。珠緒が急遽《きゅうきょ》、東京を離れることになったので、その間だけ泊まってもらったのだ。

ちなみにこんなこともあろうかと、この家の鍵《かぎ》は事前に葵野にも渡しておいた。もちろん茉理奈の親は了承済みだ。実際に使ったのは今日が初めてだが。

葵野は普段と違ってラフな格好で、首周りの開いたTシャツを着ていて、太い針金のような首筋が鎖骨の地平線へと真っ直ぐに飛び込んでいくのが見えた。

「……そろそろ出来たかな」

葵野は軽い手つきで鍋《なべ》をかき混ぜた。今はカレーを作っているらしい。そういえば、ちょうど夕食の時間である。

「葵野さんって、料理できたんですか？」やや失礼かもしれないけれど、実際に思ってしまったので珠緒は聞いた。

「うん。昔はからっきしだったんだけどね。ある人の勧めではじめてみた。こういったささやかな時間が、生活を豊かにするんだという考えを持った人だったよ」

葵野は言う。ある人とは彼の元彼女、江南三来《えなみみく》のことだろう。葵野がこういった影響を受ける相手は彼女しかいないのだ。

江南三来は過去に、土星23事件の残虐な模倣犯によって、バラバラ遺体となって発見された。その事件は葵野が科学捜査官となるきっかけになっている。

「ほら、隠し味はね、ヨーグルトなんだよ」

と言って、葵野は量の減ったプレーンヨーグルトを見せてくれた。たぶん、この調理法も江南さんの影響だろう。

「茉理奈ちゃんを呼んできてくれるかな」葵野が言う。

この部屋では元々、茉理奈とその父、佐井義徳《よしのり》が二人暮らしをしていた。

だが土星23事件の調査をしていた義徳は土星人に――少なくとも葵野はそう想像している。警察では自殺として処理されているが――殺され、今は代わりに珠緒が住んでいる。

マンションは2LDKで、茉理奈の部屋と元義徳の書斎、それから今、珠緒と葵野がいる、LDKの三部屋にて構成されている。そして茉理奈はいつだって、父親の書斎にこもっている。

ドアには鍵がかかっている。

ご飯だよー、と言ってドアをノックすると、「んー」とだけ返ってきた。

どうやら何かに集中しているらしい。たぶん書斎の本を読んでいるのだろう。義徳は数学マニアだったらしく、部屋の中はクロード・シャノンを始めとした数学者の本で埋め尽くされていて、それを読むのが茉理奈の日課となっていた。

だが経験上、茉理奈が出てくるのを馬鹿正直に待っていると、十分二十分どころか、三十分一時間と待たされてしまうこともある。彼女は人並み外れた集中力と、子供らしい我儘《わがまま》さを同居させているからだ。

珠緒はすこし強めにドアをノックした。すると、観念したように佐井茉理奈が現れた。

茉理奈は小学六年生の女の子だ。おかっぱ頭は天使の光輪のような光沢を帯びていて、瞳《ひとみ》は子供らしく不器用なくらいに真っ直ぐで、肌は新品のゴムのようにぴんと張っていて、唇はいつだって隠し事をしているみたいにすぼめられている。

彼女はギフテッドという、生まれつき、他の人間よりも突出した知性を持った人間だ。小学六年生にしてクロード・シャノンの本を読んでいるのは、その現れである。

だが、天才であることで得をするというよりも、茉理奈に関しては生きづらさの方が目立っているように思えた。小学校も休みがちだし、小児うつと診断されたこともあるし、実の母親からは気味が悪いという理由で遠ざけられている。

そのため、父親が死んだ後も、茉理奈はここで一ヶ月近く、伯父《おじ》の補助こそあれ、ほぼ一人暮らしのような状態だったらしい。

おまけに父親が土星23事件を捜査していた関係で、土星人に狙われることになってしまい、見かねて珠緒が一緒に住むようになったという経緯だった。

本当は、母親をこの家に住まわせるというのが、一番筋が通っているのだろうけれども、茉理奈自身が母親を嫌っているし、監護義務を問うような裁判をしている時間もなかった。

母親と伯父も、むしろ喜んで同居の提案に乗った。茉理奈自身も「私の安全を考えるなら妥当な判断だと思います」と、他人事《ひとごと》のように認めた。

というわけでここ数週間、珠緒と茉理奈は一緒に暮らしている。

だが今のところ、あまり彼女との心理的な距離は縮まっていないような気がする。

茉理奈は暇さえあれば父親の書斎に立てこもって、彼が遺《のこ》した土星23事件の捜査資料（オリジナルは盗《と》られたので、そのコピー）か、数学書を熟読しているからだ。

食事は一緒に取るが、話をしても気のない態度をされる。嫌われているというよりは、珠緒と話すことを必要だと思っていない気がする。もうちょっと愛想があってもいいのにな、と珠緒は思っている。

「いただきます」

珠緒と葵野は手を合わせて言う。茉理奈は言わない。

カレーを口に運ぶ。美味《おい》しい。一般的なものよりも少しさっぱりとしていて、具材が柔らかになっている気がする。ヨーグルトの効果かもしれない。

茉理奈はがつがつ食べている。小学生の食べ方には遠慮がない。カレーへのお礼もなければ感想もない。珠緒は聞いた。

「葵野さんと茉理奈ちゃん、どれくらいの時間、お話ししたんですか？」

葵野も自分と同じような塩対応を受けたのだろうと思って、傷を舐《な》め合うつもりで質問してみた。

「うーん……」多少の計算の後に葵野が言った。「トータルで二時間くらいかな」

「ええ!?」珠緒は驚いた。今までに自分が話した合計の時間よりも長い気がする。

「一体、何を話したんですか?」

「はい、P#NP問題について」葵野は答えた。

「はい、P#NP問題です」茉理奈は早口で復唱した。

「具体的には、計算量クラスの分離を相対化バリアが塞《ふさ》いでいることについて」葵野は言った。

「はい、相対化バリアです」やはり茉理奈が繰り返した。

「茉理奈ちゃんは理解が早くて教えていて楽しいね。大学でもここまで優秀な学生は中々いなかったよ」葵野は微笑んだ。

「ありがとう、葵野さん」茉理奈は無邪気な微笑を葵野に向けた。

なになになに、と珠緒は思った。そんな表情、私には一度も向けてくれたことがなかったのに。葵野のこんな笑みも、そう頻繁には見ない。

「葵野さん!」元気よく茉理奈が聞いた。「NEXPはACCに含まれないことに対して、相対化バリアは働くんですか?」

「いい質問だね。バリアがあると見られているが、実はこれは未解決問題で——」

楽しげな雑談が始まった。珠緒は割り込むことも出来ずに、カレーのスプーンをちゅーちゅー吸っていた。

しばらく話した後、茉理奈はふと言った。

「葵野さんと話すのって楽しいです。小学校の同級生って、あんまり頭が良くなくて、こんな話って中々出来ないし……」

中学校でも高校でも出来なかろうな、と珠緒は脳内で突っ込んだ。

「小学校の調子はどうなんだい？」

と、葵野は何気ない質問をした。

すると茉理奈は下を向いた。どうやらあまり良くはないらしい。

茉理奈は時たま、非常に感情が読みやすい時がある。子供っぽいというよりも、今は子供の凹凸の上に大人らしさが付け足されている途中で、その鍍金《めっき》がまだ行き渡っていない部分があるのだろうと珠緒は思っていた。

「私にしては上手《うま》くやれているのですが。でも……」茉理奈は黙り込んだ。

「相談事があるなら乗るよ？」と、珠緒が言った。

葵野もうなずいて続きを促した。すると茉理奈は言った。

「奇妙な事件が起きているんです」

3

夏休み明け、茉理奈は知らないアカウントから、不審なラインを受け取った。

『今なら許す。マリちゃんの出来心だってわかっている。＊月＊日に＊＊まで来て欲しい』

こういったラインを受け取る心当たりは無かった。誰かを怒らせた覚えはないし、指定された場所にも行ったことはなかった。そもそも茉理奈が日常的に交流する人間はかなり限られており、当然ながらその全員の連絡先を知っていた。見知らぬ人間からいきなりラインを送りつけられること自体が稀《まれ》だった。

迷惑メールかもしれない。いや、この場合は迷惑ラインだろうか。にしては「マリちゃん」と名前を当てられているのが奇妙ではあった。また迷惑メールの常套《じょうとう》手段は特定のURLをクリックさせることだが、現実の場所を指定してきているというのも奇妙だ。それも現在地から近い場所だ。行くことも不可能ではない。

こういった特殊な迷惑ラインが横行しているのだろうか？　茉理奈は世相に疎いこ

とを自覚していたので、流行に聡《さと》い同学年の他の女子ならわかるかもしれないと思って、数少ない友人である河原万理《かわはらまり》に聞いた。

するとと万理は不安げに頰を触りながらこう言った。

「ホント……？　私も、全く同じ文面のラインを受け取ってるよ」

画面を見せてもらった所、一言一句同じだった。

心当たりを聞いてみたが、万理は無いと言った。最近、誰かを怒らせた覚えは無い。誰かに許される覚えも無い。もちろんそのアカウントにも見覚えはない。指定されている場所にも行ったことがない。

たかだか迷惑ラインだ。無視をしてしまえば終わるのかもしれない。でも万理はしきりに不安がっていた。見知らぬ誰かに名前と、もしかすると住んでいるエリアまで把握されているかもしれないのだ。案ずれば案ずるほど深遠を覗《のぞ》き込んでいる感じがする。万理の不安を晴らすためにも、茉理奈は少しだけ捜査をしてみることにした。

最初に茉理奈がやったことは、帰りの会でクラスメイト全員に、こういったラインを受け取ったことはないかを聞くことだった。

小学生には『単なる迷惑ライン』と、『名前と場所が指定されている、異常な迷惑ライン』を区別することは難しく、危うく前者の方に話が逸《そ》れかけたが、茉理奈がなんとか軌道修正をすると、全く同じ文面のラインを受け取っているクラスメイトがいた。彼女の名前は竹原真里子《たけはらまりこ》といった。

迷惑ラインを受け取った全員の名前に、「マリ」が入っている。

名前がなんらかの規則になっているのだろうか。そう思った茉理奈は、別のクラスの「マリ」と名のつく女の子の所に行って、奇妙なラインの心当たりはないかと聞いてみた。

七人中七人が受け取っていた。また、名前はマリではないのだが、受け取ったという人間が三人いた。その三人の特徴は、ラインのアカウント名を「まりん」などのハンドルネームにしているということで、やはり「マリ」が入っていた。

十三人のマリが、全く同じ文面の迷惑ラインを受け取っている。

何者かが「マリ」と名のつく人物を狙っている。

段々と事件の奇妙さが増してきた。茉理奈が言い出さないまでも、十三人のマリたちはお互いの不安を紛らわせるために、放課後に教室に集まった。

だが各々の情報を持ち合わせてみても、マリたちを狙い撃ちしてラインを送ってきた怪人物の正体は浮かび上がらなかった。

その時だった。ぴろん、と誰かのスマートフォンが鳴った。

次に別の誰かのスマートフォンが鳴った。着信音たちが津波のように教室中に押し寄せた。まるでおぞましいこだまのようだった。十三人のマリたちは、ふたたび同じラインを受け取った。

『許す。今なら怒らない。＊月＊日に＊＊まで来て欲しい』

ひっ、と言って、一人のマリがスマートフォンを落とした。恐怖は教室にいる他のマリの所にも、波紋を描いて伝播《でんぱ》した。

パニックに陥りかけているマリたちの不安を軽減するために、茉理奈はある推理を披露した。

「……きっと、大したことじゃないです」

正直なところ、茉理奈は自分の推理が間違っている自覚はあった。でも、目の前のマリたちを落ち着かせるためにするのだと自らに言い聞かせた。

教室の床に膝《ひざ》をついていたマリの一人が、「どういうこと？」と聞いた。

「みんな、ラインのアカウント名に『マリ』を入れてるでしょう？」茉理奈は言った。

「『マリ』『マリナ』『マリコ』『マリン』……つまり、このラインを送ってきた人間は、学年のグループラインから『マリちゃん』を探して、私たちのアカウントにたどり着いたんです。そこまでは自明のことです」

いじめって何？　と誰かが言った。わからないマリに、隣のマリが意味を教えてあげた。

「この文面を見て下さい。『今なら許す』『マリちゃんの出来心』『今なら怒らない』

……まるで痴話喧嘩《ちわげんか》じゃないですか。つまり」

茉理奈は教室に射す陽光の一点に立ちながら言った。

「これを送ったのは同年代の男子です。彼は例えば遊び場のような場所で、たまたま『マリちゃん』と知り合ったんです。そして一方的に好きになってしまった。だがマリにはその気が無くて、フられてしまい、おまけに突き飛ばされたとか、水をかけられたとか、そういった被害を受けた。『マリちゃん』というあだ名と、通学している小学校以外の情報を持たないまま、一人きりになってしまった男子は、それでもマリちゃんのことを諦《あきら》めきれず、うちの小学校の学年ラインから辿《たど》って、全ての『マリ』と名の付く女の子に対して同じメッセージを送ったんです」

マリたちは茉理奈の推理を聞き、感心したようにうなずいた。

「恋愛感情なんてそのうち醒《さ》めます。放っておいてもいいんじゃないでしょうか」

マリたちに子供らしい笑顔が戻った。「なんだ、そんなことか」と誰もが納得した。

これを機にマリたちは「マリ同盟」という名のライングループを作り、一緒に遊んだり、日常の些細《ささい》な出来事を共有するようになった。

茉理奈はここまでを話し終えると、反応を求めるかのように二人の様子を窺《うかが》った。

「茉理奈ちゃんの推理でも、間違っていなそうな気がするんですが……」

珠緒は少し考えてから言った。すかさず葵野が言った。

「そうだろうか？　もしも痴話喧嘩が原因でラインを送ったのならば、もう少し自分の素性をラインの中で明かしそうな気がするのだが」

「そうです」茉理奈は答えた。「むしろ犯人は、なるべく自分の素性を隠すような行動を続けたんです」

「この後も？」珠緒は聞いた。

「はい。数日に一回のペースで迷惑ラインが送られてきました。アカウントをブロックしても別の捨てアカウントからラインが来るんです。アカウント名を変えても、もうロックオンされているようで迷惑ラインは止まりませんでした。内容はいつも同じで、『許す』という内容と、会いたい日時と場所です。毎回、場所は変わりました。それも公園とか広場とか、なるべく個人が特定できないような場所で……」

確かに、痴話喧嘩をしている相手がするような行動ではないと珠緒は思った。むしろ相手は明らかに、自分の素性がばれないように行動している。

「推理が違うと言える理由はもう一つあります。マリの中には、ラインのハンドルネームを本名にしていない……つまり、ラインからだと『マリ』であることがわからない人もいたんです」

それだと、小学校の学年ラインを辿るだけでは、マリとコンタクトを取るのは不可能だ。茉理奈の推理はその点でも破綻《はたん》している。

「そして送り主はついに、マリたちに現実で接触してきたんです」

茉理奈はそう言うと、ヨーグルトジュースの入ったコップに口を付けた。


汚れた子犬が横たわっているのかと思った。でも、それは元々靴だったものだった。それを手に取りかけたマリが、怯《おび》えてひっと声を上げた。

ひどい、とマリの一人が声をあげた。あるマリの靴が彫刻刀でズタズタにされていたのだ。その子は靴を抱えながら泣いた。お気に入りのピンクのキッズスニーカーだった。


その夜、ふたたび犯人からラインが届いた。

『マリよ、お前が来なかったせいで、ついにマリ狩りが始まった。マリ狩りを止めて欲しければ、*月*日に**まで来て欲しい』

どうやら、犯人はお目当てのマリに会うために、手段を脅迫へと切り替えたらしい。

その日以来、犯人による陰惨な「マリ狩り」は続いた。

あるマリは物陰からBB弾で撃たれた。あるマリは死体写真の入った封筒を下駄箱に入れられた。あるマリは血を模した赤い絵の具を靴の中に入れられた。そのたびに脅迫のラインと、会いたいという日時の連絡が来た。

「マリ狩り」は続き、ついに茉理奈の友人、河原万理の割烹着《かっぽうぎ》がカッターナイフでズタズタにされた。

変わり果てた割烹着の、飛び出たナイロンの糸を触りながら、悲しそうに万理は言った。

「悲しいよ……。私、マリだっただけなのに。なんの心当たりもないのに。どうしてこんな目に遭わなきゃいけないの……」

万理の顔から笑顔は消え、彼女は学校を休むようになった。茉理奈は卑劣なマリ狩りの犯人を、絶対に捕まえてやると決心した。

「明日《あした》、犯人が指定してきた時刻と場所があるんです」

茉理奈はそう言ってスマートフォンの画面を見せた。明日の十五時に、二つ隣の駅前の広場が待ち合わせ場所として記されていた。

「私、ここに行って、直接犯人の正体を突き止めようと思っています」

珠緒は思わず声を上げた。脅迫行為を止めるためだとは言え、正体不明の不審者と小学六年生の女の子が対峙《たいじ》するなんて、絶対にあってはならないことだ。

「もちろん、無策ではありません。出来れば大村さんに協力してもらいたいと思っています」茉理奈は早口で捲《まく》し立てた。「私が待ち合わせ場所に立っています。大村さんにそれを遠くで見てもらいます。犯人が現れた瞬間に大村さんに来てもらって、犯人の身元を突き止めるという手はずです」

「それって、囮《おとり》捜査じゃ……」

「そうとも言います」

「駄目だよ」珠緒はぴしゃりと言った。「小学六年生なのに不審者と会うだなんて、なにかあったらどうするの？」

「でも……」茉理奈は唇をすぼめた。「葵野さんはどう思いますか？」

「……推奨できないな。気持ちはわかるけれども」葵野も言った。

そうですか、と、茉理奈は意気消沈した。

「私が行く」と、珠緒が言った。茉理奈の話を聞いて、珠緒もまた犯人への怒りが湧いていたのだ。「私がそこに行って、可能ならば犯人を捕まえる」

「無理だと思いますよ」茉理奈はぴしゃりと言った。「待ち合わせ場所に大人が立っていたら、きっと相手も怪しみます。おそらく、マリの一人が大人に相談したんだと合点するでしょうね。のこのこと現場に出てきたりはしないと思います。そして二度と、私たちに待ち合わせ場所を提示してくることはなくなると思います」

茉理奈は言った。だからこその囮作戦だったのだろうが、とはいえ茉理奈を危険に晒《さら》すわけにもいかない。

「その方がいいよ」珠緒は言った。「むしろこの件で、大人が動いていることを犯人にも示すくらいの方がいい。そうすれば一旦《いったん》、マリ狩りが止まるでしょう？」

「でも、犯人を見つける手がかりを失うことになります」

「茉理奈ちゃんだけじゃない、十三人のマリが危険な目に遭っているの。それを止める方が先決だと私は思うな」

「……だから私が囮になるって言ってるんじゃないですか？　そうすればマリ狩りも止まるし犯人も捕まえられて一挙両得でしょう？」

苛立《いらだ》ち混じりに茉理奈は言った。確かに茉理奈の提案は、危険性さえ無視すれば、論理的には妥当な行動なのかもしれない。頭が回る一方で、自分の安全を顧みない、彼女らしい提案ではある。だが少しの間とは言え、子供を危険な目に遭わせるのは警察官としての正義感に反する。決して認めることは出来ない。

「駄目と言ったら駄目。待ち合わせ場所には私が行く。そして葵野さんも連れていく」

僕も？　と、葵野は自分を指差した。珠緒は続けた。

「まずは大人が動いていることを、犯人にはっきりとアピールする必要があると思うんです。そのためには私だけじゃなくて、大人の男性が立っていた方が効果的だと考えます」

「なるほどね」と、葵野は頭を掻《か》いた。

「そうなると、本当に犯人は現場に来ないと思いますよ」茉理奈は唇を尖《とが》らせた。「遠くから待ち合わせ場所を確認して、慌てて引き返すと思います。マリ狩りは止まると思いますが、犯人を見つける手がかりは永遠に失われることになります」

「それでいいんだよ」珠緒は言った。「今までの情報の中にも、犯人を見つける手がかりがあるだろうし」

「本当ですか？　犯人を捕まえると誓えますか？」

「うん、誓える」

「……これで犯人が捕まらなかったら大村さんのせいです」

茉理奈はぷいっとそっぽを向くと、食卓を後にして書斎に行き、わざと大きな音を鳴らして部屋の鍵《かぎ》をかけた。

子供みたいだ、と珠緒は思った。いや、子供なんだ。

4

翌日の十五時。

犯人の指定した待ち合わせ場所は、駅前にある区民センター前の広場だった。

広場の大きさは二十×三十メートルほどで、広場を横切る人は多くはないが、二つの大通りに面していて、周囲の人通りは多い。

指定された、巨大な針葉樹の前に珠緒と葵野は立った。

犯人からすれば都合のいい場所だろうと珠緒は思った。お目当てのマリが立っているかどうかは脇の道路から確かめられるし、想定外の出来事が起きていたとして、直ぐに逃げてしまえば、大勢の通行人の中に自分たちの姿は紛れる。

珠緒は常に怪しい人間がいないかとチェックしていたが、さすがに通行人の数が多くて、確実な情報は何も得られなかった。

待ち合わせ時間が過ぎてから二十分が過ぎた。おそらく犯人も、一度はこの待ち合わせ場所に来ているだろう。

「怪しい人っていましたか？」珠緒は駄目元で葵野に聞いた。

「七人の小学生グループかな」事も無げに葵野は言った。

「……そんなのいましたか？」珠緒は驚いた。一応は刑事として培った注意力で、常に周囲に気を配っていたのだが。

「十五時ちょうどに、広場に面した道路から、この針葉樹の下を見て、慌てて身を隠すのが見えた。以降はかわりばんこで一人ずつ、計三人が僕らの方を見て、最後にはいなくなった。珠緒さんが気づかなかったのも無理はないと思う。七人で揃っていた時間はほんの少しだったし、以降の一人一人の観察時間は二十秒もなかった。通行人の一人一人の顔を愚直に覚えていった僕くらいしかわからなかったと思う。まあ、後で監視カメラを確認してみればわかることだよ」

珠緒は舌を巻いた。三百六十度の監視カメラ並みの観察力だ。一度見た数字や名前を忘れないほどの記憶力を観察力に当てれば、これほどの芸当も可能なのかもしれない。

「とはいえ、科学的にはまだ仮説の段階だ。仮説を定説に変えるためには、捜査を開始する口実を得ることだよ」

葵野は言った。その点は珠緒も同感だった。

珠緒はマリたちの保護者と連絡を取り、その日のうちに被害届を出してもらった。

珠緒はその日の夜、女友達に誕生日プレゼントで貰《もら》ったバスソルトの封を開けた。いつもはお風呂《ふろ》に入る頃には仕事で疲れ切っていて、バスソルトを入れようだなんて思わない。そもそもバスソルトの存在自体、ほとんど思い出さない。でもその日はたまたま覚えていたし、ラベンダーの匂いを楽しみながら、ゆっくりと考え事がしたい気分だった。

封を開けると、花畑に落ちたような匂いがした。湯船に体を浸しながら、マリ狩りについて考える。

奇妙な事件だ。単なる小学生のいじめと言ってしまえばそれまでだけれども、どこか回りくどいというか、悪趣味な感じがして、それを当事者たちが愉《たの》しんでいるような感じがある。その特性が、過去に関係した別の事件を思い出す。

そう、土星23事件だ。

珠緒は湯船の中で、くるくるとおまじないでもするみたいに人差し指を回した。指の動きに応じてバスソルトの白い粒子が水の中を回る。

もちろん小学生の怪事件が、土星23事件と関係しているだなんて、本気では思っていない。だがそうではなくても、何か大きな事件と関係しているのではないか、そんな可能性もありえなくないように珠緒は思った。

珠緒は茉理奈に、過去に待ち合わせに指定された時刻と場所のリストを作ってもらった。

翌日、それらの場所の監視カメラを確認した。すると、いくつかの場所で葵野が言っていた「七人の小学生グループ」が記録されていた。

「彼らがマリ狩りを行っていたのでしょうか」珠緒は聞いた。特別に柄が悪そうではない、割とどこにでもいそうな小学生グループだ。

「その可能性は高いだろうね」

「なんのために？」

珠緒は聞いた。恋愛沙汰《ざた》ではないことは明らかだが、理由がわからない。葵野もまだ推理がまとまっていないのか、口をつぐんだ。

さらに翌日、珠緒は七人の小学生の顔写真を、茉理奈の通う小学校の教師に見てもらった。

すると、一人として顔を知っている生徒はいないと言われた。誰一人として見覚えがないのだと。

「一人もいない？」

と、警視庁の廊下で、珠緒から共有を受けた葵野は驚いた。

「はい。そんなにも意外ですか？」珠緒は聞いた。

「うん。マリたちのアカウントに辿《たど》りつくためには、同じライングループに入っている誰かにアカウントを教えてもらう必要がある。また、彫刻刀で靴をズタズタにしたり、割烹着《かっぽうぎ》をカッターナイフで切ったりすることが出来る人間は、基本的には同じ小学校の生徒に限られるだろう。今の小学校のセキュリティ意識は高いからね。また、アカウント名を本名にしていない『マリ』に辿りつくためにも、内部の情報を持っている人間は不可欠だろう。というわけで、マリ狩りグループの中に、一人は同じ小学校に通っている人間がいないとおかしいと思っていたんだが……」

言われてみればそうだと珠緒は思った。

「でも一人もいないということは、茉理奈ちゃんと同じ小学校にいる仲間――内通者と呼ぼうか。内通者は普段、七人のグループとはつるんでいないのかもしれない。単にいないだけなのか、あるいはパシリのように体よく扱われているだけなのか」

「…………」

「にしても、少し面倒なことになったね。土曜日の段階では、もう少し簡単に解決する事件かと思っていたのだが」

と言って、葵野はしばらく考え込んだ。

写真はある。だがどうすれば、犯人グループの身元を明かすことが出来るだろう。

珠緒は試しにパソコンで、世田谷区にある小学校の数を調べてみた。

すると総計、七十校近くもあった。一つ一つの学校に聞き込みに行くという地道な手段も考えたのだが、二人ではそれも難しそうだ。

次に珠緒は印刷した地図を見た。そこには過去に待ち合わせに指定された場所の全てが、×印で記録されていた。

×印が一箇所に集中していればヒントになりそうなものだが、犯人たちの「身元を明らかにしたくない」という気持ちが強いのだろう。×印たちはなんとも言えないばらけ方をしていた。まるで点描で出来た抽象画を見ているような気分だ。ここからヒントを得るのも難しいだろう。

水曜日になったが、新しいマリ狩りは起きていない。

『俺たちを大人に売った罪深いマリたちは地獄に堕《お》ちる』という、いつも通りの脅し文句が届いたくらいで、そこには待ち合わせ場所の指定はなかった。

というわけで当初の狙いだった「マリ狩りを止める」は、一応は達成されたのかもしれない。

だが、このまま犯人グループに逃げられるわけにはいかない。茉理奈の『犯人が捕まらなかったら大村さんのせいです』という言葉も頭に浮かぶ。

実際にあれ以来、茉理奈は珠緒とはほとんど話してくれていない。交流自体は以前から少なかったが、今は意図的な意地悪さも感じる。

やはりマリ狩りグループは特定する必要がある。だがこの状況で、どうやって犯人を特定すればいいだろう。

水曜日の定時までの業務が終わり、国府が帰った後、葵野が珠緒に言った。

「スプリンクラーが残した水の跡から、大本のスプリンクラーの場所を見つけることが出来ると思うかい？」

「はい⁉」思わず聞き返した。

「もちろん、スプリンクラー自体は見えないとしてだよ」

どういう意図の質問なのかはわからないが、その声は弾んでいる。何かいいアイディアを思いついたのかもしれない。

「ええと……なんとなくわかるんじゃないでしょうか。たぶん、無数にある水滴の中央だろうって」

「そ、そ、それと同じだよ」

葵野は言う。珠緒はまだ葵野が何を言おうとしているのかはわからなかったが、彼の声に自信が漲《みなぎ》っていることだけはわかった。

「連続犯罪者は、自分の住居を明かさないために、自分の家から離れた場所で事件を起こす傾向がある」葵野は言った。「まるで離れたところに水滴をばら撒《ま》くスプリンクラーのようにね。この心理現象は『コールサック効果』と呼ばれる」

「コールサック？」

「うん、暗黒星雲の名前だよ。天の川銀河にあって、肉眼でもシルエットを視認することが出来る。暗黒星雲《コールサック》の中央には連続殺人犯がいるはずだという、やや詩的なネーミングだね。名付けたのは犯罪学者のニュートン——」

「ニュートン⁉」あの万有引力のニュートンだろうか。

「だったら面白いね」葵野は笑って首を振った。「だが、これを名付けたのはミルトン・ニュートンという人で、万有引力のアイザック・ニュートンとは別人だよ。……

まあ、アイザック・ニュートンも彼は彼で、晩年はイギリスの王立造幣局で、贋金《にせ》づくりを捕まえていたという経歴もあるから、ある意味では犯罪学者だったとこじつけられなくもない。彼が逮捕した犯罪者は数十人にも上ると言われているから、今風に言えば優秀な科学捜査官だったのだろうね」

と、これは脱線だったね、と葵野は元の話題に戻して、

「犯罪者は自宅の近くの犯行を避ける一方で、遠すぎる場所でもまた犯罪を行わない。遠いとそれはそれで不便なことが多いからね。総合して、犯罪者自身はランダムに事件を起こしているつもりでも、結局のところ自らの住居を囲む同心円上で事件を起こすことが多い」

珠緒はうなずいた。

「つまり、スプリンクラーと同様に、自分の居場所から一定の間隔を空けた場所で犯罪を行うことが多い。こうして描かれた円の中に犯罪者の住居があることが多く、これをホットゾーンと呼ぶ」

葵野は珠緒の机の上に、指で小さな楕円《だえん》を描いた。

「犯罪の起きた場所からホットゾーンを導き出し、犯罪者の住居を暴く、この捜査法は『地理的プロファイリング』と呼ばれ、キム・ロスモという数学博士かつ犯罪捜査官が生み出したものだ。古くは九十年代から活用され、無数の連続犯罪者を捕まえて

いる。マリ狩りグループの指定してきた待ち合わせ場所は十数個にも及ぶから、これだけのサンプルを使えば、ホットゾーンが絞込めるかもしれない」

「ホットゾーンの中には――」と言って、珠緒は葵野の次の言葉を待った。

「連続殺人であれば犯人の家があるが、今回であれば恐らく、マリ狩りグループの通う小学校があるだろう」

珠緒は息を呑《の》んだ。

「世田谷区にある小学校は多くても、ホットゾーンの中にある小学校は少ない。僕らだけでも充分に聞き込みが出来る数になると思う」

木曜日と金曜日は、科対班の普段の業務の関係で、マリ狩りの捜査の時間はあまり取れなかった。

土曜日は一日中捜査をした。日曜日になって、珠緒たちはある小学校に行き当たった。

その学校の職員室で、事務作業をしていたある教諭が言った。

「間違いありません。全員がうちの生徒です」

見つかった。電話で簡単に概要は聞いていたのだが、実際に会って話を聞いてみてもそうらしかった。具合の良いことに、グループの全員が同じ学校に通っていた。

こうして、犯人グループ全員の名前と身元がわかった。もちろん事件化するためにはまだまだ情報が必要だが、捜査自体は着実に進んでいた。

「…………」

にしても少し、引っかかるものがあった。気難しげな顔をしていると葵野が聞いた。

「どうしたんだい、珠緒さん」

「なんだかさっきの先生、妙じゃなかったですか？」

「妙？」

「はい。普通、自分の学校の生徒の身元を警察に聞かれたら、なにが起きたのか、どんな事件に関与しているのか、もっと深く聞きたがるものではないでしょうか」珠緒は疑問を呈した。「かなり淡白な態度でしたし、個人情報もあっさりと出してくれましたし、なんならさっさと帰って欲しいくらいに見えました」

「……まあ、そうだね」葵野は腕を組んだ。「僕は彼のことを、警察に怯《おび》えているのかな、くらいにしか思っていなかったのだが、そういった感情の機微には珠緒さんの方が鋭いからね」

葵野はあまりピンとは来ていないようだったが、その一方で彼は、珠緒の人間観察の能力に一目置いていた。というわけで今回も、少し気にしてくれているらしい。

だが珠緒自身もこの気づきに、意味があるとは確信できていない。ただ細かい部分を気にしすぎているだけなのかもしれない。天井の汚れだって、時々なにかの形に見えることがあるのだ。

小学校の校舎を出たところだった。

ふと校庭の花壇で、見知った人物を見つけた。

「……おやおや、奇遇ですね」

その人物は振り返って、二人に言った。

間違いない。先日科対班で挨拶《あいさつ》を交わした成海良太だ。今日はオーバーサイズのサッカーチームのユニフォームにショートパンツを着ている。全く警察官らしくない見た目だが、さっきまで聞き込みをしていたのは確からしく、花壇から一人の教師が逃げるように去っていった。

「どうしてここにいるんですか？」

「それは僕の質問でもあります。二人そろって授業参観ですか？」と成海はふざけてみせてから、「ああ、僕の方はもちろん捜査ですよ」と言った。

「なにか、この学校が関係しているんですか？」

「さあて、僕にもわかりません」成海は肩をすくめた。「大村さんもご存じでしょうが、公安の仕事はよく漁師と料理人に喩《たと》えられます。漁師の僕は情報をただ獲《と》ってきて、料理人の本堂坂さんに渡すだけです。それがなんの役に立つのか、どんな事件という名の料理に結びつくのか、まるで知りもしないでね。その意味では部外者の大村さんと全く同じですよ」

　本心はわからないがそう言った。そして続けた。

「……ああ、でも、どういった情報を獲っていたのか、どういう指示を貰《もら》っていたのか、そういった詳細は明かしてあげられません。残念ながら公安は秘密主義が原則ですからね」

　と、まったく残念ではなさそうに微笑した。

　和やかな雰囲気こそ出しているが、これ以上話したって、結局のところ会話は縁日屋台の型抜きのように、途切れ途切れになってしまうことは明白だった。仕方なく、そうですかとだけ珠緒は言った。

　去り際に成海は言った。

「そうだ。ここで会ってしまったことは、お互いにオフレコと行きましょう。僕も刑事部に見つかってしまったことが知られると具合が悪いし、二人も休日にどこそこを嗅《か》ぎ回っていたと知られたら都合が悪いでしょう。困った時はお互い様です。科対班と公安部の最初の連携といきましょう」

　お気遣い感謝します、とだけ言って珠緒はその場を離れた。

　小学校の門をくぐった所で、葵野は独り言を漏らした。

「公安と、小学校か……」

　確かに奇妙な組み合わせだ。一体、あの小学校に公安が調べるような何があると言うのだろう。珠緒にはどこにでもあるような公立小学校にしか見えなかったし、大きな事件に関係しているとは到底思えなかったのに。

「マリ狩りと関係しているんでしょうか？」

　珠緒は言った。口にはしてみたけれども、本当だろうか。マリ狩りは、公的に見れば単なる小学生のいじめ事件に過ぎないのに。

　しかし完全に否定しきることも出来なかった。公安は本当に、警察内にいる自分からしても、何をやっているかわからない組織だからだ。しばらく事件をやってないと思いきや、思い出したかのように、免状不実記載や、有印私文書偽造といった、刑事部の基準からすると些細《ささい》な件をやったりする。理由はもちろん教えてくれない。

「……ありえなくもないかな」

　同じことを思ったのか、葵野はすこしの沈黙の後に言った。

「確率的にも、この小学校で同時に二つも事件が起きているとは考えづらいだろう。直接ではなくても、間接的には関係しているのかもしれない。くわえて、珠緒さんが言っていた教師の違和感に理由があったとすれば――」

　珠緒はふたたび、犯人グループの情報を教えてくれた教師の、どこか諦観《ていかん》的な態度を思い出した。

「成海さんが二回、彼を取り調べしたんでしょうか」

「ありえなくもない」と、葵野は言った。「二回目だからこそ、僕らの聞き取りには落ち着いて臨んだのかもしれないし、事件の細部を聞きたがる気持ちだって、公安の秘密主義に砕かれてしまった後だった可能性はある」

二人はもう一度職員室に戻って、先ほど聞き取りをした教員に、「自分たちが生徒たちのことを聞く前に、成海良太という警察官に取り調べを受けたか」と聞いてみた。すると、その件については口外しないようにと言われていたそうだが、抑止力のない口約束なんて、古紙のように簡単に破れてしまうのか、すぐに認めてくれた。また、成海の質問内容もマリ狩りに関するものだった。


マリ狩りは科対班と公総の二重捜査を受けている。だが今のところ、どうして公安がこの事件に力点を置いているのかはわからない。

この事件は、本当に単なる小学生同士のいざこざに終止するものなのだろうか？

そんな疑念と共に帰路についた。

5

月曜日。珠緒が出勤すると、国府に空き会議室へ連行された。

到着すると、雑談もせずに国府は言った。

「……それで、お前たちが関わっている、マリ狩りとやらは終わりそうなのか？」

やはりその話題か、と珠緒は思った。

この一週間、業務の片手間にマリ狩りグループを追っていることは、もちろん現場の上長である国府にも言ってあった。本来の業務に影響を出さないならと、国府は渋々認めてくれたのだが、捜査開始から一週間が経ったということもあって、状況が気になったのだろう。

隠しても仕方がないので、珠緒は今までの進捗《しんちょく》を述べた。

マリ狩りグループ全員の身元がわかったこと。ただ、彼らが実行犯であることを示すものは、待ち合わせの時間に常に監視カメラに映っていたという状況証拠のみであり、迷惑ラインを送ったことや、器物損壊を——たぶん内通者に——指示したという証拠はないこと。内通者の正体はわからないこと。またマリ狩りに至った動機も不明であることを語った。

既に身元は割れているのだ。もしも警視庁が本気になれば、今述べたことは一週間もしないうちに全て調べられるだろう。

だが珠緒はなんとなく、その方向には進まないことは察していた。

「今の情報は、全て所轄に下ろして、これ以上、お前たちがこのヤマに関わるのはやめることだな」

国府は言った。珠緒は思わずうつむいた。

「俺自身の意見はともかく、川岸から言われているんだ。俺たちは警視庁捜査一課の高度科学犯罪対策班であって、好きな事件にどれだけでも首を突っ込める何でも屋じゃない。だいたいいじめ事件って言ったら、刑事部じゃなくて生安部だろうが」

珠緒は口をつぐんだ。国府の言う通りだった。

「先週の月曜日は、葵野の口八丁で煙《けむ》に巻かれちまったが……」国府は言った。先週は葵野がぺらぺらと弁舌を振るって、自分たちが空き時間でマリ狩りの捜査をすることを認めさせたのだ。「せめて短期間で終わるならと思っていたが、まだまだ事件化のためには時間がかかりそうだ。そいつらが犯人であることを証明するためには、一体いくつの証拠を集めて、いくつの調書を書かなければならないか。刑事部の常識ならば、ホシが割れている以上、張り込みや尾行といった手段で比較的簡単に捜査できそうなもんだが、なんてったってガキのいじめだからな。逆に始末が悪い」

全ての犯罪が当事者にとって重大事であるとは言っても、その種類によって選べる捜査法は変わってくる。行きすぎた捜査は違法にもなりかねず、市民からの反感を買いかねない。その意味でも、小学生への捜査は慎重になる必要がある。

「……いや、でも公総が――」と、珠緒は言いかけた。

「公総？」と、国府は聞き返した。その顔を見て、珠緒は次の言葉を言うのを躊躇《ため》らった。

マリ狩りが大きな事件に関わっているかもしれないということは、言ってしまえば自分の勘と状況証拠によるものでしかない。警察組織としては正当なことを言っている国府に対して、その推測を口にするのは言い訳がましいように思えた。

なんでもないです、と、珠緒は続けた。国府はふたたび口を開いた。

「繰り返すようだが、刑事部にマリ狩りを扱うノウハウは無い。だからいずれ生安部に引き継ぐ必要がある。だったらそれが今日でもいい……俺は間違ったことを言っているか？」

「……いえ」珠緒は答えた。思ったよりも大きな声が出た。自分で自分に言い聞かせようとしているからだろうか。あるいは別の理由だろうか。

「すこし葵野を自由にさせすぎたと反省しているんだ。乱暴な言い方だが、あいつは放っておくと成果を出す男だろう」国府はすこし笑った。「ただ、今回はそれに甘え過ぎたな。もしそのヤマをお前たちが解決した所で、科対班には何が残る？　二極化が過ぎる表現だが、刑事部はヤマの大きさが評価される世界だ。生安の領域に勝手に割り込んで、小さな事件を解決しました。だからなんだ。『科対班は何をやっているのかわからない』。それで終わりだろ？」

「…………」珠緒も刑事歴が長いので、その状況がよく想像できた。

「感情的に納得出来ないのはわかる。佐井茉理奈が巻き込まれているんだろう」

国府は言った。国府も珠緒が佐井茉理奈の実質的な保護者となっていることを知っている。

「ヤマは大きければいい……もちろん、そんな簡単なもんじゃないさ。俺だって個人的に気になるヤマはあるし、もしも嫁や娘が事件に巻き込まれたら、すっ飛んで行くだろうな。だがそれを知った上でも、立場としてお前に命令しなければならない。大村、そのヤマは手放せ」

「…………」

「警察は効率だけを追い求める、血も涙もない組織じゃない。だから事件に関して、お前たちが定期的に所轄からの報告を受けて、時々アドバイスのようなことを行うことは、……まあ、機構としての良し悪しはともかく、感情的には許されるべきことだと俺は思うんだよ」その言い方には、この年齢になっても管理職を目指さず、現場に出ることにこだわっている、国府らしい優しさが垣間《かいま》見えた。「それくらいなら俺も、川岸の目をごまかせる。だが今はやり過ぎだ。大村、それ以上の捜査は止めろ」

珠緒は、出勤してきた葵野に国府から告げられたことを伝えた。

すると葵野は柄にもなく、わずかに機嫌の悪そうな表情を覗《のぞ》かせたが、その感情を珠緒や国府に向けるのは間違っていると思ったのか、ふっと目を逸《そ》らし、科対班の班室のどこでもない方向を見つめながら、仕方ないか、とだけ口にした。

こうして、マリ狩りの捜査は中断することになった。

もちろん引き継ぎ先の警察官だって、捜査を続行してくれるだろう。しかし、今までのようなスピード感では、問題の解決へは向かわないだろう。

なによりも今の状況を、茉理奈にどう説明すればいいだろう？

私たちは警視庁の科対班であって、生活安全部じゃないから？　部署の問題があるから？　そんな説明で納得してくれるとは思えないし、仮に納得してくれたとしても、それは大人の論理を無理くり茉理奈に呑《の》み込ませただけであって、一方的な行為に思えた。

だから珠緒は国府に秘密で、ふたたびマリ狩りグループが通っている小学校に電話をかけた。

そしてやや無理を言って、彼らが放課後に遊びに出かけている場所を教えてもらった。

世田谷区にある多々力《たたりき》渓谷は、東京都の二十三区内にある唯一の渓谷であり、谷沢川《やざわがわ》が国分寺《こくぶんじ》崖線《がいせん》をえぐり取ることで作られたものである。

台地と谷との標高差は約十メートル、その狭間《はざま》には川が流れ、斜面には数万年という前から武蔵野《むさしの》台地に堆積《たいせき》した様々な地層がのぞいている。地質学的な観点でも重要な場所であり、近隣の大学による観察実習も行われ、東京都指定名勝にも指定されている。

多々力駅を出て、用賀《ようが》中町《なかまち》通りを進んで右に折れて、橋の脇にある、何気なく設《しつら》えられた階段を下りていくと、苔《こけ》と樹木と石造りの堤防と、水しぶきを上げる谷沢川の織りなす別世界に突入する。

この場所は木々が生い茂る関係で昼間でも日差しは穏やかであり、川の発する冷気のせいか、残暑だというのに気温が低い。かなり爽《さわ》やかな風景だが、『川の水は飲まないで下さい』という小さな看板も目立つ。こんなにも透き通った水でも、やはり浄水場経由の水道水と比べると、衛生的な問題もあるのだろうか。

古い木造橋を通って階段を上ると、小さな子連れや老人たちが、木漏れ日のまだら模様に染まりながら優雅に時を過ごす公園があった。その一角のベンチの所に、お目当てのマリ狩りグループの七人が集まっていた。小学校が近くにある関係で、よく放課後にこの場所に集まり、スマホゲームをしているのだという。

　声をかけると顔を上げた。最初は不機嫌そうだったが、珠緒と葵野の顔を見ると、徐々に表情が変わっていった。一部の子供が、珠緒と葵野が待ち合わせ場所に立っていた大人であることに気づいたのだ。残りの子供は他の子供たちが身にまとった、ただならぬ雰囲気に影響されて雰囲気を変えた。

　珠緒はポケットから警察手帳を取り出した。子供たちは憮然《ぶぜん》とした態度を装っているが、警察手帳を見ることですこしの動揺が起きたように見えた。

「警視庁捜査一課の大村と言います」

「同じく、葵野だ」

　子供たちの返答も待たず、珠緒はあらかじめ覚えていた子供たちの名前を暗唱してみせた。

「下村蓮太《しもむられんた》くん、上田空《うえだそら》くん、前田大和《まえだやまと》くん、寺島裕士《てらしまひろし》くん……」

　名前を呼ばれた子供から順番に、鳩が豆鉄砲を喰《く》らったような顔をした。

「西野大貴《にしのだいき》くん、樋本忍《ひもとしのぶ》くん、そして桑波田令哉《くわばたれいや》くん……君たちだね。別の小学校のマリちゃんたちに、脅迫罪および器物損壊罪を働いたのは」

　あえて罪状を口にしてみせた。彼らは子供のいじめくらいの気持ちで、マリ狩りを行っているかもしれないと思ったからだ。

だが、いじめ防止対策推進法において、悪質ないじめは「重大事態」とされ、学校と警察が連携して取り締まることになっている。彼らの行為がその対象になるかはわからないが、少なくとも威嚇の効果はある。

そして珠緒がここに来た目的は、その威嚇のためだ。彼らにマリ狩りについて厳重な注意をするためだった。そのためには存分に怖がってくれた方がいい。

「これは警告です。あなたたちが今まで通りの犯罪を続けた場合には、私たちには強く取り締まる準備があります。逮捕されたくなかったら、これ以上のマリちゃんたちへの嫌がらせはやめることです」

珠緒は犬を挫《ひ》しぐような強い口調で言った。

もちろん本当に取り締まることが出来るかはわからない。でも、今の自分に出来ることはこれくらいだと珠緒は思った。マリ狩りグループにプレッシャーを与え、これ以上の嫌がらせを完全に断ち切ること。この顚末《てんまつ》を話すことで茉理奈が納得してくれるかはわからないが、自分なりに茉理奈の感情に寄り添った行動だと思えた。

効果はそれなりにあったようだ。一人の子供が「ごめんなさい」と謝り、その隣にいる上田空が「ばか、謝るな」と怒り、「早くジシュした方がいい」と前田大和は悲観的に語り、「証拠は⁉ 証拠はあるの?」と、寺島裕士は借りてきた言葉を使って強がってみせ、また「名誉毀損罪《きそん》だ！」と言う桑波田令哉も、恐らくは知りたての難しい言葉を使ってみただけで、内心は怯《おび》えていた。下村蓮太だけがひとり、わなわなと震えながら黙り込んでいた。

「……くそっ、逃げるぞっ!!」

蓮太はそう言うと、ちらりとグループの方を見た。

だが彼に続くものは居なかった。逃げた所でどうにもなるものではないということが小学生にもわかったのか、あるいは珠緒の発するプレッシャーを前に動けなくなったのか。上田空だけが追いかけようとしたが、素振りだけを見せて下を向いた。仕方なく蓮太は一人で逃亡した。

強い重圧は、時に強い反抗を生み出すことがある。無闇に撃ち放たれたスリングショットが空間を真っ直ぐに貫くかのように、蓮太は脇目も振らずに公園の外に走っていった。

珠緒はぼんやりとそれを眺めていた。別に彼一人を逃したところでどうということもない。彼がそれで精神的な優越感を得たとしても、だからといって何かが起こることもないのだ。

蓮太は混乱しているのか、公園の出口ではない方に向かっていた。ヤツデやアズマネザサが群生していて、そもそも人が通ることを想定していないような場所だ。彼は雑草を踏みしだき、木々の間を泥棒のように通り抜け、いよいよ公園を囲う柵《さく》の所にまで到着した。珠緒が呆《あき》れていると、ふと葵野は取り乱したように言った。

「ねえ、珠緒さん。あの方向には崖があったんじゃないかな?」

珠緒は目を見張った。葵野の言う通りだ。慌てて呼びかけた。

「待って!」

だが珠緒の呼びかけは、むしろ彼のパニックを助長しただけのようだった。彼はまな板の上の魚がもがくような必死さで公園の柵を上り越えようとした。

思わず珠緒は走り出した。珠緒はイヌシデの隙間を通り、足に絡まる雑草を払い除《の》け、全力疾走で蓮太の方に向かった。

蓮太がちらりと珠緒を見た。警察官が追いかけてくる、つまりは逮捕されるとでも思ったのか、ますます彼は必死になり、やあやあ、という声を上げて、ついには柵を乗り越えてしまった。

蓮太はふたたびトップスピードで走り出そうとした。もしかすると方角を誤認していて、柵の向こうにも地面があるはずだと決め込んでいるのかもしれない。あるいは方角のことなんて考える余裕がないのかもしれない。または地面が無くても直ぐに察知できると、自分の身体能力を過信していたのかもしれない。

ともかく彼は強く地面を踏みしめて、勢いよく前に進んだ。

蓮太の肩の位置が下がった。

落ちた、と珠緒は思った。

珠緒は木の柵からほとんど飛び出すようにして、蓮太に手を伸ばした。

反射的にいちばん近いところを摑《つか》んだ。蓮太の左腕だった。

珠緒は木の柵に体を引っ掛けて踏みとどまろうとしたが、残念ながらその考えは上手《うま》くいかず、彼女はただ蓮太の勢いに引っ張られるようにして、共に崖の向こうへと落ちていっただけだった。

あれ、私、死んだ？　と珠緒は思った。

死はこんなにも簡単に、まるで真夜中に予告なく友人が家に来訪するような気安さで現れるものなのか。

やけに世界がスローモーションだ。俗に言う「死の寸前はゆっくりと時間が流れる」というアレだろうか。

そういえばお父さんが逮捕された日にも、悪い予兆のようなものは何もなかったな。

そうだ、本当の悲劇には予兆がないものなのだ。ドラマのように悲しげなBGMなんて流れてくれず、カラスが不吉に鳴き喚《わめ》くことも、柱時計が止まることもなく、ただただ関係者の感情を置き去りにして、事実だけがものすごい速度で走り抜けていき、荒波のように叩《たた》き付けられるだけのものなのだ。

死はこれくらいに唐突なものなのかもしれない。珠緒はそう思った。

だが、その時は幸運だった。

珠緒の伸ばした手は、どうやらブレーキくらいの意味を果たしてくれたらしい。そのおかげで蓮太は、ほんの少しだけ内側に引き寄せられた。

だから二人は無防備に宙に身を投げ出すことだけは避けられた。ただ植物の群生するゆるい斜面を勢いのままに転がっていっただけだ。

その間中、珠緒は蓮太を抱きかかえていた。彼を守らなければならない、と咄嗟《とっさ》に思った。珠緒はただひたすらに、蓮太が傷つかないようにその体を包んでいた。

やがて大きなケヤキの樹の所で二人の勢いは止まった。

助かった、と珠緒は思った。

一拍置いて、心臓が慌ただしく脈打った。

足に擦り傷が出来た気がするし、シャツの袖口《そでぐち》も血で滲《にじ》んでいたが、ふしぎと痛みは感じなかった。

落ち着いて見上げてみると、たかだか二、三メートルほど落ちただけだった。自分はハリウッド映画一本分くらいのアクションをしたつもりだったのに。スローモーション現象のせいだろうか。

ただ、珠緒がいなかったら蓮太は宙に放り出されていただろうし、ひょっとしたら川まで落ちていたかもしれない。だったら重傷は免れなかったろうから、自分の行動には意味があったのだろう。

現在、珠緒の腕の中にいる蓮太は軽傷で済んでいた。見たところ、肘《ひじ》の所に擦り傷が出来たくらいだ。

蓮太は珠緒の手の中でぶるぶると震えていた。今も落下した恐怖の余韻が残っているらしい。勝手に走り出して勝手に落ちたくせに。でも、子供ってそういうものかもしれない。だからこそ、大人が守ってあげる必要がある。

やがて木の柵のところに葵野の顔が見えた。二人が無事であるのを見て、心底安堵《あんど》した表情だ。

「葵野さん、一一九番を」

珠緒がそう言うと、葵野は慌ててスマートフォンを手に取った。

「怖いよ、お姉ちゃん」

蓮太がケヤキの樹の下の断崖《だんがい》を見ながら言った。

よりによって「お姉ちゃん」か。さっきは死神でも見たような態度だったくせに。

「大丈夫、大丈夫だよ」と言って、珠緒は蓮太の背中をさすった。

そのうち葵野の呼んだ救急隊員が現場に到着した。彼らに地上へと引き上げられて、ようやく本当の意味で助かったのだと珠緒は思った。

一部の男子は、今回の件で心底懲りたようだった。

6

だがマリ狩りグループも一枚岩ではないようで、上田空や寺島裕士や桑波田令哉といった男子は、まだ自分たちが悪いとは認めていない様子だった。

ともかく珠緒と蓮太は救急車に乗せられた。葵野と、蓮太の一番の友人らしい前田大和が同乗する。

蓮太は傷口を消毒されただけだったが、珠緒は仰々しいストレッチャーの上に拘束された。そこまでの重傷ではないと思っていたので、なんとなく居心地が悪かった。

崖《がけ》から落ちた時はアドレナリンが分泌されていたからか、痛みを感じていなかったが、ここに来てようやく傷たちは本来の役割を思い出したかのように、熱と痛みを発し始めた。だが我慢できないほどの痛みじゃない。女友達と体験した、ブラジリアンワックスの方が痛かったな。

傷の範囲はやや広範だが、直ぐに痛みは引くし、少なくとも傷跡が残るほどの深さではないだろうと救急隊員は教えてくれた。珠緒はすこしだけ安堵した。

擦り傷の付いた右腕を眺める。シャツは腕まくりをしている。

血まみれの腕を前にして、珠緒はなんとなく祖母のことを思い出した。

珠緒の左手に擦り傷が一つ付いただけで、『女の子の幸せ』を案じていた祖母だ。珠緒がこんな傷を負ったことを知ったら、きっと目を剝《む》いて心配するだろう。

でもおばあちゃん。未来のことはよくわからないけれども、もしも世界がおばあちゃんの思い描く通りのものだったならば、私はきっと永遠に結婚できないよ、と珠緒は思った。

私は全然『女の子らしく』はないし、『女の子らしく』ない女の子は、おばあちゃんの世界だと『格好いい男の子』と『結婚』して『貰《もら》ってもらう』ことは出来なくて、だから『女の子の幸せ』が見つけられないんでしょう？　そういう規則が世界にあるのならば、私は決してそれを守ることは出来ないな、と珠緒は自嘲《じちょう》的に思った。

傷のせいだろうか、すこし後ろ向きになってしまった。ふいに湧き上がった悲しい気持ちを鎮めようとしていると、ふとストレッチャーの隣に座っている葵野が言った。

「格好いいよ」

珠緒は葵野の方を向いた。葵野ははっきりと珠緒の目を見ながら言った。

「珠緒さんは本当に格好いい。子供を守るために崖から飛び降りるなんて、普通は出来ることじゃない。まるでヒーローみたいじゃないか」

なんだかその言葉が体中に沁《し》み渡っていくような感じがした。傷の熱と言葉の熱が混じり合って、ウイスキーを口にした時のような火が体中に灯《とも》っていった。火たちはひとつの町でも作れそうなくらいに珠緒の胸の中を満たしていった。珠緒は言った。

「……なんで急に褒めてくれるんですか？」

葵野はわずかに椅子の上で体を反らすと言った。

「褒める……ああ、褒めてるか」と、ようやく自分が口にしていることの正確な内容に気づいたかのように言った。「でも僕はただ、思ったままを言っただけだよ。だから、もしもそれが褒め言葉だったとしても、僕の感情の表層に浮かんだひとひらの真実であることは確かだよ」

葵野は嘘やお世辞を言えるような人間ではないのだ。だからそれは本当にただそう思っただけなのだ。そんなことは珠緒にもわかっていた。

葵野の後ろで、蓮太が小さな声で「お姉ちゃんのおかげだよ」と言った。前田大和もなぜだかうなずいた。みぞれのようにささやかな応援だった。

「たまには血まみれになるのも、いつだって戦っている君らしくていいじゃないか」と言って、葵野はわずかに口角を上げた。

珠緒は胸に手を当てた。

そして、ふとおばあちゃんに左手の傷を咎《とが》められた時の、あの灰色のわだかまりのことを思い出した。

ああ、そうか。

私はもしかするとあの時、自分の左手についた傷のことを、「格好いい」と言って欲しかったのかもしれない。

警察官として毎日犯罪者と戦っている証《あかし》として、誰かに褒めて欲しかったのかもしれない。

もちろんおばあちゃんはそういう考え方はしないけれども、そう思う人が一人くらいは自分の近くにいてもいいと思っていたのかもしれない。

珠緒はちらりと葵野の方を見た。彼は微笑した。

それからふたたび、自分の腕の傷を見た。二の腕一面を赤い傷が覆っていた。

さっきまでは悲愴《ひそう》な傷に思えた。でも今はなんだか笑えてきた。おかしくさえも思えた。肌を這《は》う血液のカラーラインは、理髪店のくるくると回るサインポールの模様のようにちっぽけで、B級映画の血のりのように滑稽《こっけい》で、サンタさんの服の色のように祝祭的だった。

傷は愛《いと》おしくさえも思えた。愛おしく思っていたいと思った。いつまでも愛おしく感じていたいと思った。女の子らしさなんて関係がない。私が私である証たちよ。百年経っても残ってしまえ。

家に帰る。

ここでいう「家」とは茉理奈の家のことだ。傷を負っているということで、葵野も一緒に来てくれている。

手足に包帯を巻いた珠緒を見て、茉理奈はおろおろした。

「……私、犯人を捕まえろ、って言ったのであって、怪我しろ、とは言ってないんですけど……」

珠緒は苦笑した。

口調はやや皮肉っぽいが、ちゃんと心配してくれているようで、茉理奈は事細かに傷の状態を聞いてきた。大仰に包帯を巻かれてしまっているが、二週間くらいで跡形もなく治ってしまうと言うと、安堵の息をついた。

珠緒は捜査の状況を話した。どのように話すか迷っていたが、結局は包み隠さずに話すことにした。それを聞いてどう判断するかは茉理奈が決めることであって、自分が決めるものでもないと思ったからだ。茉理奈にはそれだけの判断力があるはずだと信頼することにした。

話を聞いた茉理奈はしばらく何かを考えていたが、結局のところこう口にした。

「……色々調べてくれて、ありがとうございます」

その言葉を聞いて、すうっと胸のつかえが取れていった気がした。

「ごめんなさい。私、子供でしたね。大村さんのことを何もわからないで、勝手に喚《わめ》き立てて、ごめんなさい」

しんしんと雪が降り積もるように、一語一語を静かに口にした。

「別にいいよ。そんな、謝ることでもないと思うし」

「私が謝りたいんです。私自身のけじめのために。私は大村さんが走り回っている間に、無力に自らの怒りを噛《か》み締めていることしか出来なかった。あげくの果てにはあなたに精神的な負担さえも強いてしまった。そんな私に別れを告げたいんです。不出来な私でごめんなさい」

いやいや、と言って珠緒は両手を振った。そんな、無理して大人びようとすることはないのだ。

違うか。茉理奈自身がそうしたいというのならば、「そうすることもない」というのは私の押し付けに過ぎないのか。

誰だって、なりたい自分になることを目指す権利はある。そして小学六年生というのは、背伸びをしているうちに背が伸びていくような年頃なのだ。

それで——と、意図的に明るい声を作って、茉理奈は自分が作ってしまった暗い雰囲気を変えようとして言った。

「今日も葵野さんとご夕食ですか？」と、茉理奈は声を弾ませた。相変わらず、私と話している時には中々浮かべてくれない人懐っこい笑みだ。

「時間的にそうかな」と言って、葵野は腕時計を眺めた。「お互いに疲れているし、今日は自炊をお休みして、出前を取るというのはどうだろう?」

「賛成ですね」と、珠緒は言った。

「葵野さん、P≠NP問題についてお話ししましょう」と言って、茉理奈は椅子の背もたれを手で持って、葵野が座る場所を空けた。

7

数日後の十月十六日、マリ狩りグループからこんなラインが届いた。

『俺たちを売った卑劣なマリたちには、大いなる厄災が降りかかるだろう』

珠緒は茉理奈のスマートフォンの画面を見て眉《まゆ》をひそめた。

マリ狩りグループも一枚岩ではない。上田空を始めとした強硬派グループがいる。彼らのうち誰かが送ってきたのだろう。

とはいえ、多々力渓谷で対峙《たいじ》した一件からして、グループ内部に亀裂が走っているのは間違いなく、嫌がらせを行う実行力も以前よりも薄れているはずだった。

「こんなのはただの脅しだから、気にしなくていいよ」

珠緒は言う。そう口にする一方で、二件目の迷惑ラインが来たなら、また厳重注意をしなければいけないかもなと気を引き締めた。

茉理奈は頷《うなず》いた。癪《しゃく》には障ったみたいだが、多々力渓谷の一件を聞いて、向こうがふたたび危害を及ぼしてくることはないと考えているようだった。

「そうですね。きっと負け惜しみです」

と言って茉理奈は、最近は珠緒にも向けてくれるようになった、柔らかい日差しのような微笑みを浮かべた。

8

お母さん、お父さん、息ができないよ。

お裁ほうの針を飲んだみたいな気分だよ。口から肺まで、たくさんの針が広がっていって、痛くて痛くて、理科の授業で習った気管の位置がわかるみたいだよ。

苦痛の中で、マリ同盟のうちの一人である、河原万理は思った。

その日は土曜日だった。河原万理は両親と一緒に、埼玉に住んでいる祖父母の家に遊びに行こうとしたところだった。

途中にある川口《かわぐち》駅東口の地下街で、祖母の好きな最中を買い、そして万理が百円ショップの店頭にある、大きな装飾の付いたスマートフォンケースに目移りしたところで、それは起こった。

黄緑色の光が、世界を飲み込んだ。

それをきっかけに、万理の感じる世界の全てが痛みに変わった。

口元には針が、鼻腔《びこう》には酸が、瞳《ひとみ》には割れたガラスがすき間なく詰まり、胃はどす黒いもので満たされ、万理は気がつけば地下街のリノリウムのタイルに向けて、何度も何度も吐いていた。

万理の両親も吐いていた。母親は痙攣《けいれん》していた。本来は吐き気を鎮めるための「吐く」という行為が、彼女たちの周りでは、ただ苦痛をもたらすためだけの儀式へと化しているようだった。

苦しんでいるのは彼女たちだけではなかった。

地下街は黄緑色の瘴気《しょうき》に満たされていた。まるで雨が降った後のサバンナが霧に包まれているかのようだ。もちろん、サバンナの霧のイメージほどに平和ではなかった。そこにいる誰もが痛み苦しみ病み嘆き体を折り体を反らし体を投げ出し悲鳴すらも上げることが出来ずに咳《せき》や嘔吐《おうと》といった声となる以前の悲痛の太鼓を叩《たた》いていた。地獄がどういう場所かはわからないが、きっとここに近いだろうと万理は思った。

どうして私がこんな目に遭わなければならないの、と万理は心の中で呟《つぶや》いた。

私が河原万理だから？　マリだからなの？

だから『大いなる厄災』を受けているの？　そんなことを思いながら、河原万理は黄緑色の厄災の中で身悶《みもだ》えし続けていた。

9

十月十七日、埼玉県にある川口駅東口地下街で嘔吐性のガスが撒《ま》かれた。

毒ガステロだ。

第三章　毒ガスがいくつ

1

珠緒は監視カメラに記録された現場の状況を見て、つい口元を覆った。

黄緑色の毒ガスが、さながら神話に描かれた巨大な蛇のように地下街をのらりくらりと徘徊《はいかい》し、そこに居る人々を呑《の》み込んでいった。先ほどまで当たり前の日常を過ごしていた人々は、不意に「日常」という名の電池を切られ、黄緑色のもやの中で壊れたおもちゃのように機械的な痙攣を繰り返し、雑巾《ぞうきん》を絞るように体液をひり出していった。

直ぐに埼玉県の川口警察署に、合同捜査本部が置かれた。

この合同捜査本部には、東京都にある警視庁の警察官も加わることになった。

一つ目の理由は、単に捜査員の増員のため。二つ目の理由は、毒ガスを撒いた犯人は何らかの手段で化学兵器を入手する必要があり、密輸にせよ密造にせよ、そういった大がかりな犯罪を行うためには東京都を経由している可能性が高いと考えられたためだ。珠緒たちもそれに加わった。

高速道路に捜査車両を走らせる。助手席で、現場検証の速報をタブレットで確認しながら葵野がぽつりと呟いた。

「アダムサイトか……」

今回使われた毒ガスの名前だろう。珠緒は聞いた。

「有名な化学兵器なんですか？」

「あまり知名度は高くないかな。アメリカ軍により開発された、第一次世界大戦にて使用された化学兵器だよ。簡単に言えばヒ素をジフェニルアミン……有機溶媒に溶かしたものだ。ヒ素は知っているね？　毒性を持った、有名な嫌われものの元素だよ」

珠緒はうなずいた。和歌山ヒ素カレー事件をはじめとした、ヒ素を用いた殺人事件には聞き覚えがある。

「では、凶悪な兵器なんでしょうか？」

「いや、むしろ時代遅れの兵器というべきかな」葵野はぽつりと言った。「アダムサイトに強い殺傷力はないんだ。同じヒ素を使った化学兵器でも、第二次世界大戦以降ではより強力なものに取って代わられている。ほんのすこし吸い込んだだけでも、くしゃみ、咳、嘔吐、目への刺激などを催すが、一方で曝露《ばくろ》が短時間であれば、一、二時間ほどで元に戻り、後遺症などもまず残らない」

確かにこの事件によって、死亡者や重傷者は出ていなかった。

「まあ、あくまで身体への後遺症というべきかもしれないが……」

葵野はそう言って窓の向こうを眺めた。

珠緒はうなずいた。いくら身体に後遺症が残らないと言っても、被害に遭った人々の精神的な後遺症や、事件によって起こる社会不安は甚大なものだ。

川口駅の監視カメラに映った、衝撃的な毒ガス散布の映像は、まるで不安の火を焚《た》き悲しみの雨を降り注ごうとするかのように、マスコミ各社によって仰々しく報じられていた。一日も経たずして、かなり注目度の高い事件になっている、その意味でも警察にとって、事件の解決は喫緊の任務となるだろう。

科対班の四人で、川口署の大会議室に入る。

入り口のところに、よれよれのジャケットを着た、小さな白髪の中年男性が座っていた。それを見て松浦が言った。

「大丈夫ですか？　なんか、掃除のおっさんが紛れ込んどりますけど」

慌てて国府が遮るように言った。

「馬鹿、あれは警視庁の北《きた》捜査一課長だよ」

ひっ、と松浦は息を吐いた。

北はのっそりと立ち上がった。ネズミのように背中を丸めている、彼は確かに「捜査一課長」という感じではない。珠緒も最初に見た時は驚いたものだ。

だが、先日公開された、警察内部に向けた定期報告の映像にも出演していなかったか？　松浦め、「絶対に見ておけ」と国府に言われていたのにサボっていたのだな。

北は国府のところまで来ると言った。

「おお、川岸の所の学者さんチームか」優しげな声だ。

「はい。北捜査一課長！」北の穏やかさとは対照的に、国府は鋭いお辞儀をした。

「君は……ええと。誰だったかな」

「こちらは松浦警部補と言います！」国府が言った。

「はい、松浦です」松浦はのっそりとお辞儀をした。

「松浦くん、君、左遷ね」

北はおだやかに笑った。松浦の顔からみるみる血の気が引いていった。ブラックジョークだろうけれども、肝が冷えることを言うものだ。

北は踊るような足取りで大会議室の前の方に向かっていった。その背中を見ながら松浦は眉根《まゆね》を寄せた。

「……アレが本当に捜査一課長なんですか？」

「ああ。かつては『鬼の北』と呼ばれて、厳しく犯罪者たちを追い詰めていた人だよ。

過去に東京で起きた大事件のほとんどに関わっている。お前の大先輩だよ」国府は叱るように言った。

会議の定刻が来て、川口署による捜査報告が始まった。

毒ガスを散布した犯人は、地下街の監視カメラにばっちりと映っていた。二人組で、二人ともサングラスをしていたが、あれで身元を隠しているつもりだとしたらあまりにもお粗末だ。手袋もしていなかった。当然ながら、現場付近にはたくさんの生体情報が残っており、鑑識課によって収集されていた。身元がわかるのも時間の問題だろう。

毒ガスを撒《ま》くのに使用したものは、散水機に似ていた。ノズルの付いたホースがキャリーバッグの中に繋《つな》がっていて、バッグの中は見えないが、恐らくは液体タンクに繋がれている。そしてそのタンクの中に、アダムサイト入りの液体が入っていたのだろう。珠緒は車の助手席で葵野が語っていたことを思い出した。

「アダムサイトは常温では固体なんだ」長い人差し指を自らの顎《あご》の下に当てながら、葵野が言った。

「気体じゃないんですか?」珠緒は言う。毒ガスなのだから、気体なのかと思っていた。

「うん。これを、例えばトルエンやジエチルエーテルといった有機溶媒に溶かすことで、一旦《いったん》は液体にする。化学兵器では珍しい手法じゃないよ。例えばサリンやマスタードガスだって常温では気体ではなく液体だ。それを有機溶媒に溶かすことで、初めて化学兵器として使用することが出来る」

「ええと、物質って、固体と液体と気体の三つがあって……」珠緒は高校で習った化学の知識をうろ覚えで暗唱しながら言った。

「そう、物質の三態だ。水を例にするとわかりやすいね」葵野は、化学の教師さながらの優しさで言った。「温めるごとに、固体の氷、液体の水、気体の水蒸気の順に移り変わっていく。つまり化学兵器というものは、どうやって常温では液体や固体である毒物を、攻撃対象に気体として吸い込ませるか、という一捻《ひとひね》りが必要なんだ」

「強制的に毒物を飲ませているということでしょうか？」

「同じ……と言いたいところだが、実際はそれよりもずっと厄介だ」葵野は険しい眼差《まなざ》しを窓の外に向けた。「毒物を飲むと、基本的には消化器系で吸収するから、どれだけの毒物でも完全に消化しきるためには二十四時間はかかるわけだよ。もちろん完全に消化する前に、飲んだ人が死んでしまう毒物も多いが、強い毒物にしても、刺殺や絞殺よりも圧倒的に時間が多くかかる。胃から大腸まで、ゆっくりと毒物が下りていく様子をイメージして欲しい」

珠緒は言われるがままにイメージをした。人体模型が食べ物を消化する様子だ。食道から胃へと、小腸から大腸へと……確かに時間がかかりそうだ。

「ところが毒物を気体の形で吸入させると、呼吸器系で吸収するから、一瞬で体内に吸収されてしまう。気体化することで、ただ毒を吞《の》ませるだけではなく、更に凶悪になっているということだよ」

「話は逸《そ》れるかもしれないんですけど、青酸カリって、どうして口から摂取しているのに、すぐに亡くなってしまうんですか？」と、青酸カリが使用された、過去の殺人事件を思い出しながら珠緒は聞いた。

「青酸カリは体内で気化するんだ。つまり消化器系じゃなくて呼吸器系で吸収される」葵野は続けた。「……古今東西、あらゆるミステリー小説で青酸カリが愛用されているのは、この理由からだろうね。飲まされた人がすぐに死んでしまった方が、トリックを作る時とかに、なにかと都合がいいだろうから」

まあ、僕は小説には詳しくないけれども——と葵野は続けて、

「アダムサイトは固体だが、トルエンに溶かせば液体になる。そしてトルエンは揮発性……つまり、簡単に気体になってしまう特性がある。これをスプレーだとかスプリンクラーのような形で加圧して噴霧すれば——」

「気体になる？」

「気体ではないが、エアロゾルというものになる。細かすぎて、ほとんど気体と区別がつかない固体・液体とでも言おうか。煙をイメージして欲しい。煙は気体だけれども、中には炭素の固体が入っていて、吸い込んでしまうと喉《のど》がイガイガするだろう？　それと同じで、アダムサイトの固体の入った黄緑色の煙になるんだ。すると呼吸器系で毒物を吸収させることが出来る」

「それが、地下街一帯を覆い尽くしたというわけですか？」

「うん。またしても水をイメージしてもらうとわかりやすいが、液体が気体になる時は、体積が何百倍、何千倍にもなる。そもそも毒ガス自体が戦争の時に広範囲兵器として開発されたという経緯がある。あの小さなキャリーバッグ一つから、おびただしい量の悪意を醸成できるだろう」

「なんだか葵野さんと話すと、化学の勉強をもう一度してみたくなりますね」

軽口のつもりで言っただけなのに、葵野がやけに無邪気に喜んでしまい、珠緒はどうしていいかわからなくなった。

現場の情報から、実行犯はすぐに特定できそうだ。

問題は、実行犯の背後関係だ。果たして彼らは、アダムサイトをどういった経緯で入手したのだろうか。

なんとなく、カメラに映っている二人だけで完結する事件のようには思えなかった。その裏に、地の闇の中に不気味に広がる蟻の巣に似た協力関係があるように思える。

「アダムサイトっていうのは、そんなにも簡単に入手できるものなのか?」北は川口署の署長に聞いた。

「いえ、過去の事件をあたってみても、同一の凶器を用いだ犯行は見つかりませんでした」と、咳《せき》をしてから署長が答えた。

「じゃあ、外事課長さんたちよ。アダムサイトを輸入する輩《やから》に心当たりはないのかい?」北は直截《ちょくせつ》に聞いた。

「現在ルートを洗っていますが、報告できそうなものはありません。またアダムサイト自体が古い兵器ですので、現在兵器として使用されている例自体、あまり聞いたことがありません」外事課長が、やや北に怯《おび》えながら言った。

「じゃあ公安課長さんたちよ、極左や終末系の宗教がアダムサイトを密造しているという話は?」

今の所は……と、公安第一課長が言葉を濁した。

雁首《がんくび》揃って役に立たねーな、給料減らすぞ、と北はぶっきらぼうに言った。

だが、情報はゼロじゃない。

毒ガスを撒いた一人が、警視庁がマークしている半グレ団体の構成員の一人かもしれないと、暴力団対策課の管理官が名乗り出たのだ。そちらの調査は既に進められている。

実行犯は早期に解明できそうだ。毒ガスの流通ルートは、そちらから辿《たど》ることになるだろう。

会議が終わった後に携帯電話を見ると、茉理奈からのラインがあった。

どうやら被害者の一人が、茉理奈の友人である河原万理だったらしい。

これ幸いにと、マリ狩りグループが『それ見たことか』というメッセージを送ってきたのだという。

珠緒は苛立《いらだ》った。しかし今は捜査に集中しなければ。マリ狩りグループへの注意はその後にしよう。

また、グループから更に一通のラインが届いたという。内容はこうだった。

『一つや二つじゃない、さらなる厄災が降りかかるだろう』

さらなる厄災、と珠緒は頭の中でその言葉を繰り返した。

2

翌日の十月十八日。

中野《なかの》サンモール商店街は、中野駅の北口広場から二百メートル以上も延びるアーケード街である。中では約百十店舗が営業し、人通りも多く、来街者は一日平均で約四万三千人だという。アーケード全体として採光にこだわっており、自然光に包まれたこの空間は、東京の中心地にあって、さながら陽だまりの並木道だ。

今は日曜の真っ昼間だ。様々な人々が歩いていく。

帽子をかぶった女性、幸せそうな父母娘の三人家族、スーツを着た壮年男性、ドラッグストアから一人で出てきて袋の中身を確認する老人男性、杖《つえ》をつきながら歩く女性、手を繋《つな》ぐ大学生のカップル、スマートフォンを片手にきょろきょろと周囲を窺《うかが》う観光客、ヒスパニック系の外国人、笑い声を上げる男子高校生のグループ。

そこに二人の男が現れる。

二人は揃って、安物の大きなサングラスをかけている。一人は昨日、川口駅東口地下街に現れたのと同じ男だ。

彼がキャリーバッグを開け、何気ない素振りでガスマスクを取り付け、バッグの中にあるノズルを引くと、けばけばしい黄緑色の煙が、まるで油彩絵具の塊を落としたかのように、人々の日常を苦痛の色に変えた。

音もない小さな襲撃者たちが、あまねく全ての人々を襲った。

ガスを浴びた人間たちから順に痙攣《けいれん》していき、それらは大きな波を作った。ある者は音もなく、ある者は意味のない咆哮《ほうこう》と共に崩れ落ちた。そこに多様な人間がいたことなど、そのガスにとっては何の意味もなく、誰もかもが平等に悲哀に満ちた黄緑色の地獄に堕《お》ちていった。

アダムサイトによる二日連続二件目のテロ事件だった。

手法からして、昨日川口駅東口で起きた事件と同一犯の仕業だと見なされ、合同捜査本部は警視庁に移動した。

二日連続でアダムサイトを撒《ま》いた男の身元はわからなかったが、一日目にアダムサイトを撒いた半グレの身元はわかった。

鶴屋丈二《つるやじょうじ》という男だ。

彼の所属する半グレグループには現在、かなり強行的な捜査が入っているが、グループの活動は特殊詐欺が中心であり、化学兵器どころか違法な武器との関わりは見いだせなかったという。もちろんこのグループがアダムサイトを輸入したという線は、今後も血眼になって洗われていくだろう。

また、二日目の事件の共犯はすぐに特定できた。現場に落ちていた生体情報と、前科者の生体情報が一致したのだ。竹田《たけだ》達也《たつや》という三十代の男性で、こちらも半グレだという。

「鶴屋と竹田は同じグループなのか？」

捜査本部のある大会議室で、北が暴力団対策課の管理官に聞いた。

「違います。関わりも薄いと思うんですがねえ……」

管理官は顎《あご》の下を掻《か》いた。

鶴屋も竹田も括《くく》りとしては半グレグループに属しているが、二人の所属するグループのシノギは大きく異なるのだという。

鶴屋のグループは特殊詐欺が中心で、足がつきやすいという理由で前科者の入団は認めていなかったが、一方で竹田のグループは、竹田を始めとして前科者でも入団することが出来、主なシノギは恐喝や窃盗だった。グループには他にも前科者がいて、暴対からもかなりの注目を浴びていた。

「アダムサイトに近そうなのは竹田のグループか？」

「どちらかと言えばそうですね。至急、グループ内を洗いましょう」

手がかりは他にもあった。地下街での犯行に使用された乗用車だ。

こちらも既に特定が済んでいる。もちろん車を乗り換えたり、ナンバーを付け替えたりはしているだろうが、警視庁や公共機関が設置しているカメラの他に、個人所有カメラや車載カメラなどの情報を総合すれば、自《おの》ずと足取りもわかるだろう。

その足取りから、また新たな情報が得られるかもしれない。くわえて二日連続でアダムサイトを撒いた男の身元の捜査も着々と進んでいる……が、それらの結果が出るには時間が必要で、すぐに結果が伴うものではない。

「……妙な事件だ」

と、捜査本部の共有を聞いてから葵野が言った。

「そうですね」と、珠緒は答えた。

「犯人たちの目的がわからない。普通、テロには犯行声明がつきものだが、今のところ正式な声明は届いていない」

葵野が言う。ネットでは、テロ事件に便乗して偽の犯行声明を出していた愉快犯が二、三人いたが、どれも既に取り締まられていて、事件とは全く無関係であることがわかっている。

「これから出すのかもしれませんよ」

「かもしれない。だが犯人グループは、自分たちの身元を隠す気の無い、やりっ放しのテロ事件を行っている。逮捕されることも、半ば織り込み済みだろう。だとすると彼らの心理としては、なるべく早めに犯行声明を出したいはずだ。出す前に捕まってしまっては仕方がないからね」

珠緒はうなずいた。海外では過激派による、民間人の殺傷を含む凄惨《せいさん》なテロ事件が起きることがあるが、その大半は、事件の直後に犯行声明が出されている。少人数の団体であれば、ツイッター等のＳＮＳで早々に犯行声明を発信してしまうことも珍しくない。

「それに、犯行を行うペースも気になるな」葵野は遠くを見ながら言った。「わざわざ二日かけて、アダムサイトを二箇所に撒いているというのが……」

その点は珠緒も気にかかっていた。海外で起きた連続テロ事件では、ほぼ同日に事件が複数件起こっている。例えばアメリカ同時多発テロ事件だって、四つの旅客機がハイジャックされたのは同日のことだ。警察学校で勉強させられたので、その点は珠緒もよく知っている。

どれも犯人の身元を隠す気がない、やりっ放しの犯行だからだろう。警備を固められる前に迅速に犯行を起こす、それがテロのセオリーだ。

その点、今回の犯人は、のんびりと二日間を使って二箇所にアダムサイトを撒いている。まるで子供が長期休暇の日記を手すさびで付けていくかのようなペースだ。

「三件目も起きるんでしょうか？」

珠緒は言った。葵野はじれったそうに言った。

「なんとも言えないけど、強いて言うなら起きない理由は無いかな」

葵野の回答を聞いて、珠緒は拳《こぶし》をぎゅっと握った。

捜査本部でも同じ考えに至ったのだろう。警備部の管理官が言った。

「東京都と埼玉の警備を固めましょう。あとは一応、横浜でしょうか」


だが、結果的にはその対策も無駄に終わった。

翌日の十月十九日。

今度は神奈川県だ。鎌倉《かまくら》市の寺院で三件目の事件が起きた。七百年以上前に建てられた、観光地としても有名な由緒正しき寺院だった。

仏像たちは黄緑色の光に翻弄《ほんろう》されていた。まるで彼らによる平和への祈りを嘲笑《あざわら》われているかのように。


『お祭りはまだ終わらない。次々と厄災が各地に降りかかる』

マリ狩りグループからは、そんなメッセージが届いていた。

厄災、各地に降りかかる、と、珠緒は何度も頭の中で繰り返した。

3

十九日の夕方、葵野が言及していた犯行声明が捜査本部にまで伝わった。

と同時に、それは日本全国を賑《にぎ》わせる大型のニュースとなった。

思いもよらぬ人物から、思いもよらぬ方法で届いたのだ。

大手出版社の編集部に、『土星人』を名乗る人物からの投書が到着したのだった。

『こんにちは、地球人！

鶯《うぐいす》色の花火が咲き乱れ、悲痛の火の粉が降り、虚《うつ》ろな光の中、不安と憎悪の飴《あめ》が焼かれる、美しいお祭りを愉《たの》しんでくれているだろうか！

地球と同様に、土星にもお祭りがある。土星の神であるサトゥルヌス様を讃《たた》える、愉快なお祭りさ！

これはサートゥルナーリア祭と呼ばれ、地球でも月の十七日から二十三日まで、七日間に亘《わた》って、かつては古代ローマにて行われていた。

今回はその復刻版として、あちこちに七つの兵器を仕掛けさせてもらった。大いなる厄災が、各地に降りかかることになるだろう。

君らはそれを悲しむか？　いいや、それは間違っている。むしろ地球人たちは、その光栄さを喜ぶべきだ。なぜなら君たちの苦痛は全て、君たちよりも高等な存在である、土星人の我々を喜ばせることへと還元されるのだから。

汚れたものこそ美しく、醜いものこそ綺麗《きれい》で、価値のあるものほど空虚であり、絶望こそが我々の希望だ。

特に最終日には、サトゥルヌス神を喜ばしめる大量の遺体が届けられるだろう。引き続き、サートゥルナーリア祭を愉しんでくれたまえ。

土星人　♄』

大会議室にいる誰もが、揃ってその投書を読んでいた。自らのスマートフォンで、タブレットで、ＰＣで。

捜査のために多くの人員と時間を費やしていながら、わざわざ警察外のデータベースにアクセスし、一般人と同様に新たな情報に翻弄されているという屈辱感を味わいながら。

対応が後手に回っている、と珠緒は思った。

二件目の事件も三件目の事件も、どちらも未然に防ぐことが出来なかった。もちろん土星23事件と関連しているとは、誰も思いもしなかった。

三件の毒ガス散布事件は、どれも愉快犯的で、やけに大掛かりで、そのくせ過剰な悪意に満ちていた。明かされてみれば、土星23事件の一つだというのは納得感がある。二十三日に起きたわけではないので結びつけることが出来なかったが、まさか七日連続で起こすつもりだったとは。

「土星人か……」

葵野はそう呟《つぶや》いた。確かに決心のこもった声だった。繰り返しになるが、彼は土星人の模倣犯によって元恋人を殺されている。普段の彼ならばあまり露《あら》わにはしない、静かな闘志が、抑えようもなく漲《みなぎ》っていく様子が傍《はた》からでもわかった。

もちろん二日目から三日目の間にも、着々と捜査は進んでいた。

特に一日目と二日目の、鶴屋と竹田の共犯の身元がわかったのは大きな進捗《しんちょく》だった。源《みなもと》恒樹《つねき》という男だった。

彼は高卒のフリーターだった。コンビニのバイトに一日八時間ほど入っていたそうだが、同僚にはあまり心を開かなかったという。高校の元同級生にも聞き込みを行ったが、現時点で友人と言える人間は発見できなかった。表立った裏社会との関わりはなく、つまるところ、鶴屋たちとどこで会ったのかは謎に包まれていた。

この捜査結果には暴対の管理官も顔をしかめた。半グレ・暴力団関係の事件だという当初の読みとは相反するものだったからだ。おまけにここに来て土星人からの投書が来たので、捜査が仕切り直しになっている感覚もあった。

　情報自体は増えている。

　三日目の実行犯二人は、竹田達也と、もう一人は鶴屋でも源でもない第三者だった。彼の身元を辿《たど》ることにも意味があるだろう。また出版社のポストに投書を入れた『土星人』と名乗る人間の姿も、覆面ながら監視カメラに映っていた。投書自体にも生体情報が付着しているはずだ。

　手がかりは多い。無限の時間を与えられれば、犯人にたどり着くのは不可能ではないだろう。

　だがいかんせん、スピード感に欠けているように珠緒には思えた。また逆に、情報の多さに翻弄されているような感覚もあった。

『十七日から二十三日まで、七日間に亘って』『七つの兵器』……土星人の投書によれば、アダムサイトによるテロ事件は、まだあと四件も企画されているという。

　ここまで挑発されている以上、必ずや阻止したいが、これまでと同じ捜査法でそれが出来るだろうか？

　例えば、残り四つの事件の実行犯が、仮に各二人、四×二で八人として、この八人が鶴屋とも竹田とも源ともなんの関わりもない人間だったら？

　残り四件のテロ事件が起きる場所が、例えば北海道、沖縄、四国……といったふうに、てんでばらばらの場所であったら？

七つの事件が起き終えた後で、それらの情報を総合して犯罪グループを逮捕することは、捜査本部の力を以《もっ》てすれば現実的に可能だろう。

だが一見「気ままに」としか言いようがない場所で、スピード感を持って現在進行形で起こっているテロ事件を、四日のうちに突き止めて防止するとなると、途端に自信が無くなってくる。そして——。

「『神を喜ばしめる大量の遺体』か」

珠緒の隣で、葵野がそう呟いた。

「遺体、ですか」

「うん。もちろん単なる修辞だという可能性もある。全体として装飾的な文章だからね。とはいえ相手は土星人だ。決して楽観視できない」

珠緒はうなずいた。葵野の言う通り、相手は土星人だ。今までに五件もの、猟奇殺人事件を引き起こした凶悪犯だ。『大量の遺体』は、読んだままに『大量の遺体』と取るのが自然だろう。少なくともそういった最悪の想定を元に行動するべきだ。

珠緒は気を引き締め直した。昨日までの状況であれば、『しばらく実行犯が捕まらなかったとしても、最悪の場合、死者や重傷者は出ない』という気休めはあった。だが相手が土星人であると考えれば、放っておけば死者が出るというのは、むしろ自然な成り行きだとさえ思えてくる。

「アダムサイトに大きな殺傷力はないんですよね？」

珠緒は聞いた。今のところ三件のテロ事件において、巻き込まれた人間は三百人を超えるが、死亡者どころか重傷者すらも出ていなかった。

「そうだね」

「じゃあ、ものすごく濃いアダムサイト？　とかを作って命を奪うとか……？」珠緒はぼんやりとした意見を口にした。

「いや、聞いたことがないな。もしもそんなことが出来たならば、第一次世界大戦でアメリカ軍が喜んで使用していただろうね」

「第一次世界大戦以降は、あまり使われていない武器なんですよね」

「うん、その理由こそが『殺傷力がない』ことだからね。アダムサイトの使用法を少し工夫するだけで人が殺せるならば、戦時中の科学者が気づいていないと変だろう。だから最後の事件はアダムサイトを使うというのではなく、むしろ全く別の方法で大量の遺体を作るつもりだと考えた方が適切かもしれない」

「全く別の方法って、どんな……」

珠緒の質問に、葵野は口をつぐんだ。今のところ、なにも決定的なことは言えないということだろう。

なんとなく、その沈黙が恐ろしかった。普段ならばこの間にでも、葵野は何かを考えているのだろうと頼もしく考えていた所だが、今回の事件に関しては、まだ葵野が何かを導き出せるだけの、充分な情報がないように思えたからだ。そしてその情報は、この先も不足し続けるような気がしたからだ。

なにより合同捜査本部が大量の人員を用いながらも、事件の本質には未《いま》だに近づけていないという実情がある。この沈黙が永遠に続いて、そのまま最終日の『神を喜ばしめる大量の遺体』に繋《つな》がってしまうのではないか、そんな恐怖があった。

「葵野さんは、なにか事件について気になっている点はありますか？」

黙っているのが嫌で珠緒は聞いた。色々あるけれど、と前置きしてから葵野は答えた。

「最も気になっているのは、これが土星23事件である以上、現場に『♄』のマークが残されていないとルールに反するが、今の所は見つかってはいないということだね。単にまだ見つかっていないだけかもしれないが、とはいえ自己顕示欲で動いている土星人が、あまりコソコソと『♄』のマークを書くとも思えない」

言われてみればその通りだ。投書が送られてくるまで、誰もこの事件を土星23事件の一環だと考えなかった理由の一つも、現場に『♄』のマークがないからだった。

「むしろ珠緒さんの方に、気になっていることはないのかな」

「私にですか？」

「うん。僕が思うに、今、捜査本部はかなり追い詰められている」

葵野は珠緒の目を見ながらはっきりと言った。

「やるべきことは多い」葵野は会議室の机に浅く腰掛けた。「投書を送ってきた人間の身元確認、各日の実行犯の身元確認、その縁故の確認、移動手段の確認……だが、それだけで未来の犯行が防止できるのか。仮に全てが明らかになったところで、最終日に、全く無関係な場所で無関係な人間に事件を起こされたらアウトなんだ。そしてきっと、土星人はそうするような気がするんだ。このままではおそらく、捜査員の誰もが、こなされた業務を勤勉にこなし、一定の成果を出し、誰もが誰もを責められない状態で、最悪の大量殺人が起きる。既存の捜査に縛られない飛躍がなければ、土星人の計画を阻止することは出来ない」

「…………」

「どんなことでもいい。引っかかりを教えて欲しい。むしろ多少、筋の通っていない意見の方が、現状では役に立つと思うんだ」

葵野は言う。言われてみれば気になることがあった。そうとでも促されてみなければ、決して口にしようとも思わなかったことだ。

「十月十七日。最初の事件が起きた日のことなんですけど」

「うん」

「あの時点では捜査本部にいた人は誰も、連続して毒ガステロが起きることは予想してなかったと思うんです」

「そうだね」葵野はうなずいた。

「だって、それがテロのセオリーですから」

珠緒は言った。前に葵野と話した通り、連続テロは警備を固められる前に、迅速に複数件起こすのがセオリーだ。ところが今回の事件は一日に一つという、ある意味では中途半端なペースで起こっている。だから一日目の捜査本部は、これ以上のテロは起きないという意見が多数派だった。

「ところが、十月十七日の時点で、ふたたび事件が起きることを正確に言い当てていた人がいるんです。それが――」

珠緒は茉理奈から送られてきたラインを思い出しながら言った。

「マリ狩りグループ」

葵野はなにかを言おうとしたが、話を全て聞いてからにしようと思ったのだろう。口をつぐみ、珠緒に続きを促した。

「彼らの送ってきたラインはこうです。十月十六日、事件の一日前に、『俺たちを売った卑劣なマリたちには、大いなる厄災が降りかかるだろう』。十月十七日。一件目の事件の起きた日に、『一つや二つじゃない、さらなる厄災が降りかかるだろう』。そして今日、土星人からの手紙が来る前に、『お祭りはまだ終わらない。次々と厄災が各地に降りかかる』……」

珠緒は葵野の表情をちらりと見る。もっと強く反論を受けると思っていたけれども、意外と真面目に話を聞いてくれていたので、そのまま続けた。

「わかってます。もちろん偶然だと思います。小学生が、日本を揺るがすテロ事件に関わっているはずがないですからね。恐らく、十月十六日の『大いなる厄災が降りかかるだろう』は、ただなんとなく、嫌がらせのために送っただけのラインです。すると偶然にも、マリ同盟のうちの一人、河原万理が毒ガステロに遭ってしまった……。完全なる偶然とは言え、気を良くしたマリ狩りグループは、『一つや二つじゃない、さらなる厄災が降りかかるだろう』と送った。もしかすると小学生らしい思い込みで、自分に霊感のようなものがあるとでも思ったのかもしれない。するとふたたび偶然が重なって、二つ目の予言が的中してしまった」

「なるほど」葵野は言った。「だが、それだけで説明が付く話ならば、珠緒さんもわざわざ僕に言ったりはしない」

「はい。もう二つ、気になることがあるんです」

「二つ、ね。一つ目は？」

「マリ狩りグループの語彙です」

「語彙？」

「はい。『大いなる厄災』『さらなる厄災』『各地に降りかかる』……マリ狩りグループって、なんというか小学生にしては、やや語彙が特殊なんです。少なくとも、一般的な小学六年生が使える語彙の範囲を超えています。もちろんただ単に、習慣的に本を読むメンバーがいるのかもしれない。今はスマートフォンの予測入力もあるから、昔よりも小学生だって難しい漢字を使えるのかもしれない。いくらでも理由が付けられる。だから私も、あまり気には留めていなかったんです。先ほど、土星人からの投書を読むまでは」

葵野は一瞬、机の上のスマートフォンを手に取りかけたが、代わりにすっと上を見た。土星人からの投書を見るよりも、記憶の中にある投書を参照した方が早いとでも思ったのかもしれない。

「『大いなる厄災が、各地に降りかかることになるだろう』『お祭りを愉しんでくれているだろうか』……なんというか、土星人からの投書と、マリ狩りグループの文章って、すごく似てるんです」

葵野はうなずいた。それは二つの文章を見比べてみれば、誰だって気づくことではあった。

「土星人からの投書の方が時系列が前ならば、小学生たちが似せて書いたのだろうと思うところですが、実際はその逆で、土星人からの投書の方が後なんです」

「そうだね」

「もちろん、これも偶然の範疇《はんちゅう》かもしれません。脅迫的な文章を書こうとしたら、自然と同じような文章になるのかもしれない。でも——」

珠緒はすっと息を吸って言った。

「葵野さん、茉理奈ちゃんとの会話を思い出して欲しいんですが、小学生って、覚えたての言葉をすぐに使うんですよ」

先日、小学六年生の茉理奈が、葵野と一緒にカレーを食べた時もこんな感じだった。

『P≠NP問題について』『はい、P≠NP問題です』『相対化バリアが塞《ふさ》いでいることについて』『はい、相対化バリアです』……あの時の茉理奈は、まるで自分で自分の脳の皺《しわ》を深くしようとするかのように、葵野と同じ言葉を繰り返していた。

つまり、マリ狩りグループは脅迫文を書く前に、「厄災」「お祭り」「降りかかる」の入った文章を目にした可能性がある。

そしてそういった文章が、先ほど発表された。

「なるほどね」

と言って、葵野は笑った。爽《さわ》やかな風が吹いたかのように。

「投書の草稿でも盗み見したのかもしれないね」と、冗談のように葵野が言った。

「あはは、だとすると土星人も間抜けですね」

葵野は口角を上げて言った。「二つ目は？」

「公総です」

「公総か……」マリ狩りグループの通う小学校に公安がいた件については、葵野も引っかかっていたのだろう。

「そう。私たちはまだ、公総がなぜ小学校を捜査していたのかを知らない」

珠緒は言った。葵野はじっと空間の一点を見つめた。

「さらに言えば、そもそもマリ狩りが何のために行われていたのかも知らない。内通者は誰か。お目当てのマリは誰だったのか、どちらも知らない。すべてを後任者に任せて、曖昧《あいまい》なままにしてあの事件を終わらせてきてしまった。でも……」

珠緒は大会議室のどこでもない方向を見つめながら言った。

「私たちはもう一回、あの事件に立ち戻ってみるべきなような気がするんです」

葵野は人差し指を、すっと珠緒に向けた。

「いい飛躍だ」

4

早速、警察内《イントラ》ネットから成海と本堂坂に連絡した。

するとすぐに会うことが出来るという、成海からの丁寧な文面の返信が来た。

二人は科対班の班室まで来てくれるという。国府と松浦と川岸は別件で出払っていて、班室には珠緒と葵野の二人だけがいた。国府がいないのは丁度いいなと珠緒は思った。公安嫌いの国府に「公安と顔を合わせる」とでも言おうものならば、あまりいい顔はされないだろうから。

すぐに二人がやってきた。優秀なホテルボーイみたいな早さだ。妙なところで気が利いている。公安部は自分たちに向けられている他部署の悪感情を知っているので、小さな所で好感を得ようとする。それが却《かえ》って、自分たちとは違った指揮系統で動いている組織なのだという、珠緒の実感を強める。

簡単な挨拶《あいさつ》の後に、葵野が言った。

「捜査への協力を求めている」

「はい、どんなことでしょう」爽やかに成海が聞いた。

「一部の情報を共有して欲しい」

「それは、漁師の僕ではなく、料理人の本堂坂さんが判断することですね」と言って、本堂坂の方へ手の平を向けた。

珠緒は改めて本堂坂を見た。

本当に背の高い男だ。そもそも葵野自体が世間的には長身なのに、その葵野よりも一回り大きいので、ちょっと遠近感が変になりそうだ。黒のコートを着ているのもあって、巨大なモノリスが建てられているかのように見える。そこには異星の言語で「拒絶」とだけ書かれている、そんな奇妙な想像をしてしまう。

「……それで？」

低い声で本堂坂は言った。

「先日、成海くんと、ある小学校の校庭で出会ったんだ」葵野はその小学校の名前を言った。「その時に捜査していた内容について聞かせて欲しい」

成海は口をすぼめた。一応、そこで成海を見たことはオフレコということになっていたのに、葵野が一方的に約束を反故《ほご》にしたからだろう。

葵野はしばらく補足的な説明を続けた。本堂坂はじっと葵野の言葉を聞いていたが、やがて口にした。

「捜査の詳細を明かすことは出来ない」

予想通りの言葉だった。葵野はひるまずに言った。

「あの時に君たちが、上田空を始めとした実行犯による、小学生のいじめ事件について調べていたことまではわかっている」状況証拠しか無いが言い切った。本堂坂は、少なくとも否定はしなかった。「ちょうど僕たちも同じ事件を捜査していてね。情報の共有ができると嬉《うれ》しいのだが」

成海が怪訝《けげん》そうに言った。

「二人は今、土星23事件の捜査本部に加わっていますよね？　どうして今更、小学生のいじめ事件なんか調べてるんですか？」

「もちろん、土星23事件の解決のためだよ。僕らは、二つの事件は関係しているのではないかと考えている」

「関係……??」

成海は首を捻《ひね》った。その様子を見るに、マリ狩りと土星23事件は、公総からしても無関係な事件として扱われているのかもしれない。

「俺たちも今、土星23事件の捜査本部に加わっている」本堂坂は言った。「事件解決に必要な情報があれば、もちろん科対班だけではなく、全体に共有するつもりでいる。だが成海が調べていた件に関しては、土星23事件とは無関係であると見做《みな》し、捜査本部には共有していない」

「関係があるか関係がないか、僕らに決めさせてくれないか」

「出来ない」本堂坂ははっきりと答えた。「また、それに意味があるとも思わない。捜査の詳細を口にすることは出来ないが、ここでこうして俺たちが話していることが、馬鹿らしく感じられるくらいには些細《ささい》な事件だった」

「そうですよー。科対班の優秀な脳みそは、もっと有益なことに使いましょうよー」

成海が皮肉っぽく言った。オフレコの約束を反故にしたからか、やや棘《とげ》のある態度だった。

「僕の階級は警部だから……と言っても仕方がないのだろうね」葵野は言った。

「公安は秘密主義が原則だ。相手の階級がどうでも変わらない」本堂坂は答えた。

平行線だ。いくら波風を起こしたって、巨大な黒い堤防がびくともしないみたいだ。

公安の秘密主義は知っていたが、一応、科対班とは協力関係にあるし、おまけに同一の事件を捜査していたのだから……と珠緒は思っていたのだが、考えが甘かっただろうか。

本堂坂が部屋を後にしようとした、その時だった。

ふと科対班のドアが開き、すらりとしたスーツ姿の女性が入ってきた。

彼女はちらりと班室を一瞥《いちべつ》すると、凛《りん》とした声で言った。

「お疲れさまです」

川岸班長だ。珠緒は慌てて「お疲れさまです」と答えた。その後に成海が、続けて葵野と本堂坂が、まばらに息の合わない挨拶を口にした。

「以前にお伝えした通り、科対班と公安部は、連携を強めるという方針となっています」

丁寧だが有無を言わさない口調だ。珠緒がうなずくよりも先に、川岸は続けた。

「ご存じの通り、刑事部と公安部の仲は険悪で、細かな協力関係はあれど、とても組織だって連携するという態勢は作れない状況です。……ですが、刑事部の捜査一課にありながら、科対班は新たな犯罪に対応するために作られた実験的な班です。このような特殊な班であれば、刑事部でありながら、公安部と協力することが出来るかもしれない。もしも協力関係が出来たならば、土星23事件を始めとした、新型の犯罪に対する新たな武器になるかもしれない……といった思惑が、科対班の結成目的の一つにありました」

川岸の視線は本堂坂にあった。本堂坂は身じろぎもせずに川岸を見返した。彼の階級が警部補であることから考えると、かなり不遜《ふそん》な態度だったが、川岸は問題視せず、代わりにこう言った。

「警視としての命令です。本堂坂鷹宏警部補、科対班が求めている捜査情報を、彼らに明かして貰《もら》っても良いでしょうか」

本堂坂は長く逡巡《しゅんじゅん》していたが、やがて小さくうなずいた。

それから砂礫《されき》が山を転がるくらいに小さな声で、俺でも許可が出せる範囲の情報だろう、と呟《つぶや》いた。

成海と本堂坂に共有されたリスト を元に、珠緒はマリ狩り事件の関係者を警視庁に集めた。

大型の捜査車両を使って子供たちをまとめて世田谷区から拾ってきたので、さながら道中は児童バスの運転手のような気分だった。ともあれ車内からは悲嘆の声が漏れるばかりで、それほどに呑気《のんき》な雰囲気ではなかったが。

取調室に集まったのはマリ狩りグループの、下村蓮太、上田空、前田大和、寺島裕士、西野大貴、樋本忍、桑波田令哉の七人。

そして佐井茉理奈と同じ学校に通う、恐らく内通者とされる新田《にった》裕也《ゆうや》。

最後に、彼らが捜していたマリだと思われる、竹原真里子の合計九人だった。

マリ狩りの事件に関わる、恐らく全員が集まっている。マリ狩りグループの七人はともかく、新田と竹原に関しては、珠緒と葵野では結びつけることが出来なかったのに。

『どうやって突き止めたんですか?』

リストを受け取った時、珠緒は成海に聞いた。

『さあてね』成海は手をひらひらさせた。『あなたたちが想像しているようなことでもやったんじゃないですか?』

もしかすると、マリ狩りグループに対して盗撮や盗聴を仕掛けたのかもしれない。

刑事が厭《いと》うような一般人の秘撮（盗撮）や秘聴（盗聴）を、誰も知らないうちに躊躇《ためら》いなくやってのける、汚れ仕事の請負人こそが公安なのだから。

なぜ公安がそこまでマリ狩りにこだわっていたのかはわからない。だがそのことについて考えるのを、珠緒は一旦《いったん》やめることにした。ともかく今は、目の前の事件に集中しよう。

取調室に連れて来られたマリ狩りグループは、さすがに怯《おび》え切っていた。多々力渓谷で出会った時の、あの生意気さはすっかり影を潜めている。

前田大和と新田裕也はごめんなさい、ごめんなさい、と壊れたラジオのように繰り返すばかりで、西野大貴に関しては何を勘違いしているのか「死刑にしないで下さい」と泣き喚《わめ》く始末だった。

「もう言おうよ」

下村蓮太が、マリ狩りグループの七人に対して、毅然《きぜん》とした声で呼びかけた。

「もう全部バレてるんだよ。早く言って楽になろうよ」

そう言って、わずかに珠緒の方を見た。そして少しだけ頰を紅潮させた。転落事故で彼を救出した件で、好意を抱かれているのかもしれないと珠緒は思った。下村蓮太は真面目な顔に戻って上田空を見た。

上田空は仕方なく話し始めた。

「全部、マリが悪いんだ……ええと」

「竹原真里子?」と、新田裕也が言った。名前を言われた竹原の体がぴくんと跳ねた。

「そうか、竹原って名前なのか……」と、上田空はひとりごちてから、「竹原が悪いんだ。竹原のせいで、俺たちは今こういう目に遭っているんだ」

「どういうことですか?」珠緒は聞いた。

上田空は口をつぐんだ。自供したい気持ちはあるのだが、言葉が追いついていないようだった。

その様子が見て取れたのか、下村蓮太が上田空の話を引き継いだ。

「夏休み、僕たちは多々力渓谷で遊んでいたんです」

ついにマリ狩りグループの自供が始まった。珠緒は息を呑《の》んだ。

「川遊びをしていたら、一人の妙なおじいさんが声をかけてきたんです」

「おじいさん?」珠緒は聞き返した。

「はい。どうやらホームレスのようでした。髪の毛が真っ白で、長い口ひげがついていて、全体的に汚れていて、マスクを着けていました。夏なのに長袖《ながそで》に長ズボンを穿《は》いていて、だからちょっと見た目からしてもヘンでした。そして僕らに言ったんです。『君たち、儲《もう》かる仕事はしないか』と」

「…………」明らかな不審者だ。自分が彼らの親の立場ならば、あまり関わらないように言うだろう。

「面白そうだから、話だけは聞くことにしたんです」下村蓮太は善悪に頓着《とんちゃく》がない、小学生らしい無防備さで言った。「それにそのホームレス、軍手をしていたんですが、よく見ると両方の手首に腕時計をしていたんです。僕らには価値はわからないのですが、真新しくて、ちょっと高そうだったんです。テレビでも『ホームレスがやっている意外な副業』というニュースを観たことがあって、裕福なホームレスがいると聞いたことがあるし、僕らもお金はいつだって欲しいと思っていたから、相手がおじいさんなら……まあ、最悪、闘っても勝てるかなと、そう思って付いていくことにしたんです」

珠緒は続きを促した。

「着いた場所は段ボールハウスでした。大きくて、屋根の部分が青色のビニールシートになっていて、テントみたいで、三人くらいは中に入れそうな広さでした。外にはソーラーパネルが置いてあって、中からはテレビの音が聞こえてきました。やはり『裕福なホームレス』のようでした。そこでおじいさんはこう言いました」

＊

『俺の趣味はね、鉱石の採集なんだ』

　こうして落ち着いて話を聞いてみると、老人にしては若い声だなと蓮太は思った。

『君らも知っての通り、多々力渓谷というのは古い地層を谷沢川がえぐり取ることによって出来たものだ。だから数万年前の地層を見ることが出来る。例えば、不動滝《ふどうたき》の近辺に見えるオレンジ色の地層は、箱根《はこね》火山が六万年前に噴火した時に、空から降ってきた降下軽石層だと言われている』

　小学生たちはその話をほとんど聞いていなかった。ともかくお金の話をして欲しいと思いながら相槌《あいづち》を打った。

『本来、珍しい鉱石というのは、地下深くにある鉱床からしか採れない。ところがこの多々力渓谷からは、普段は地下にしかない鉱石が採れることがある。それを君たちには集めて欲しい』

『もしかして、金とか銀とか？』前田大和が無邪気な質問を口にした。

『いいや』ホームレスの着けているマスクにすこしの皺《しわ》が出来た。笑ったつもりかもしれない。でも心から笑っているようには見えなかった。『そんな価値のあるものが出たら、とっくに採り尽くされているだろうね。ここからは俺のようなマニアが喜ぶような鉱石しか出ないよ』

『なんだ』と、大和が肩をすくめた。

『でもマニアにとっては貴重なものだ。これを見てくれるかな』

と言って、ホームレスは一度段ボールハウスの中に引っ込んだ。そして、石ころの入ったプラスチックの箱を持って戻ってきた。

『どうだい。美しい石だろう』

ホームレスはそう言って、子供たちに彼のコレクションを見せた。自慢げな態度だったが、その石は、少なくとも蓮太には価値のあるものには見えなかった。どこにでもあるような白っぽい石ころだ。色味が強い分、他の石と交じっていても見分けがつくかもしれないが、要はその程度だ。

この多々力渓谷に価値のある石はない、とホームレスは言った。それは本当のことかもしれない、と蓮太は思った。こんな些末《さまつ》な石ころをありがたがっているくらいだもんな。やや決めつけがましく、そう思った。

『俺はこの鉱石が好きでね。以前は自分で収集していたくらいだったんだが、最近は体が弱ってきてそれも出来なくなった。そこで提案なんだが、君たちが俺の代わりに、この石ころを集めてきて欲しい。バイト代は十グラムにつき五百円でどうだ？』

それは破格の金額に思えた。そもそも五百円というのが小学生にとっては大きな金額だった。また、十グラムで五百円なら、頑張り次第によっては五千円、一万円という儲けが出るかもしれない。

蓮太達はその提案を、一旦は受諾した。出来高払いなのだから、上手《うま》く収集できなかったら辞めればいい。軽い気持ちで、石ころを集めに行った。

『白っぽい石ころ』は、思ったよりも簡単に採れた。その辺に落ちているという感じでもないが、根気よく集中して探せば一定数は見つかるといった感じだった。

時給換算すれば千円から二千円くらいで、小学生ができるバイトとしてはかなり効率のいいものだった。

それからは時々、蓮太たちは多々力渓谷で『白っぽい石ころ』を集めて、ホームレスの老人に手渡し、お金を得ていた。

老人からは『小学生にバイトをさせていることがバレたら、世間体が悪いから』という理由で、あまり人には広めないようにと口止めされていた。

もちろん蓮太たちは、わざわざ注意されなくても人に言うつもりはなかった。この旨《うま》みのあるバイトを大人たちに止められたくはなかったし、またバイトの噂が小学生たちに広がり、石ころ探しのライバルが増え、採掘が進めば進むほど、石ころを採りづらくなることは明白だったからだ（もちろん、人の口には戸は立てられず、結果的にこのバイトについては多くの同級生が知ることになったが）。

マリ狩りグループは、当初は自由競争で、各自が思いつく場所で石ころを探し、各自の採掘量に応じてバイト代を貰《もら》っていた。

だが、途中からグループ全体で利益を分配するようになった。その方が戦略的に石ころを探せるから……というのはお題目で、実際は、気が弱いが石ころを見つけるのが得意な前田大和と、声は大きいが石ころを見つけるのが苦手な桑波田令哉がいて、桑波田を立てつつ各自の利益を最大化しようとすると、自動的にそうなったという感じだった。

バイトの噂はすぐに広まった。日ごとにバイトに加わっている仲間は変わり、そしてある日、竹原真里子が石ころ探しのバイトに加わった。

マリ狩りグループ内であれば利益は折半だ。だがグループ外の人間であれば歩合制である。

その日、竹原真里子は全く『白っぽい石ころ』を見つけられなかった。割がいいバイトと聞いて来たはずなのに、衣服が泥だらけになっただけで何もいいことがなかった。彼女には石ころ探しのセンスがなかったのだろう。

真里子は小学校の中学年の時から、外で泥だらけになって遊ぶ男子たちを、子供っぽいと思って軽蔑《けいべつ》していた。そんな彼女が細かな石ころの違いを見つけ出すなんて、出来るはずもなかったのだ。

真里子は、ここで得たお金を使って、スマホゲームに課金するつもりだった。このまま帰ってしまっては、限定商品の購入期間が過ぎてしまい、お目当てのアバターが手に入れられなくなる。それは小学生の女の子の狭窄《きょうさく》した視野の中では絶望的なことに思えた。

その時だった。ふと、西野大貴のところに無数の『白っぽい石ころ』が集まっているのが目に留まった。マリ狩りグループ七人は、「最も信頼が置ける人物だから」という理由で、西野の下に石ころを一時的に集めるのを日課としていた。採掘に夢中になっている西野大貴の脇には、七人が採集した石ころが置きっ放しになっている。

ほんの出来心だった。

真里子は西野の隙を突いて石ころを奪った。西野は真里子を追いかけたが、真里子の逃げ足は早かった。

マリ狩りグループはすぐにホームレスの所に行った。そして彼に窃盗犯の情報を伝えようとして、ふと気づいた。

自分たちは誰に石ころを盗られたのだろうか？

確かに今日、『＊＊小学校の六年生のマリという女の子が、石ころ探しに加わる』という話は聞いていた。だがその話を聞いてきた、寺島裕士もまた聞きであり、彼女の詳しい素性を知らなかった。くわえてこの頃になると、バイトの参加者はかなり多くなっていて、マリ狩りグループですら把握できていなかった。また特別、把握する必要があるとも思っていなかった。バイトの主催者は、あくまで目の前にいるホームレスなのだから。

見た目についても、西野も『あまりにも一瞬のことで、よく覚えていない』と証言した。

ともかく、怪しい女の子が石を売りに来たら、それは自分たちの石なので、お金を分配して欲しいとホームレスに伝えた。

だがホームレスは首を横に振り、『俺はただ鉱石を買っているだけだからね。そういうトラブルは自分たちで解決してくれないと困るよ』と言うばかりだった。

翌日の朝の早い段階で、マリ狩りグループがふたたび段ボールハウスを訪れたところ、ホームレスはこう言った。

『君らの居ないうちに、たくさんの鉱石を売ってくれた女の子がいたよ。あれが君たちの捜しているマリかもしれない。でも、申し訳ないが料金は普通に支払った。そういうルールだからね』

マリ狩りグループの怒りは募った。あの日はかなり長時間採掘を行っていて、一万円近くのお金が貰えるはずだったのだ。

「マリ」を見つけなければ、と彼らは思った。

そこでマリと同じ小学校にいる、普段パシリにしている新田裕也に声をかけて、クラスのグループラインにいる「マリ」全てと、名前がマリである女の子全てに、こういったメッセージを送ってもらった。

『今なら許す。マリちゃんの出来心だってわかっている。＊月＊日に＊＊まで来て欲しい』

あれは窃盗犯に向けたメッセージだったのだ。

一応、全てのマリを盗撮した写真を新田に送ってもらったが、やはり西野は見た目を覚えていないらしく、そこからは何の情報も得られなかった。

全てのマリのアカウントを特定してからは、マリたちに向けて何度も、『許す』という内容と、会いたい日時と場所を指定したラインを送った。もちろん実際に許すつもりは毛頭なかったが。

場所は毎回変えることにした。竹原真里子でないマリに、自分たちの身元を特定されたら面倒だと思ったからだ。

だが一向に竹原真里子は名乗り出ない。何度ラインを送っても待ち合わせ場所には来ない。

業を煮やしたマリ狩りグループは、竹原真里子と会うための手段を、単なる連絡から脅迫に切り替えることにした。新田裕也の力も借りて、マリの靴を彫刻刀でズタズタにしたり、マリをＢＢ弾で狙撃したり、割烹着《かっぽうぎ》を切り裂いたりした。

＊

それがマリ狩り事件の全容だった。

全てを話し終えた下村蓮太は沈黙した。途中で口を挟んだ竹原も黙り込んでいる。上田空は下を向いている。震えながら泣いているのは西野大貴だ。重い空気が部屋を満たしていた。

「一応お聞きしますが、現在各地で起きているテロ事件に心当たりは……」珠緒は聞いた。

「知りません！」寺島裕士が割り込むように大声を出した。「全くわかりません！」

「マリちゃんたちに犯行を予告するようなメッセージを送ったのは……」

「偶然です。嫌がらせのつもりでメッセージを送ったら、本当に河原万理が事件に遭って、それで調子に乗って……」寺島は言った。

「どうか死刑にしないで下さい！」西野大貴は叫んだ。

珠緒は困ったように頭を掻《か》いた。

マリ狩り事件の全容はわかった。だが、こと土星23事件との関連で言うと、捜査は完全に空振りだったらしい。公安部の言う通りだった。

「厄災という言葉は、どうして使ったんですか？」珠緒は一応、もう一つ質問をしてみることにした。

「あれは……ええと」上田空が狼狽《ろうばい》しながら言った。

「僕らの周りで流行《はや》っていた言葉なんです」寺島が言った。「そのホームレスの人が、よく口癖のようにぶつぶつ言ってたんです。『厄災が降りかかる』『お祭りが始まる』……。気味が悪いとは思っていましたが、そう口にしている時はだいたい機嫌が良くて、ちょっとオマケしてくれたりしたので、いつしか僕らの中でその言葉がブームになっていって……」

珠緒はため息をついた。そういった怪しい人間と、今後は関わらないようにということも含めて、厳しく説教をしてやるべきだろう。

どう叱るべきかを考えていると、葵野が聞いた。

「『白っぽい石ころ』っていうのは、どういったものだい？」

「今日、持ってきました」下村蓮太が言った。「あのホームレス、いつの間にか消えちゃって、換金前の石ころがちょっと余っちゃったんです」

昆虫採集用のケースの中に、土にまみれた石ころが入っていた。失礼、と言って、葵野はケースの蓋《ふた》を開けた。

「ええと、あなたたちに言いたいことはたくさんあります」珠緒は説教を開始した。

「まず、私が言いたいのは無闇やたらに他人に嫌がらせをしてはいけないということで――」

「珠緒さん」

「どうしたんですか」

「この石を、見て欲しいのだが――」

と言って、昆虫採集用のケースを珠緒に見せた。中の石ころは下村蓮太が言っていた通りに、なんの変哲もない石に珠緒には見えた。

石ころを見ながら葵野は何度も目を細めた。そして息を呑《の》み、間違いないとでもいうように言った。

「硫砒鉄鉱だ」

5

葵野は九人の子供たちに、すぐに取調室から出て、廊下で待つようにと言った。

彼にしてはものすごい剣幕で、有無を言わさぬ様子だった。すぐに子供たちは取調室を出て、廊下に向かった。

たった二人になった取調室で、葵野は繰り返した。

「硫砒鉄鉱《りゅうひてっこう》だよ」

ただならぬ様子であることは見て取れたが、その理由はわからない。

「一体なんなんですか」

「硫黄とヒ素と鉄が結合した鉱物だ」

「ええと、つまり……」

「アダムサイトを作るのに不可欠なヒ素が入っている」

珠緒はつい声を漏らした。そして昂《たか》ぶる気持ちを抑えつけながら言った。

「事件と関係しているということですか？」

葵野は細い指を取調室の机で湾曲させながら答えた。

「珠緒さん、ヒ素は過去の事件もあって、日本国内では農業従事者でさえも買うことが出来ないんだ。またその有毒性もあって、わざわざヒ素を採掘するために作られた鉱床は、国内には一つもないんだよ」

「すごく珍しい物質ということですか？」

「いや、実はそうでもない。僕らが目にする河川の水は、実はすべからく少量のヒ素を含んでいる。ヒ素は山中で地下水に融《と》けることが多い。火山活動の影響で、地下に堆積《たいせき》していることが多いんだ。それでも僕らがヒ素中毒にならなくて済んでいるのは、浄水場にヒ素を取り除く機構があるからだよ。逆にベトナム、カンボジア、バングラディシュなどの発展途上国では、しばしばヒ素による水質汚染が問題になる」

葵野は続けた。

「だから各地に散らばった、ヒ素の混じった鉱石を集めれば、日本国内でもヒ素を手にすることが出来る」

「ヒ素さえあれば、アダムサイトは作れるんですか？」

「可能性はある。実は僕はずっと気になっていたんだ。なぜ凶器がアダムサイトなのか。どうしてわざわざ時代遅れの兵器を使っているのだろうとね」

確かに葵野は言っていた。アダムサイトは第一次世界大戦期を最後に使われていない、旧式の化学兵器なのだと。

「僕が知らないだけで、今でも紛争地で使われていたりするのだろうかとも想像したのだけど、外事課長の話によるとそうでもないらしい。だが、考え方を変えれば良かったんだ。時代遅れだということは、現代の技術を用いれば、個人でも作れるようになっている、ということにもなる」

「個人でも、というのは――」

珠緒は聞いた。過去の事件で、犯人がアリバイトリックのための化学物質を、研究機関を通して作ったことで足が付いたことがある。

現代社会では、個人が質の高い化学の実験器具を持つことは難しく、自《おの》ずと生成できる化学物質には限界が生じる。アダムサイトの製造というのは、その範囲内にあるのだろうか。

「アダムサイトを作るのに大がかりな設備は必要ない」葵野ははっきりと言った。「少なくとも、オウム真理教がサリンを作った時のように、ダミー会社を作るほどに大規模な準備は不要なはずだ」

葵野は続けた。

「具体的にはこうだ。硫砒鉄鉱を塩化水素に溶かす。すると三塩化ヒ素に変わる。次にそれをジフェニルアミンに溶かして、特殊なC−Hアクティベーション触媒を使えばアダムサイトが出来る。一部は資格がないと購入できない試薬だから、その辺りは少々ちょろまかしたりする必要はあるだろうが、土星人は広範なネットワークを持っているようだからね。入手難度に問題のある試薬は一つもないだろう」

「じゃあ、ホームレスが硫砒鉄鉱を集めて欲しいと言ったのは、コレクションのためではなくて……」

「アダムサイトを密造するためかもしれない」

珠緒は言葉を失った。何を言えばいいのかわからなくなった。ただ、混沌《こんとん》とした脳の表層に浮かぶ、小さな疑問だけは確かにあって、それを口にした。

「どうやってそのホームレスは、多々力渓谷に硫砒鉄鉱があることを知ったのでしょうか」

「あらゆる渓谷の特徴は、本来は地下にあるはずの鉱物が、地表に露出していることだよ」葵野は言った。「ホームレスはヒ素鉱物の多く取れる渓谷を、片っ端から総ざらいしたのかもしれないし、また……覚えているかな？　多々力渓谷には『川の水は飲まないで下さい』という看板が至る所にあったんだ」

珠緒は多々力渓谷の風景を思い出した。確かに、水質の危険を示す看板は多く設置されていた。

「地下水にヒ素が混ざることはありふれたことだから、目ざとい人間ならばその注意書きを見ただけで、ヒ素鉱物が河原に落ちている可能性に思い当たるかもしれない。実際に探してみたら……硫砒鉄鉱のお出ましだ」

そこでようやく珠緒は、葵野がものすごい剣幕で、小学生たちを取調室から追い出した理由がわかった。

彼らはテロの片棒を担がされていたのだ。

三百人以上の人間を苦しめているテロ事件に、間接的に協力させられていたのだ。知らずにやっていたこととは言え、知ればどれだけの精神的なダメージがあるか。絶対に知らせたくないと思ったからこそ、葵野はすぐに小学生たちを追い出したのだ。

そう珠緒は悟った。

「じゃあそのホームレスが、今回のテロ事件の、少なくとも重要参考人だということですか？」

「そういうことになる……けれど」

と言ってから、葵野は口元を覆った。まだ何かを口にしたいという様子だが、それを言うべきかを迷っているように見える。

その時だった。ふと取調室のドアが開いた。

廊下に追い出してしまった子供たちかと思ったら、その三倍くらいの体積がある男がズシンズシンと音を立ててやってきた。

「何やっとるんですかー」科対班の松浦だ。おどけた調子で言った。

「松浦さんこそ、何してるんですか？　用があるなら携帯にかけて下さいよ」珠緒はやや脱力しながら答えた。

「携帯にかけようかなとも思ったんですが、たまたま寄った班室で川岸さんに話を聞いたら、お二人は小学生の取り調べをしているって聞いて、おもろそうやなと思って見に来ました。そしたら廊下で小学生が泣きながら立たされてまして、何事かと思いましたよ」

どうやら冷やかしに来たらしい。珠緒は肩をすくめた。

「で、どんな用ですか？　松浦さんは組対のバックアップに回ってましたよね」

松浦はインターネットに強いことを買われて、この三日間、半グレ組織を解明するために、つきっきりで組織犯罪対策部への協力を行っていた。

「あいつら、ほんまに人使いが荒いんですよ。ほぼヤクザで。ヤクザがヤクザを調べとるって冗談みたいやな……って、そんな雑談をしに来たんじゃありません。週刊誌に投書を出した、『土星人』の身元が判明したんです」

「随分と早いですね」

「投書に付着していた生体情報が、警察内のデータベースにある情報とばっちり合致したそうです」

「わざわざ教えに来てくれたということは、私たちと関係のある人ということですか？」

「はい、そうです」松浦はニヤリと笑った。「茉理奈ちゃんを誘拐しようとした、道化師の男です」

珠緒は目を細めた。道化師の男は、一ヶ月前に佐井茉理奈を誘拐しようとした犯人グループの主犯格だった。グループの他の三人は逮捕したが、彼だけは煙のように消えてしまったのだ。

本名はわからない。写真や映像もない。ただ茉理奈の「自分に顔を見せないために、道化師の仮面をかぶっていた」という証言から、科対班では「道化師の男」と呼んでいた。

このタイミングで、自分たちと因縁のある道化師の男が出てきたことに、珠緒は何やら運命的なものを感じた。だが驚嘆するほどの出来事ではないと思った。科対班が活動を続けていく限り、どこかで巡り合う相手なのだと珠緒は直感していた。それが今になっただけのことだ。

ちなみに道化師の男が土星人の一味であるということは、言ってみれば科対班の非公式な推理であって、公的な調書では、彼は衝動的な小児性愛者ということになっている。だから今回の件で科対班の推理が裏付けられたことになるが、そのことに対する特別な感慨はなかった。珠緒はその件に関して、葵野の推理を信じ切っていたからだ。

「道化師の男は、出版社の監視カメラに、覆面ながらも映っていたんだよね」葵野は珠緒に確認した。

「そうですね」

「子供たちに、多々力渓谷にいたホームレスの見た目と、体つきが一致するかを見てもらおう」

「子供たちはホームレスを『おじいさん』と呼んでましたよね？」珠緒は一応聞いた。

「白髪に口ひげ、マスクに長袖長《ながそで》ズボン、おまけに軍手だよ」葵野は手を広げた。

「慎重すぎるくらいの変装ですね。確かに同一人物かもしれません」珠緒は少し笑った。

まずは下村蓮太一人に見せることにした。子供たち全員に同時に動画を見せると、統率を欠く恐れがあると思ったからだ。

蓮太には映像の中の人間が誰かを教えない。またこの映像はマスコミには渡さないので、蓮太は自分が確認させられている人間が土星人だとは、よほど勘が良くない限りは気づかないだろう。

蓮太は動画を見て「背は曲がっていたけれども、こんな体つきだった気がする」と言った。念のため更に二人、別々に確認してもらったが、どちらもホームレスと似ていると言った。

「じゃあ、このホームレスが道化師の男で確定ですか？」

「どうだろう」葵野はすこし考えてから言った。「……ちょっと、職権乱用をしても構わないかな」

「私は許可を出せる立場にないですよ」

葵野はビデオ通話で、佐井茉理奈に出版社の監視カメラの映像を見せた。すると、佐井茉理奈は「間違いない。私を誘拐した男です」と言った。

ギフテッドである彼女の記憶力を信用したのだろう。公式に証拠能力があるかはともかく、これで誘拐事件と土星23事件が関係していることは、科対班としてはほとんど確実になった。

子供たちを帰す。日も暮れてしまったので、保護者に電話して迎えにきてもらった。夜の暗闇の中を、車両のテールライトが折り重なりながら消えていく。その光景を見送りながら珠緒は言った。

「道化師の男を見つけなければいけませんね」

「そうだね」葵野は言った。「だが今回の事件は、僕らだけで臨んでいるわけじゃない」

そして、気を引き締め直した様子で警視庁の灯《あか》りを見上げた。

「北捜査一課長に直談判しよう。捜査方針を変える必要がある」

6

まず、小学生たちがホームレスに硫砒鉄鉱という鉱物を集めさせられていたこと、その鉱物からアダムサイトを密造できること、ホームレスの体つきが出版社の監視カメラに映っていた男に似ていて、恐らくは二つの事件に関係があることを、葵野から川岸に伝えた。

それから葵野と川岸と珠緒は、捜査本部の北の所に出向いた。

北は丁度、鶴屋と竹田の所属する半グレグループから、アダムサイトの密輸履歴は見つけられなかったという、組対からの共有を受けている所だった。

北は蝿《はえ》でも振り払うかのように組対からの共有を中断させると、眠そうな眼を川岸に向けて言った。

「学者さんチームが何の用だ？　俺は忙しいんだよ。寝言は学会誌にでも書いててくれるか？」

学会誌は寝言を書く場所ではありません、と葵野は言い返した。捜査一課長に対するあまりの威勢の良い態度に、珠緒の肝が冷えた。

「じゃあ、俺が聞く価値のある話をしてくれるってことだな」

北は無愛想に言った。川岸は「はい」と答えた。

川岸は葵野から受けた共有を北に伝えた。たまに葵野が補足を加える。北は時折うなずきながらその話を聞くと、こう口にした。

「アダムサイトっていうのは、そんなにも簡単に、その辺の石ころから作れるものなのかね？」

「簡単ではないですが、複雑な設備は要りません」葵野は言った。「手順はこうです。集めた硫砒鉄鉱を塩化水素に溶かし……」

「はいはい」北は手を振った。「難しい話は科学捜査係にしてくれ。ともかく可能だってんだな」

「検証をしてみないと断言できませんが――」

「検証する時間も惜しいな。ええと……名前は」

「葵野数則です」葵野は名乗った。

「葵野。お前は石ころからアダムサイトが作れると断言できる。そのために、捜査方針を密輸から密造に切り替えて欲しいと言っている」

葵野はすこし逡巡《しゅんじゅん》したが、躊躇《ためら》ってはならない場面だと思ったのか、はっきり言い返した。

「そうです」

「警察の威信がかかっている事件だ。間違いは許されねえぞ」

「もちろんです」

「密造じゃなかったら川岸は左遷。科対班は解体。それでも？」

さすがに葵野は口をつぐんだが、代わりに川岸が言った。

「問題ありません」

北は大声で笑った。周囲の人間が振り返るほどの声量だった。

こうして捜査方針が、密輸から密造に切り替えられた。

方針が切り替えられたことで、捜査本部の態勢に大きな動きが起きた。具体的には組対の応援に回っている人員が減り、逆に各地の生安部が集められた。葵野の進言で、関東地方で起きている異臭騒ぎを総ざらいするためだ。

「……本当に良かったんですか？」

珠緒は川岸に聞いた。川岸は答えた。

「科対班の結成目的は土星23事件を始めとした凶悪事件を取り締まることです。そのためには、今までよりも大きな力が必要です」

珠緒はふと、過去に葵野が口にしていたことを思い出した。佐井茉理奈の誘拐事件の後に、葵野は「力を獲得していきたい」と話していたのだ。

川岸の言っている『力』も同じだろう。つまり警察内での発言力だ。土星23事件を始めとした凶悪事件を取り締まるためには、科対班の『力』を今まで以上に強めていく必要がある。

「アダムサイトの密造説が合っていれば、科対班の実績になります」

「でも、間違っていたら……」

珠緒は思わず、弱気を口にした。まだ今の段階では、葵野の推理が合っているという確証はない。全てが偶然であるという可能性もあるのだ。

だが、珠緒の心の乱れには構わず、川岸は冷静に答えた。

「これくらいの賭《か》けには勝てなければ、科対班は元から要らない班だったということでしょう。北捜査一課長の仰《おつしや》る通りです。それを推進してきた私の左遷も……まあ、冗談なのか本音なのかはわかりませんが、実行されても受け入れざるを得ないでしょう」

口ぶりは淡々としていたが、端々からは強い覚悟が滲《にじ》み出ていた。必ずや賭けに勝ってみせるという、真剣師のような精気が漲《みなぎ》っていた。

もちろん、左遷はされたくないですが、と川岸は付け足した。それが初めて見せてくれた川岸のわずかな人間らしさに思えて、珠緒は少しだけ嬉《うれ》しくなった。

十月二十日。

埼玉県、東京都、神奈川県と来て、四件目は千葉県だった。木更津《きさらづ》にあるアウトレットモールが狙われた。

高級感のあるパステルカラーのテナント街が、鈍い黄緑色の光に吞《の》み込まれていく。異変に気づいた人々が逃げようとするも、ガスが広がる速度には勝てず、背後から組み伏せられるかのようにうつぶせに転び、体を海老《えび》のように反らせながら痙攣《けいれん》し、みじめに体液を吐き出した。

似た映像を見るのは四回目だが、全く見慣れない光景だ。いや、慣れてはいけないのだ。珠緒は頬をぱちんと張って、気持ちを引き締めた。

緊張のあまり昨晩はほとんど眠れなかったのだが、捜査方針を変えた成果は早速出たらしい。

神奈川県の郊外にある人気のないマンションで、三ヶ月前に一度、異臭騒ぎが起きていた。

塩化水素の強い臭いがしたらしく、近隣の住民が警察に通報していた。部屋中に風《ふ》呂《ろ》用の強力な洗剤をこぼしてしまったと、住民が交番の警察官に伝え、その場は注意だけに留《とど》まったらしい。警察官も部屋の中までは入らなかったという。

念のために地域課の警察官が、ふたたび現場の確認に行ったところ、住民は不在で、またここ一週間ほど人気がないという近隣住民の話も聞いた。

一応の手続きとして、管理者から鍵《かぎ》を借りて入室することにした。平常時であればここまでの捜査は控えるが、今は関東地方を股《また》にかけた連続テロ事件が起きている最中だ。踏み込んだ捜査も行う。

部屋の中に広がる恐るべき光景に、思わず彼は立ち竦《すく》んだ。

また部屋からは、道化師の男の生体情報も採取された。話を受けて、葵野と珠緒も現場に直行した。

玄関を通り、廊下を抜け、ドアを開けて部屋に入ると、まずビニール膜によって四方向を覆われている仰々しい空間が目に入った。

中にはガラス窓の付いた実験台があり、ダクトによって配管はキッチンの換気口まで延長されている。恐らくは人体に影響を与えうる気体が発生した時、ここから排気しているのだろう。

ガラス窓付きの実験台の隣にはスチール製の実験台がある。その上には顕微鏡やフラスコといった、珠緒でも見たことがある実験器具もあれば、銀色の円柱に無数のパイプが繋《つな》がれた機械や、無数の白い立体を継ぎ接《は》ぎしたものをコンピューターに繋ぎ合わせたものなど、見るだけでは用途すらもわからないものもあった。

後方にはラベルの付いた薬品庫があり、また黒いカーテンによって覆われた、手製の暗室もあった。

一緒にいた、組織犯罪対策部の警察官が漏らした。

「……こんな設備は見たことがない」

その警察官は何度か、暴力団が麻薬を密造している現場にガサ入れをしたことがあった。だがそんな彼でも、これほどの実験室は見たことがないという。

「そんなにも珍しいものなんでしょうか」

珠緒は聞いた。かなり手の込んだ設備であることはわかる。危険性はひしひしと感じられる。ただそれがどれほどのものなのかは、珠緒にはわからない。

「国内の全ての暴力団の設備を超えていると思う」葵野は言った。

「そうなんですか？」

「うん」葵野は身振り手振りを交えて言った。「珠緒さん。例えばXという麻薬があったとする。そしてXを作るのにYとZが必要だったとする。だが、Yは物質Aの中に入っていて、分離しないと抽出できない。そういう時、暴力団はどうやってXを作ると思う？」

「ええと……そりゃ、なんとかしてAからYを分離するんじゃないですか？」

「場合にもよるが、一般的な暴力団にそれほどの科学的な技術はないんだ。物質を分離する時に最も便利な物質はシリカゲルだが、この物質を手に入れるには認定された研究機関でないと難しい。だからそういう時、暴力団はAとZを混ぜてしまう。Aの中にもYは含まれているわけだから、A＋Zでも、一定量のXは得られる」

「なんだか大雑把ですね」

「まあね。そうなると、純度が低くて低品質なものになる。言ってしまえば、化学物質の闇鍋《なべ》みたいなものだね。暴力団はAに含まれている他の物質が、Zとどういう反応を起こすのか、最終的に出来たものが具体的にどんな効用を持っているのか、ろくに調べもしていないだろう」

「恐ろしいですね」

「うん。麻薬はよく『依存性があるから』という理由で乱用禁止が呼びかけられているが、製造工程のよくわからないものを体内に入れることによって、身体に悪影響が出るという側面も無視できない。仮に依存性がなくたって、僕は暴力団の作った麻薬を口にするのは御免被りたいね」

横で話を聞いていた、組織犯罪対策部の警察官が言った。

「逆に麻薬の純度を調べることによって、『こんなにも純度が高いということは、暴力団が作ったものではなく、化学者がこっそり作ったものなんだな』ということがわかることもあるんですよ。興味本位でやっていることが多いので、不起訴になることも多いですがね」

へえ、と珠緒は言った。そういえば『ブレイキング・バッド』という海外ドラマにもそんなシーンがあった。

「ここでの設備は、暴力団やそういった興味本位の化学者が用意する設備のレベルを軽く超えている。次元が違うとでも言っていいんじゃないかな」

そう言って葵野は腕を組んだ。組対の警察官も、葵野ほどの科学的知識は無いようだったが、恐らくはそうだろうとうなずいた。

「……僕は道化師の男の技術力を過小評価していたかもしれないな」

葵野は独り言のように呟《つぶや》いた。そして右上の虚空を睨《にら》んだ。彼が考える時の癖だ。

かなり一生懸命に頭を回転させているらしく、額に汗を浮かべている。脳が汗を流しているようだと珠緒は思った。

「珠緒さん。あくまで憶測だが、『神を喜ばしめる大量の遺体』の謎が解けたかもしれない」

葵野は言う。だがその声色には、謎が解けたという喜びは微塵《みじん》も無かった。むしろ、間違っていて欲しいといったような、矛盾した思いに満ちていた。珠緒は三ヶ月近くこの男とバディを組んでいるが、このように思考と感情が錯綜《さくそう》している彼の姿を見るのは初めてだった。

「アダムサイトを作るのにこれほどの設備は必要ない。だからここで作られたものは、アダムサイトだけじゃない。おそらくはより上位の、更に凶悪な毒ガスを作っていたのだと思う」

珠緒はうなずいた。元はと言えば、『材料さえあれば個人の設備でもアダムサイトを作ることが可能だから』という理由で密造説に絞っていたのだ。

だが、その『個人の設備』のレベルがここまで高くなると、アダムサイト以外の物質も製造していたのではないかという疑いも生じるらしい。葵野は続けた。

「そして、道化師の男はそのガスを、最低『一日分』は作ることが出来た。個人が作るにはかなり難しい毒ガスだし、一回の試行で生成できる分量も少ないから、少なくとも大量製造することは出来なかったんだろう。その特別な毒ガスは、サートゥルナーリア祭の最終日に使い、残り六日分のガスを、より作るのが容易なアダムサイトで代用……いや、『見せ球』にすることにした。七日目に使用する、特別な毒ガスの印象を引き立たせ、より事件を大規模なものへと演出するために」

葵野は推理を口にしながらも、あまり気乗りがしていないように見えた。彼の話し方に釣られて、珠緒の心臓も不気味な拍子を打った。

「それで……その毒ガスはなんなんですか？」

葵野はしばらく目をつぶってから言った。

「恐らくは、同じくヒ素から作ることが出来る毒ガス、ルイサイトだ」

名称は知らなくても、話している内容のおどろおどろしさは伝わったのかもしれない。いつの間にか、部屋にいる他のほとんどの警察官が口をつぐみ、葵野の次の言葉を待っていた。

「アダムサイトが第一次世界大戦で使用された、言わば『第一世代』の毒ガスだとすれば、ルイサイトは第二次世界大戦で使われた、『第二世代』の毒ガスだ。二十一世紀現在でも、一部の内戦で使用されている、いわば現役の化学兵器だよ」

葵野は続けた。

「症状はこうだ。一度皮膚に触れただけでも水疱《すいほう》が出来、火傷《やけど》のように肌が爛《ただ》れる。

このことからルイサイトは、別名『死の露』とも言われている。体内に吸い込むと肺浮腫《ふしゅ》が出来たり、体液減少や不整脈による循環不全が起き、低くない可能性で死亡する。もちろん死に至らなくても後遺症が深く残る。毒ガスとしてはびらん剤に分類される。あの『化学兵器の王様』、マスタードガスと同じ分類だよ」

「……作れるんですか？」

「作れないと思っていた」葵野は答えた。「原料としてはアダムサイトと同じ、ヒ素から出来る三塩化ヒ素を用いる。それとクロロビニルマグネシウムを反応させるのだろうけど、だが……」葵野は一瞬、口をつぐんだ。「オレフィンに直接金属を結合する必要があるし、結合角の問題にも対処する必要がある……ちょっと、詳細な製造法は想像もつかない」あらゆる科学分野に精通する葵野が、『想像もつかない』と口にするのは初めてで、それだけでも珠緒には恐ろしい心地がした。「おそらくは有機化学だけでなく、無機化学・触媒化学などの広範な知識が必要だろう。なんにせよ、この部屋の器具を精査してみなければわからない」

「……………」

「まだルイサイトであると決まったわけじゃない」葵野は祈るように言った。「僕の推理が間違いであればいいいんだ」

それから葵野は、警視庁から来た科学捜査係に、具体的に確認して欲しい点について適宜指示を行っていた。

だが、薬棚に『クロロビニルマグネシウム』と書かれたシールの貼られた薬瓶が置かれているのは、珠緒の目にも明らかだった。

「ルイサイトの使用は、もちろん化学兵器禁止法に抵触する。もしも十月二十三日、サートゥルナーリア祭の最終日にルイサイトが撒《ま》かれれば、地下鉄サリン事件以来の、民間人の大量殺人が起きることになる」葵野は呟いた。


ドラフトチャンバーの排気口には、びっしりと証拠の物質が詰まっていた。道化師の男がこの部屋でルイサイトを作ったのは、ほぼ確定的だった。

また、物件の情報も当たってみたのだが、部屋は他人の名義で借りられていた。その男は過去にお金に困って、暴力団に身分証を売ったことがあるのだという。つまり、賃貸の状況から道化師の男の身元を突き止めるのが難しいこともわかった。

近隣の監視カメラの情報と、出版社の監視カメラの情報を総合すれば、道化師の男の素顔はわかるだろう。だが、素顔や身元がわかったとしても、そこから道化師の男が現在いる場所に繋《つな》がる情報が得られるとは限らない。

珠緒たちは明々後日の十月二十三日までに、道化師の男を見つけ出し、ルイサイトの散布を防止する必要がある。

第四章　道化がひとり

1

警視庁に戻る道中の、捜査車両の助手席で、葵野は背もたれを倒して横になり、ぼんやりとタブレットに表示されている地図を眺めていた。

地図には、過去にテロ事件が起きた四件の場所がマークされていた。埼玉県、東京都、神奈川県、千葉県、全くもって規則性があるとは思えない、てんでばらばらの場所だった。

珠緒にはそれは一目でわかる。葵野も同様だったのだろう。彼にしては茫洋《ぼうよう》とした様子で、疲れたように目頭を押さえ、やがてタブレットを胸の真ん中に置いた。

「やはり、わかりませんか？」

珠緒は聞いた。葵野の答えは明白だったが、かれこれ三十分近く懊悩《おうのう》する彼の姿を横目にしている。いい加減、雑談でもしたい頃だった。

「中々ね」葵野は躊躇《ためら》いがちに答えた。

「前にマリ狩りグループを見つけた、地理的プロファイリング？　っていう方法でわ

かったりはしないんですか？」

『地理的プロファイリング』はよく、スプリンクラーで喩《たと》えられる」葵野は言う。

思考の狭間《はざま》に無関係な話でもして、脳を休めようとでもするように。『スプリンクラ

ーが残した水の跡から、大本のスプリンクラーを見つけられるのか』……珠緒さんに

してみた話は、僕の思いつきの比喩《メタファー》ではなく、これを生み出したキム・ロスモが、捜

査機関に自分のプロファイリング・ソフトを説明する時によく使う喩えなんだよ。現

在、彼は科学捜査官をやめて、自作のソフトの販売業に就いているからね」

「そんな転職先があるんですか」

「まあね。地理的プロファイリングを行う、競合のソフトは多い。プレデター、クラ

イムスタット、ドラグネット……それを売るのもいい仕事だろう。だが、仮にスプリ

ンクラーの場所がわかったとして、次の水滴の一粒がどこに落ちるのかはわからない。

そんなものはランダムだ。スプリンクラーの向き、放水口の形、流体力学的な影響、

風の影響……いくらでも不確定要素がある。今回の事件では扱えないよ」

「じゃあ、地理的プロファイリングじゃない方法とか……」

「他の方法ね」

「筋が通った推理では予想できないんでしょう？」

珠緒は自分が葵野に聞かされたことを口にしてみた。葵野は力のない様子でタブレットを持ち上げた。

すると、なにかに気づいたように目を見開いた。暗雲に穴が空き、天から光が射してきたようだった。

慌てて背もたれを起こし、タブレットの一点をじっと見つめた。そして目をつぶり、しばらくその推理を脳内で反芻《はんすう》していた。


二人は捜査本部に戻った。

ルイサイトの件は既に捜査本部に共有されており、かなり慌ただしくなっている。鶴屋丈二を始めとした実行犯たちの居場所の捜査は以前よりも猛烈に進められているし、また道化師の男が部屋を借りる際に行った手続きや、部屋の近くにある監視カメラの映像から、何かしらの情報が得られないかという動きも始まっている。

葵野は大会議室にいる川岸に、車内で案出した推理を話した。

だが、それを聞いた川岸は頭を掻《か》いた。さすがに判断が難しいと思ったのだろう。

葵野の推理はそれだけ突飛なものだったのだ。

だがここまで来たらと、葵野と珠緒と共に北のところに向かった。

「おう、川岸と葵野教授か」北は言った。

葵野は、大学にいた時は准教授でした、と答えた。

「それで、なにか面白いことでも思いついたのか？」

北は言った。葵野は先ほど捜査車両内で作った図を北に見せた。

北はしばらくその図を見て、目をぱちくりさせた。だがやがてお腹を抱えると、げらげらと笑い始めた。

北は頰の肉を歪《ゆが》ませて、肺を振り絞り笑っていた。その様子を、科対班の三人だけではなく、捜査本部にいる他の捜査官も釣られて、啞然《あぜん》とした様子で眺めていた。

それから北は騒ぎ終えた子供のように、やけにすんとした様子になった。ようやく葵野は口を開いた。

「前から気になっていたんです。どうしてこの事件は土星23事件であるにもかかわらず、現場に『♄』のマークがないのだと。早期の発見を恐れて書かなかったという考え方は普通ですが、自己顕示欲で動いている土星人が、あまりコソコソとした動きをするとも思えない。そこで考え方を変えてみたんです。『♄』のマークはまだ書かれていない。だが書かれていないわけでもない。書かれている最中なのだと」

葵野の見せたタブレットには、関東地方の地図を二十度ほど傾けたものが映されていた。最初に事件が起きた場所から順番に、丸囲みの数字でマークされている。

■ 毒ガステロ発生地点予想図Ⅰ

①……埼玉県川口市・川口駅東口地下街
②……東京都中野区・中野サンモール商店街
③……神奈川県鎌倉市・仏教寺院
④……千葉県木更津市・アウトレットモール

そして仮のものとして、千葉県の鴨川《かもがわ》市の辺りに⑤のマークが、東京都の国分寺市の辺りに⑥のマークが、東京ディズニーランドの辺りに⑦のマークが書かれた。⑤から⑦に当たる事件はまだ起きていないが、これらの数字は葵野が暫定的に書いたものだ。

その上で、①→②→③→④→⑤と、順番通りに筆を走らせていくと、地図上に巨大な『h』が出現する。

それから⑥→⑦と書くと、『h』の上に横棒が書かれて、合わせて『ħ』という土星の惑星記号が地図上に書かれる。

「土星人の計画はこうです。七件のテロ事件を引き起こした後、今回と同様に出版社に投書するなりして、事件の起きた現場を繋《つな》ぐと『ħ』のマークとなることを国民全員に向けて明かす。それから、それを止められなかった警察機構を嘲笑《あざわら》う。ルイサイトによって作られた無数の屍《しかばね》の上で」

「ふざけた野郎だなあ」北は嗤《わら》いながら言った。

「五件目のテロを防止するために、僕たちは千葉県の房総半島《ぼうそうはんとう》の辺りを警備する必要があると思います。もちろんこれは推理で、確証は持てな――」

「警備部!!」

言い終わる前に北が言った。慌てて警備部の管理官が北のところにやってきた。

「房総半島にある、人が多くいる、いかにも土星のクソ野郎が狙いそうな所を一つ残らず警備《ツブ》していけ。ネズミ一匹逃さないつもりでな」

はい!!　と、管理官が威勢よく答えた。

警視庁の休憩室の自動販売機で、夕食用にインスタント食品を買う。

普段ならばカロリーを気にするところだが、今日はまだやることが残っている。エネルギーを補給するために大型のカップ焼きそばを選ぶ。一方の葵野はあっさりとした冷やし中華だった。

「ちょっと季節外れですね」珠緒が言う。

「とりあえず、自動販売機の中央のパネルを押してみたんだ。いちばん幾何学的に美しい場所にあるじゃないか」

まさか、そんな理由で注文を決める人間がいるなんて思わなかった。いや、意外といるのかもしれない。小学生とか幼稚園児ならば。

冷やし中華は電子レンジで作る方式だった。電子レンジで冷やし中華が出来るイメージが珠緒には無かったが、麺《めん》の上に付属の氷を置いて、実際に電子レンジで指定された時間だけ温めてみると冷やし中華になった。不思議な時代だとカップ麺の湯切りをしながら珠緒は思った。

休憩室で夕食を取る。

事件と関係のない話をしてみようかとも思ったのだが、どうしても土星23事件に関する事柄が、地球の周りをくるくると回るスペースデブリみたいに頭に浮かんでくる。

仕方なく珠緒は聞いた。

「土星23事件について、随分と前から疑問に思っていたんですけど」

「なにをだい？」と、冷やし中華をずるずる啜《すす》りながら葵野は聞いた。

「土星の惑星記号の『♄』ってどうして『h』に似てるんですか？　『♄』が『h』の語源だったり、逆に『h』が『♄』の元になっていたりとかするんですか？」

「いや、似ているだけで特に関係はないね。『h』ではなく、数字の『5』に関係があると言われている」

「『5』……？」

「太陽系の惑星は、地球を除けば土星が五番目だろう」

水金（地）火木土……確かに五番目だ。そして『♄』と『5』は……似ていると言われれば似ているかもしれない。

「あくまで一説だよ。はっきりとした由来はわかっていない。あとは、土星の神であるサトゥルヌス神が、天空神ウーラノスを殺した時に使った鎌の形を模したものとも言われている。こちらの由来の方が土星人好みだろうね」

珠緒は想像してみる。『♄』と鎌も……まあ、似ていると言われれば似ている。『5』と同じくらいの類似度だろうか。一番上の棒が取っ手になっていて、横棒が鍔《つば》に、棒から下の部分が歯になっているイメージだ。やや使いづらそうではあるが、鎌としての機能は果たしそうではある。

「でも、一番似ているものはアルファベットの『h』ですよね」と、話を戻すようだが珠緒は言った。

「まあね。もしかすると後世に伝わっていくに従って、徐々に『h』に似ていったのかもしれないね。人間はどんどん身の回りの概念から、物事を普遍化していく生き物だろうから」

という話をしているうちに、夕食を取り終わった。

翌日の昼頃。

千葉県の富津《ふっつ》市は、一九八五年をピークに、人口がゆるやかに減少している、いわば田舎の地方都市である。市の大半はのどかな田園風景と、観光名所である鋸山《のこぎりやま》を含む、房総丘陵の疎林によって占められている。東京湾にも面しており、水産資源の豊富さでも有名である。

人口密度が低いため、建物も少なく、必然的に車社会である。広い国道の周りには背の低い建物が、目的を見失った孤独な羊飼いのように、ぼんやりと立ち並んでいる。

こういった郊外の町において、人々の生活を成り立たせているのは、ロードサイド店舗とも呼ばれる、大きな駐車場に複数の大型店舗が集まった区域である。

その中でも、大手のファッションチェーン店である「ユニクロス」は、特に近隣に住む人々の支持を集めていた。今日も老人を中心として、誰もが衣替えのための衣服を見繕っていた。

そこに一人の若い男が、意を決したようにやってきた。

男はキャリーバッグを持っている。何気ない仕草でそれを開け、ガスマスクを取り出した、その時だった。

「ちょっと、すみません」

二人の警察官がやってきて、まごついている男に言った。

「千葉県警なんですけれど、ちょっとその鞄《かばん》の中を見せてもらっていいですか」

声をかけられた男は目の色を変えると、捨て鉢になってキャリーバッグの中に手を入れ、ノズルを引こうとした。

危機を察知した警察官の一人が、慌てて男を組み伏せた。

声の断片と共に、男が崩れ落ちた。

警察官は男に手錠をかけながら、大きな声で時刻を読み上げた。

「十一時三十七分、確保!!」

2

捜査本部に大型のニュースが舞い降りた。

ついに実行犯の一人を捕まえたのだ。男は二件目の、中野サンモール商店街のテロ事件と、三件目の鎌倉の寺院でのテロ事件の犯人である竹田達也だった。

地下街、商店街、観光地、アウトレットモール……これまで、比較的人気の多い場所ばかりを狙っていた土星人が、初めて郊外の建物を狙った。もしかすると捜査本部の読みを外し、六件目以降の警備方針を攪乱《かくらん》させる意図があったのかもしれない。

だが、今回ばかりは捜査本部の推理が上回った。葵野の「土星人は関東地方に巨大な『ħ』を書くはず」という推理がなければ、これまでの事件とは無関係の地であり、また全体的に田舎町が多い、房総半島の警備を強めようとは思わなかっただろうし、また所轄から「市外にはあまり知られていないが、富津市のロードサイド店舗は市内の人によって繁盛している」という、地域密着型の口コミを聞くこともなかっただろう。またそれを本気にして、たった二人とは言え、警察官を配置しようとも思わなかったに違いない。

まだ事件が解決したわけではないが、少なくとも土星人による連続テロ事件を防止できた。珠緒はほっと胸を撫《な》で下ろした。

浮かれた雰囲気の大会議室で、富津警察署の副署長が、どこかから電話を受け取りながら、呟《つぶや》くように言った。

「……撒《ま》かれた？」

小さな声だった。だがその声は徐々に、他の声の一つ一つを殺していくかのように、会議室全体をひんやりとした静寂へと染めていった。

あとには副署長の嗄《しわが》れた声だけが残った。撒かれた、という四文字の動詞。そしていくつかの言葉が続く。

五日目のテロの実行犯である竹田達也は捕縛した。にもかかわらずアダムサイトは撒かれたという。それを裏付ける情報も集まってきた。

何が起きたのだろう？　と珠緒は思った。

ややあって、一人の男性刑事が現地の情報の説明を始めた。

富津市にある津浜は小さな海水浴場であり、やや黒みがかった浜辺が百四十メートルほど続いている、小規模な遊び場だ。県外では知る人ぞ知る場所だが、近隣の住民には有名で、今年の夏も一日数十人という人々が集まり、穏やかな日常を楽しんでいた。今はシーズンオフなので観光客が来るのは稀《まれ》だが、近くには漁村が広がっており、ほんの百人足らずの人々が住み、日焼けした顔を突き合わせている。

津浜のそばにある定食屋「さと」は、座席数を全て合わせても二十席ほどの小さな店だったが、昼になると毎日欠かさずに六十歳を超えた常連客が集まり、談笑を楽しんでいた。客の全員は顔見知りであり、話題の中心は主に政治のことだ。その日も老人たちは土星23事件を始めとしたニュースの話をし、それから口角泡を飛ばして与党の政策の批判をし、孫たちの様子について話していた。

その時だった。帽子をかぶった青年が入店した。脇にはキャリーバッグを持っている。顔見知りでないというだけで、この店では少し目立つ。だが夏には観光客も来るような場所だ。大して珍しいというほどでもない。季節外れの観光客だろうと思いながら、「さと」の女将《おかみ》は青年に、店の奥まで入るように言った。

すると、青年はキャリーバッグの中に素早く手を入れた。

バッグのファスナーは既に開け放たれていた。青年はタンクに繫《つな》がれたノズルを手にすると、躊躇《ためら》いなくレバーを引いた。

定食屋「さと」に、黄緑色の塵芥《じんかい》が降り掛かった。

砂漠《サヘル》の風が吹き、なにもかもが苦痛の地獄へと陥穽《かんせい》されていった。老人たちは身悶《みもだ》えし、痰《たん》の混ざった音と共に椅子の上から崩れ落ちた。ある者はぎゅっとシャツの胸元を握っていた。ある者は楽になる体勢を探して体を海老反りにしていた。ある者はガスの入った目元を痛々しげに押さえていた。そこにいる誰もが自らに降り掛かった厄災を理解できないでいた。まさか自分たちが土星23事件に巻き込まれるだなんて、あれがテレビの中にある事件ではなく、自分の身に起こりうることだなんて、一度も本気で考えたことはなかったのだ。

アダムサイトによる五件目のテロ事件だった。

報告を聞いて、珠緒はぎゅっと手を握った。どうして偶然定食屋に居ただけの老人たちが、そんな目に遭わされなければならないのだろう。

五件目のテロは、警察や公共機関が監視カメラを設置していない場所で行われた。個人所有の監視カメラが無いか、くわえてそこに実行犯が映っていないか、所轄が迅速に捜査を始めた。

すぐに竹田への取り調べが行われた。だが竹田は、どうやら「さと」での五件目の事件については、全く心当たりがないらしい。むしろ自分のせいで連続テロが途切れてしまったと思っていて、少なからず責任を（それがどういった類《たぐい》の責任なのか、珠緒には皆目見当が付かなかったが）感じている様子だった。

もちろん、演技をしている可能性もある。だが、過去に数回竹田を取り調べしたことがある組対の警察官によると、竹田はあまり頭が良くなく、それほど器用な男でもないとのことだった。今後この件についての取り調べは続けられるが、暫定的には証言は正しいとするのが妥当だと見なされた。

「なんで一日に二件も……」と、珠緒が呟いた。

「失敗した時の予備があったのだろうね」

「予備？」と珠緒は聞いた。

「うん。恐らくはこういった手はずだろう」葵野は言った。「まず一日に二件のテロを予定しておく。二人目には事前に、一人目がテロを起こす時間を伝えておく。そして、その時間の前後にマスコミでテロが報じられなかったならば、不発と見做《みな》し、実行に移す……。これならば一人目の実行犯である竹田達也に、二人目の存在を伝える必要はない」

なるほど、それならば竹田達也が二人目の存在を知らなかった理由もわかる。

「五件目ということで、工程を複雑化させてきたのでしょうか」

「わからない。今までも、警察が突き止められなかっただけで同様の手はずになっていたのか。また二人を捕まえた所で三人目が、三人目を捕まえた所で四人目が出てくる手はずになっているのか……」

「…………」珠緒は沈黙した。どれほどに周到な準備がされていたのかは不明だ。

「ルイサイトを作れるほどの技術力だ。アダムサイトくらいならば、無限にでも作れるといったところだろう」葵野は目を細めた。恐らくは道化師の男の、あの大掛かりな実験室を思い出しているのだろう。「ルイサイトの製造は難しい。まだ科学捜査係に実験室の精査をして貰《もら》っている最中だが、アダムサイトのように大量に用意することはできないだろう。最終日の犯行は二段構えではないと思いたいね」

アダムサイトを撒いた動機について、竹田は「金だ」と答えた。過去の事件の、道化師の男の共犯たちと同じ答えだった。

以前、道化師の男と共に佐井茉理奈の誘拐事件に加担していた三人の男たちも、金を貰って事件に加担していたと言っていた。道化師の男の資金の調達元がどこにあるのかはわからないが、少なくとも潤沢な資金を持っているらしい。竹田は自分の関わった事件について証言するのみで、道化師の男が関東地方に大きな『ћ』を書こうとしていた等の、全容に関わる情報はまるで知らない様子だった。

やはり大本の道化師の男を捕まえないと、連続テロ事件は終わらないのだろう。

だが収穫はあった。竹田のスマートフォンに、道化師の男との直接のやり取りが記録されていたのだ。

使用されていたのはマイナーなメッセージアプリだったが、アプリの運営会社に掛け合った所、道化師の男のIPアドレスが判明した。

IPアドレスだけでは、道化師の男の居場所はわからない。だがこれを元にプロバイダに開示請求を行うことによって、発信者の情報は特定できる。多くの人々はインターネットを、匿名のものだと信じ切って使っているが、実際のところ、捜査機関が本気になれば居場所が突き止められるほどの脆弱《ぜいじゃく》な匿名性しかない。

だが、重要なのはそのIPアドレスが『捜査に使えるかどうか』だ。

緊急の事件ということで、プロバイダからの返答は早かった。

だがその答えは、捜査本部の誰もが予想していたように『海外からの通信』とのことだった。これでは役には立たないと、誰もが肩を落とした。

「『海外からの通信』だから追跡できないって、よく聞きますよね」と、珠緒は隣にいる葵野に聞いた。

「そうですね」と、逆側の隣にいる松浦が、にゅっと出てきて答えた。

別に松浦に聞いたわけではなかったのだけれども……まあこの男はインターネットに詳しいから、別にいいかと思ってそのまま珠緒は聞いた。

「どうして『海外からの通信』だと追跡できないんですかね？　例えば道化師の男がアメリカのサーバーを使っているとします。でも、その場合はアメリカのサーバーには通信の履歴が残っているわけだから、アメリカの警察に協力して貰えれば、何かしらの情報が貰えたりとかするんじゃないですか？」

「はっはっは、珠緒さんは本当にインターネットについては無知ですねえ」

「はぁ？」急に煽《あお》られたので、イラッとしてしまった。「だってサイバー犯罪なんて、取り扱うのも初めてですし、よくわかんないですよ」

「珠緒さん、『無知の知』という言葉もあるよ」葵野が言った。

「葵野さん、意味はわかりませんが、それフォローになってます？」

「日本の警察はサイバー犯罪に弱いですからねえ」と、松浦は偉そうに言った。「まず、アメリカの警察に捜査協力をしてもらう例ですが、これは時々あります。かの悪名高き『パソコン遠隔操作事件』では、ニューヨーク行きの航空機の爆破予告がされたという理由で、ＦＢＩが日本の警察に捜査協力をしてくれています」

「悪名高き、って……」

「いっぱい冤罪《えんざい》の人を出した挙げ句に、『犯人の技術力が高かったから捕まえられなかった』みたいな感じを出してきましたが、あんなん、私に言わせれば大した犯行じゃ――」

とまで言ってから、松浦はちらりと後ろを見た。どうやら国府に睨《にら》まれているのを感じ取ったらしい。わざとらしく咳《せき》をしてから、「いやあ、日本の警察って本当に優秀ですわあ」と感嘆してみせた。

「じゃ、私はこれで」松浦はそう言って去ろうとした。

「待って下さい」珠緒は止めた。「そこまで言ったなら最後まで話して下さい」

「結論から言いますと、『パソコン遠隔操作事件』でも、犯人の逮捕の証拠に通信履歴は使われなかったんです……いや、使えなかったんですよ。というか、往々にして『海外からの通信』の履歴って、実はほとんど、その国の人でも確認不可能なんですよ」

「え、何故ですか？」

「まずは『普通の通信』ってどんなのかわかります？　例えば、大村さんが母親にラインで『おはよう』とでも送るような普通の通信です」

「えーと……」珠緒は自分の携帯から、電波が鳥のように飛んでいく所を想像した。チュンチュンチュン、という囀《さえず》りと共に、鳥が母親の携帯に到着する。

「まず携帯電話は、一番近くにある電波基地局と接続します」珠緒の妄想をよそに、松浦は言った。空想の鳥は一旦《いったん》、母親の携帯から引き上げると、珠緒の近くにある電波基地局に留まった。「電波基地局を持っているのは、日本だとNTT、KDDI、ソフトバンク、楽天の四社です。大村さんがドコモで、例えばラインで母親に『おはよう』と送ったとしますと、NTTの電波基地局にその情報が行きます。そこから、ライン株式会社のサーバーに母親への『おはよう』のメッセージの情報が行きます。つまり、基本的には大村さんの携帯↓電波基地局↓ライン株式会社と、ほぼ一直線に飛んでいくわけです。だから、IPアドレスをプロバイダに伝えれば元の携帯電話の情報がわかるわけです。ここまではわかりますか?」

「まあ、なんとなく」

「珠緒さんが想像している『海外からの通信』っていうのは、大村さんの携帯↓電波基地局↓海外のサーバー↓ライン社、みたいなもんやないですか?」

「ああ、はい、そうです」珠緒は答えた。「それなら、海外のサーバーに聞いたら、どこから電波が来たかわかるんじゃないかと思いまして」

「そうですね。それなら大村さんの言う通りなんですけど、実はそのイメージは間違っとるんですよ。『海外からの通信』っていうのは往々にして、大村さんの携帯↓電波基地局↓海外のサーバー↓海外のサーバー↓海外のサーバー↓海外のサーバー↓海外のサーバー……↓ライン社、みたいなもんなんです」

「間に色んな国が挟まっているということですか？」

「そうです。これはTor《トーア》っていう匿名通信の方法です。『パソコン遠隔操作事件』でも犯人が使用していましたし、FBIでも完璧《かんぺき》な対策法は生み出せていない、そのくせ導入難度が低いっていう厄介な代物です。マネーロンダリングや麻薬取引や児童ポルノの配布にも使われている、犯罪にはうってつけの代物ですよ」

「全部規制すればいいんだよ」背後にいる国府が、ぼそっと呟《つぶや》いた。

「Tor《トーア》の規制には反対ですね」と、案外はっきりと松浦は否定した。「技術と、それを使う人間の罪は分離して考えなきゃ駄目ですよ。Tor《トーア》にもいい面はあります。中国のような言論統制がある国では、国民が自由に意見を交わすためには必須《ひっす》ですし、Tor《トーア》は『アラブの春』っていう、反政府民衆運動の推進力にもなったんです。だからTor《トーア》は、逆に人権団体からの寄付によって成り立っとるんです。犯罪に使われとる一方でね。おもろいでしょう？」

「ええと、話を戻しますと、そのTor《トーア》っていうのは、つまりは通信の間に無数のサーバーを挟んで、実際の出所をわからなくする技術っていうことですか？」珠緒は聞いた。

「そうです。しかも間に挟まってるサーバーを持っとる人たちの多くは、Tor《トーア》の活動理念に賛成しとるボランティアなんです。日本やとイメージが湧かんでしょうが、アメリカやとNSAによるネット監視が問題視されたりして、ネットの自由を求める運動が活発化しとるんです。だからその辺のおっさんがTor《トーア》のノードを持っとったりするわけです。で、道化師の男からの通信も、そこら辺のおっさんのノードを通っとるんです」

「でもそのおじさんは、ネットを自由に使いたい、っていう理念に賛成しているだけであって、犯罪に加担したいわけではないんですよね？」

「情報収集を目的にTor《トーア》に潜んどる犯罪者も一割ほどおりますが、基本的にはそうですね」

「じゃあ原理上は、間にあるノードを持っている人たち一人一人に事情を話して、情報を開示してくれ、と言えば犯人がわかるんじゃないですか？」

「Tor《トーア》のボランティアは世界中におるんですよ。何ヶ国も股《また》にかけて説得に回らなあかんですし、中にはログを直ぐに削除しとる人もおるでしょうね。消しとる人が一人おったら辿《たど》れなくなります。……というわけで、話をまとめると『海外からの通信』ってことはほぼ百パーセント、Tor《トーア》などの匿名通信技術を使っていて、使っているってことは追跡不可能。合わせ技でアウトってことです」

「破る方法はないんですか？」

「Tor《トーア》自体にはないです。ただ、例えばTor《トーア》を使いながらも、違法取引の決済にビットコインを使ってる人がいたら、ビットコインから足が付くことがあります。Tor《トーア》を使っている時のハンドルネームと、使ってない時のハンドルネームが似ていて、そこから足が付いたって例もあります。違法取引の決済のメールに、本当のメールアドレスを使って逮捕されたっていうアホもおります。まとめると、悪いことしたら大体何かしらで足が付くんで、悪いこと自体すんなってことですね」

Tor《トーア》自体は鉄壁だ。だがそれ以外の部分からボロが出る時がある。果たして道化師の男はボロを出してくれるだろうか。

竹田達也のスマートフォンには、二人の共犯者とのやり取りの履歴が残っていた。こちらはラインを使っていて、おまけに匿名通信技術は使われていなかったため、直ぐに特定が済んだ。

一人は二件目のテロ事件の共犯であり、かつ一件目のテロ事件にも関わっていた源恒樹。もう一人は三件目のテロ事件の共犯だった、小笠原真一《おがさわらしんいち》という男だった。

源と小笠原の居場所を捜す。まずはIPアドレスをプロバイダの情報と照合して、携帯電話を特定する。

携帯電話にはGPSという、ユーザーの位置情報を特定するための機能が付いている。だが、この機能はユーザーの操作によってオフにすることが出来るので、普通はあまりあてにはしない。源と小笠原もオフにしていた。

しかし携帯電話は必ず、松浦の言う通りに、一番近くにある電波基地局（複数ある場合は、一番電波の強い電波基地局）と接続している。これは、特にインターネットを使っていない時でも常時接続されている。そうでないと、携帯電話を操作していない時に、メールの受信が出来ないから。よって携帯電話の特定が済めば、その携帯電話と接続している電波基地局を探し、本人がその近くにいることまでは突き止めることが出来る。

電波基地局は常時、数百という携帯電話と接続している。

だからここから先は、捜査員の人数に物を言わせたローラー作戦だ。電波基地局の近くにある場所に捜査員を大量動員し、しらみ潰《つぶ》しに捜していくのだ。こうして小笠原のいる雀荘と、源が滞在しているネットカフェを突き止めた。

小笠原は大学生のようだった。気が弱いらしく、手錠をかけられている間にも、大声で泣きながら「僕のせいじゃないんです」と繰り返していた。一方の源は、腹は決まっているとでもいうように、逮捕時も騒がず、じっと遠くを見つめていた。

小笠原と源のスマートフォンには道化師の男とのやり取りの記録が残っていた。だが、おそらくは全て『海外からの通信』で、追跡不可能なものとなっているだろう。

小笠原はギャンブルで借金がかさみ、闇バイトを繰り返しているうちに犯罪幇助《ほうじょ》を行うことになり、いつしか「かなり割がいいバイト」として道化師の男のテロ幇助を知ったのだという。『顔さえ隠していれば、毒ガスが証拠を洗い流してくれるから捕まらない』という、馬鹿げた嘘を逮捕される直前まで信じ切っていて、真っ昼間から高レートの賭《か》け麻雀に興じていた。

一方の源は小笠原とはかなり性質が違っていた。彼は取調室に入るなり、澄んだ目で遠くを見つめながらこう言った。

「土星人は崇高なる存在です」

取調官はやや戸惑いながらこう言った。

「お前の犯行動機は、金のためじゃないのか？」

源は落ち着いた声で言い返した。

「金？　そんなものが何の役に立つのでしょう？　私の行いは全て土星のためです。今回の行いによって、私の魂は清められ、死後に土星の楽園に行くことになるでしょう。土星の楽園には金・銀・エメラルドといった様々な財宝があり、いつだって天使が澄んだ声で歌い……」

あの馬鹿を今すぐ死なせて土星に送ってやれ、と組対の警察官が憤慨した。

三人がどうやって道化師の男の闇バイトを知ったのか、その線を洗っていけば、いつかは道化師の男にまで辿りつくかもしれない。

珠緒は携帯電話で時刻を確認した。十八時四十七分だ。

「葵野さん、闇バイトの線で、十月二十三日までに道化師の男を突き止めることは出来ると思いますか？」

「間に合わないだろうね」と、葵野ははっきり言った。「そのラインは、道化師の男はかなり警戒しているだろう。Tor《トーア》も使わないような実行犯から、簡単に情報が漏れるようにはしていないはずだ。恐らくはありとあらゆる偽装が凝らされ、蜘蛛《くも》の巣のような罠《わな》が張り巡らされているに違いない」

珠緒も同感だった。もちろん捜査は行われるべきだし、そうすればいつかは辿り着くように思ったが、より迅速に道化師の男に接近する手段を考えなければならないように思えた。

どうすれば道化師の男を見つけられるだろう？

あと少しなのだ、と珠緒は思った。道化師の男の生体情報はわかっている。アダムサイトを密造していた住居も割れている。竹田と小笠原と源も捕まえている。だが本人の身柄だけが、濡《ぬ》れた革のように手の平を滑り落ちていく。

珠緒は科対班の班室でPCを開いて、道化師の男の住居の、近隣の監視カメラの情報を総合したものを見た。

道化師の男の素顔は、今日の午前中に割れた。テロ事件のせいで、じっくりと見る暇がなかったが、なにかヒントが得られないかと、集中して見つめた。

年齢は四十代の前半だ。体格としてはやや筋肉質で、身長は同年代の男性の平均より少し高そうだ。顔は縦長で、エラが張っていて顎《あご》の周りがガッチリとしている。目は比較的細く、鼻の付け根には大きな窪《くぼ》みが出来ていて、鼻背から鼻翼が飛び出ている、いわゆる鷲鼻《わしばな》だった。全体として、こだわりの強そうな顔貌《がんぼう》には見える。でも、

「……際立った悪人には見えないですね」

珠緒は小さな声で言った。葵野にも聞こえていたはずだが、何も言わなかった。わかっていたことだが、悪人ほど善人らしい見た目に擬態しているものだ。まさか毒キノコのようにけばけばしい見た目をしているはずがない。

道化師の男の髪型は時期によって変わるが、短い髪型を好んでいるようだ。衣服はシンプルで、体形に合った無地のものをよく着ている。清潔感があると評価する人もいるかもしれない。

所轄は常時、道化師の男の映った映像を、見つけ次第イントラネットにアップロードしてくれている。そのため、今朝に確認した時よりも大きく資料が増えている。

その中の一枚、二ヶ月前に撮られたもので、スーパーからの帰り道に、スマートフォンを使っている写真に目が留まった。

道化師の男の正体を知っている自分が見れば、テロの実行犯たちと、密に連絡を取り合っているおぞましい写真のような印象も受けるが、中立的な視点では、ごく普通の男が手持ち無沙汰《ぶさた》でSNSを確認しているかのような何気ない写真に見えるだろう……そして現実的に考えて、スーパーの帰り道にテロに関わる重要な連絡を行うとも思えないから、後者なのだろうけど。

道化師の男はスマートフォンを操作して、何を行っているのだろう？

彼にも、愛好するSNSのアカウントがあって、投稿を眺めたりするのだろうか？

と珠緒は思った。

どんなアカウントが好きなのだろう。凶悪犯である彼でも、面白画像のアカウントを見て、ふふっと笑うような瞬間もあるのだろうか。

道化師の男にも、好きなユーチューブチャンネルがあって、更新されるたびに見たりしているのだろうか……と思ってから、ふと葵野に聞いた。

「道化師の男は、Tor《トーア》を使っているんですよね」

隣で、同様に道化師の男の写真を見ていた葵野が言った。

「Tor《トーア》かどうかはわからないが、海外を経由した匿名通信システムを利用しているのは確かだね」

「それは、仲間と連絡を取り合う時だけ使っているのでしょうか。そうでない時、例えば娯楽でユーチューブを見ている時にも使っているのでしょうか？」

「Ｔｏｒ《トーア》を使う犯罪者にも二種類いる」葵野は二本の指を立てた。「犯罪の時だけＴ《ト》ｏｒ《ーア》を使う人間と、常時Ｔｏｒ《トーア》を使っている人間だ。前者の中には、Ｔｏｒ《トーア》を使っていない時の通信から足がつく人間もいる。使い分けをすればどうしてもボロが出る可能性は高まるから、手慣れたサイバー犯罪者であればあるほど、ほぼ間違いなく後者だろうね」

「プライベートでインターネットを見ている時でも、道化師の男は匿名通信を行っている」

「そうだね」

「つまり……この映像に映っている時にも」

葵野は目をぱちくりさせた。珠緒が何かを話し出す気配を感じたのだろう。

珠緒は松浦から聞いた、インターネットに関する情報を一つ一つ思い出しながら言った。

「葵野さん。仮に匿名通信を行っていたとしても、携帯電話を使っている以上は、必ず近くの電波基地局と接続をしているんですよね」

「そうだね」

「じゃあ、この映像に映っている時、道化師の男は電波基地局と接続していたはずですよね」

葵野はタブレットの枠に細い指をかけ、一度電源ボタンを押してから言った。

「珠緒さんの言いたいことはなんとなくわかるよ。電波基地局の履歴から、道化師の男の携帯電話を特定できないか、というものだよね」

「そうです」

「各携帯会社の通信履歴の保管期限は最低でも三ヶ月だ。NTT、KDDI、ソフトバンク、楽天。どれも大手の会社だし、今回の件に対して充分な協力をしてくれると言っている。その映像が撮られた時点の通信履歴だって、申請すれば受け取ることが出来ると思う」

だが——と、葵野は言った。

「そこから道化師の男を見つけ出すのは難しいと思う。珠緒さんも知っての通り、電波基地局は常に数百という携帯電話と接続されている。この映像が撮られた瞬間だって、この近辺にある全ての携帯電話と繋《つな》がっている。その履歴の中から道化師の男の携帯電話を探し出すだなんて、干し草の山の中から針を探し出すようなものだよ」

「でも、道化師の男は匿名通信を行っている」

珠緒は続けた。

「この時間、この瞬間に電波基地局に接続している人間は、無数にいると思います。

でもその中で『海外のサーバーに向けて』通信している人間って、果たしてどれくらいいるのでしょうか？」

葵野は、ふむ、と声を出すと言った。

「……一応、補足しておくと、日本にもＴｏｒ《トーア》の活動に加わっている人はいる。だから匿名通信を行いながらにして、日本に向かって通信を行うこともある」

「じゃあ……」

「だが、Ｔｏｒ《トーア》によって経由するサーバーは、基本的にランダムで選ばれる。そうでないと『匿名通信』にならないからね。そして、Ｔｏｒ《トーア》のサーバーは国内よりも海外の方が圧倒的に多い。だから高確率で海外に向けた通信になる。その点に関しては間違ってはいない」

葵野は続けた。

「だが、それにしても通信を行っている携帯電話が多すぎる。だいたい、道化師の男が携帯電話を見ているからと言って、常に通信を行っているとは限らない。例えば道化師の男がこの瞬間、電子書籍を読んでいたとしたら？　その場合、通信を行うのは電子書籍をダウンロードするたった一回だから、その一回がいつなのか、監視カメラに映っている十秒前なのか十分前なのか、僕らにはわからない」

「では、この写真はどうでしょう？」珠緒は別の写真を見せた。その写真では道化師の男はワイヤレスイヤフォンをしていた。「イヤフォンをしているということは音楽を聞いている。音楽を聞いているということは、現代ではユーチューブやサブスクリプションの音楽サイトを使うことの方が多数派だから、常時接続《ストリーミング》……この瞬間も、海外のサーバーと通信を行っているのではないでしょうか」

そう言われた葵野は、どこでもない遠くを見つめた。自らの脳内に意識を集中するために、視界の情報をよそに追いやったという感じだった。

「おそらくは、ユーチューブ等の動画サイトを利用しているだろうね。サブスクリプションを使うためにはユーザー登録が必要だが、そんな不要なリスクは背負わないだろうから」

珠緒は所轄の集めてきた無数の監視カメラの映像から切り取った写真を一つのフォルダに入れて、葵野に見せた。写真の中にいる道化師の男は、全てイヤフォンを付けている。

「私が見つけただけでも、こういった写真は五枚あります」珠緒は言った。「総ざらいしたら、合計で五十枚ほどはあるのではないでしょうか。各写真には、それが撮られた時刻も記録されています。この五十枚の写真が撮られた前後の、ほぼ全てのタイミングで、海外に向けて通信を行っている携帯電話があったらどうでしょう？」

葵野は細い指で机の上を、とん、と叩《たた》いた。珠緒は続けた。

「もちろん、日本に住んでいる外国人の携帯電話が引っかかったり、条件に合う、道化師の男以外の携帯電話が他にあるかもしれない……でも、かなり候補は絞れませんか？」

葵野はすっと天井の方を見つめ、いくつかの不確定要素はある、でも——と言って、それから続けた。

「やってみる価値はありそうだ」

3

珠緒の提案は、葵野の弁舌によって筋道だったものに変わり、川岸に伝えられる。川岸が北に要請することで、捜査本部から十数人の人員が調達される。

彼らが人力で、『道化師の男がイヤフォンをしてスマートフォンを使っている瞬間』の写真を集める。それらの情報をNTTなどの四社に送って、通信履歴を貰《もら》おうとした、その時だった。

十月二十二日〇時六分。

捜査本部にある連絡が届いた。

アダムサイトによる六件目のテロ事件が起きた。立川《たちかわ》駅の南口にある、〇時を回っても人通りの多い歓楽街だった。アルコールに浮かれた人々は不意に黄緑色の砂塵《さじん》に巻き込まれ、胃の中にあるものを夜遊びの喜びごと無残に吐き出していった。

身悶《みもだ》えする人々の映像を眺めながら、葵野が言った。

「日の変わった直後か」

「……これまでは昼間でしたよね」珠緒は聞いた。

「そうだね。今までの五件はどれも、細かな時間の違いはあれど昼間と呼んでいい時間帯には収まっていた。だが土星人の投書に時間の指定はなかったし、富津市での事件なんかは、一件目の失敗を確認してから二件目を行ったくらいなんだから、時間にこだわりはないのだろうね」

「というより――」

「そうだね。明らかに実行時間を早めている」葵野は目を細めた。「警察の捜査が進んでいることに対応したのか、あるいは最初からそうしようと決めていたのか。ともかく最終日のテロに関しても、最速で実行されることを想定して動いた方がいい――いや、その辺りの時間帯を狙ってくるのではないかと僕は推測する。早ければ早いほど、土星人の願いは叶《かな》いやすいはずだからね」

「…………」

「十月二十三日の〇時〇分ちょうど。それがタイムリミットだろう」

珠緒も同様の想定をした。あと二十四時間を切っている。

すぐに、立川駅南口の監視カメラの映像が解析され、犯人は第一のテロ事件の犯人と同一である、つまり鶴屋丈二が犯人の可能性が九十六パーセントという解析結果が出た。今回は単独犯だ。男はサングラスをしていたが、それだけでは何の偽装にもならない。

人間の歩き方は一人一人異なり、誰もがわずかな歩速の違い、腕や足の動かし方の違いを持っている。これを指紋のように用いて監視カメラに映っている人間を特定する『歩容認証』という技術は、近年警察捜査に導入され、今や裁判の証拠の一つとしても使われるようになっている。

「七件目はどこだろうか」

と言って、葵野は会議室の前の方を見た。

捜査本部には、葵野が「土星人は関東地方に巨大な『♄』を書くはず」という想定で書いた地図を拡大したものが貼られている。

あの時は五件目以降の事件発生地は予想に過ぎなかったが、今は五件目の事件である定食屋「さと」の事件現場と、六件目の事件である立川駅南口の歓楽街の事件現場が書き足されている。やはり当初の想定通り『♄』を書いている。地図を見ながら葵野は言った。

「七件目は……事件現場の候補が多いな」

葵野の言う通りだった。『ħ』を書くための、最後の横棒を止められる位置は多い。東京二十三区も、人口の多い新宿区《しんじゅく》と渋谷区《しぶや》が含まれるし、そこから東側の東京都全域が、ほぼ含まれている。千葉県も東京都の県境はもちろん、やや離れて成田《なりた》市くらいまでなら『ħ』を書いたと言い切れるかもしれない。もはや土星人がどれほど正確に『ħ』を書けば、劇場型犯罪者として胸が張れるのかという美意識の問題へと化していた。

「……報道を使って、危険なエリアにいる人々には勧告した方がいいかもしれませんね」と、珠緒は言った。社会的な混乱は大きくなるだろうが、人命が失われる可能性をすこしでも避けるためだ。

だが、科対班の班室に戻ると、キーボードをマシンガンのように打鍵《だけん》しながら松浦が言った。

「報道するまでも無さそうですよ」

「どういうことですか?」と、珠緒は聞いた。ちなみに松浦は現在、各携帯会社から貰ったデータを解析している最中だ。

「その情報、もう出回っとるんです」と言って、打鍵の速度を落とさないまま、松浦が生放送のニュース番組の名前を言った。

■ 毒ガステロ発生予想地点図Ⅱ

珠緒が自席のPCで、松浦に言われたニュース番組の数十分前のアーカイブを見ると、捜査本部にあるのとそっくりの地図がディスプレイに表示されており、テロップに『緊急速報』『第七の事件、どこで起きる⁉』と書かれていた。ニュースキャスターが言う。

「第一の事件から第五の事件までを線で繋《つな》ぐと、関東地方の地図の上に『h』の文字が出来ます。第六の事件は『h』の左上で起こっているので、第七の事件がこの辺りで起こるとすると……」

と言って、ニュースキャスターは地図の右上の辺りを手で示した。

「土星の惑星記号である『♄』の文字が完成します。土星人の狙いは、これなのではないでしょうか」

ふざけてます、嘆かわしいですね、とコメンテーターが相槌《あいづち》を打った。

珠緒がインターネットを見てみると、既に『土星人は関東地方に巨大な「♄」の文字を書くはず』という推測は、かなりの広がりを見せていた。どうやら誰かがSNS上で言い始め、自然発生的に広まっていったらしい。

時期的には、土星人が『h』を書き終わる、つまり五件目の事件が起きた後くらいから流布されたようだ。四件目の段階で規則性を見抜いた葵野は見事だったが、『h』さえ書き終われば気づく人も少なくないということだろう。

ネット上では『h』の最後の横棒を止めるために、七件目のテロが起きる可能性のある、『最危険エリア』『危険エリア』を描いた地図も出回っていた。なんだか情報が筒抜けになっているのではないかと珠緒が心配してしまうくらいに、捜査本部で警備部が定めた『最危険エリア』『危険エリア』と似ている。でも、特に情報が流出しているというわけではなく、単に同じ推理をすれば同じ結論に達するということなのだろう。

最も危険なのは人の多い新宿区・渋谷区辺りであり、そこから少し離れた東京ディズニーランド辺りも、「土星人が狙いそうだから」という理由で危険視されている。同感だと珠緒は思った。

ディズニーランドを始めとした大きなテーマパークは、二十二日の早朝には、その晩の宿泊キャンセルと、二十三日の緊急閉園を決めた。

ニュースでは、慌ただしく人々が新幹線に乗り込む姿が放送され、『関東脱出』がSNSのトレンドワードとなった。どうやら危険なエリアからは少しずつ時間をかけて、人々が消えていっているようだった。

二十二日の午前十時になった。

珠緒は大きなあくびをした。昨晩からの休憩は三時間ほど仮眠をしただけだったし、それだって交感神経が昂《たか》ぶって、あまり深くは眠れなかった。睡眠と覚醒《かくせい》の浅瀬を小刻みな波のように往復しただけだ。

だが、ようやく一つの成果が出た。

道化師の男の携帯電話が特定されたのだ。

特定された携帯電話から、接続されている電波基地局を見つけ出すと、履歴からして、今も持ち歩いている最中に見えた。

道化師の男は、多摩川《たまがわ》の河川敷にいる。

早速、無数の私服警察官がその周辺へと向かい、その群に珠緒と国府も加わった。

多摩川は神奈川県と山梨県と東京都を通って、東京湾に注ぎ込む一級河川である。長さにして百三十八キロメートル、流域面積は千二百四十平方キロメートルにも及ぶ。

その巨大な川の河川敷において、東京都と神奈川県の県境付近は、特別な意味を持った区域として知られている。

ここは手作りの長屋が立ち並ぶ『ホームレス村』の異名を持った区域だ。東京五輪を前にして都市部からどんどん数を減らしていったホームレスたちだが、ここでは集落と名付けられるようなものを形作っている。

珠緒たち私服警察官たちはそこを訪れた。国府が言った。

「目立つなよ、大村」

「はい」と珠緒は言った。だが思わず大きな声が出て、国府に叱られた。

どうやら今の自分は自分が思うよりも、落ち着きが無くなっているのかもしれない。睡眠時間が少ないせいもあるだろうか。

とはいえ、そういった警察官は自分だけではないように思えた。さすがに六日間も追い求めた仇敵《きゅうてき》が、この場所にいるのだという熱気は中々隠しようがない。刑事たちの発する見えない熱が、徐々にこの地を取り囲んでいく気配があった。

顔面の紅潮した禿頭《とくとう》の老人ホームレスが、顔見知りの生活安全部の警察官と、初対面の神奈川県警の刑事二人と話をしていた。

「どうやらあの老人はかなり、この河川敷の情報に精通しているらしい」と国府は言った。

そのようだ。生安の警察官の様子からも、その信頼が窺《うかが》えた。

老人のホームレスから生安の警察官が得た情報が、全体へと無線で伝えられる。

クロのようだ。どうやらここに道化師の男に似た男が、最近急に移り住んできたことまでは間違いがないらしかった。

標的のテントを見つける。

この河川敷では珍しくない、青いビニールシート製の手作りテントだ。特徴的なのはテレビアンテナがあることくらいだろうか。

そのテントを複数の捜査官が取り囲む。慌ててネズミを取り逃がさないように、少数精鋭に絞っている。その一人が国府であり、珠緒はそれを遠巻きに見ている。

中からはテレビらしき音が漏れ聞こえている。国府は隣にいる捜査官に目配せをしてから、テントの入り口を開けた。

やや筋肉質な男が横になっている。顔は奥側に向けられているが、直感的なもので国府は正体を悟る。

彼が道化師の男だ。

男はちらりと国府を含む捜査官たちを見た。

突然の来訪にすこし驚いたようだが、その動揺は少しずつ消えていき、やがてシャボン玉が弾《はじ》けるかのように跡形もなく消えてしまった。そこに残ったのはある種の穏やかさだった。あとは成り行きに身を任せさえすれば、全ては上手《うま》くいくとでも言いたそうな。

国府たち捜査官は、男の態度を怪訝《けげん》に思った。だが、確かに男の見た目は、彼らが穴が開くほど見た道化師の男の写真と同じだった。人間の顔は時と場合によってまるで違って見えたりもするが、目の前の男の同一具合は、そういった次元を軽く超えている。一体どうして、これほどに落ち着いていられるのだろうか。

ともかく彼らは、極めて義務的な様子を繕って、男に逮捕状が出ていることを告げた。男は特に抵抗をせず両手首を差し出した。国府がそれに手錠をかけた。

十月二十二日十時三十七分。道化師の男が逮捕された。

珠緒は、待機していた多くの捜査官と共に、テントの周囲に集まった。今や人目を気にすることもなく、捜査に専念することが出来る。一人の捜査官が、男の住居の周囲に規制線を張り始めた。

あとはホームレス村の住民たちに聞き込みをする必要がある。どうやら一連の逮捕劇は、ホームレスたちにとって少なからず好奇心をくすぐられるものだったらしい。多くのホームレスたちが啞然《あぜん》として警察官の方を見ていた。彼らの一人一人に対して、道化師の男についての簡単な聞き取りを行うことになるだろう。

道化師の男は、警察官に促されながら、ゆったりと多摩川の土手を歩いていった。だがその表情には、逮捕されたという悲壮感はまるでなかった。彼の口元に浮かんでいるのは緩やかな笑みだけで、それは彼の置かれている状況とは矛盾した、一抹の愉快さを示していた。

彼の感じている感覚を、どう表現すればいいだろう？

沈黙に満ちた葬儀場で、不意に大声を上げたくなる感覚、立入禁止の柵《さく》を勢いよく飛び越えてみたくなる感覚、禁忌のボタンを押したくなるような感覚、何もかもを破壊したくなる感覚、不意に沸き起こる邪悪な衝動、アドレナリンの曳火弾《えいかだん》が炸裂《さくれつ》し、道徳を構成するシナプスを心地よく焼き切っていく。その炎が今や心地よく彼自身の体を包んでいる、彼はそんな心地がしていた。

だからその時、彼がいきなり笑い出したのも、珠緒たちにとっては怪訝なことでも、道化師の男にとっては意外なことではなかった。

道化師の男は腹の底をよじるようにして笑った。河川敷の泥をえぐるようにして笑った。肺を裏返しにして鮮紅の色を見せびらかすように笑った。悪意の喀痰《かくたん》を吐き散らかすようにして笑った。邪悪な子供のように笑った。連行中の警察官たちが不意に歩みを止めて、立ち竦《すく》んでしまうほどの哄笑《こうしょう》だった。

道化師の男はひとしきり笑い終えると、河川敷の捜査官全員に対してこう言った。

「俺を捕まえたところで事件は止まらない。あと二十四時間もしないうちに、神を喜ばしめる大量の遺体が、サトゥルヌス神に届けられることになるだろう」

4

道化師の男の身柄は、迅速に警視庁へと搬送された。

もしも道化師の男の言っていることが本当だったならば、彼からは最終日の計画の詳細を聞き出さなければならない。

もちろん、仮に嘘だったとしても、土星人グループが別の策を打ってくる可能性を鑑《かんが》みて、取り調べは迅速に行われるべきだろう。

取り調べは捜査一課の、岡崎《おかざき》という取調官が務めることになった。

三ヶ月前まで所轄にいた珠緒でも名前を知っている、本庁のエース取調官だった。

三十代後半の刈り上げをしたスポーツマン風の男性だ。

捜査本部のある大会議室にディスプレイが置かれ、珠緒と葵野もその様子を眺めた。

ちなみに今、捜査本部のある大会議室には、基本的に警部以上の階級の警察官しかいない。それ以外の捜査官は、現場に向かっている。

それでも珠緒がこの部屋にいるのは、葵野が「珠緒にも取り調べをリアルタイムで見せるように」と、捜査本部の管理官に主張したからだ。

葵野の要請の内容は、「大村巡査部長にはプロファイリングの能力があるからです」というものだった。葵野が自分にその能力を認めていることは知っていたが、こうして公的な場で口に出されるのは恐れ多い気がして、つい珠緒は目を伏せてしまった。

管理官は巡査部長ひとりの人員増減なんて、問題にすることもないと思ったのだろう。葵野に言われるがままに、珠緒が取り調べを見るのを認めてくれた。

珠緒はディスプレイを眺めた。

改めて道化師の男を見ても、やはりあれほどの事件を起こすような人間には見えないなと珠緒は思った。写真で見た時よりも、やや目鼻立ちがくっきりとして見えるとは思ったが、せいぜいその程度だ。それだって所詮《しょせん》、角度や光の作り出したものだろう。一見して彼は『どこにでもいるような普通の男』だ。だが、この男の中に、関東全土に厄災を振りまくような邪悪さが宿っているという異常さは覆しようがない。

取調官である岡崎は簡単に名前を名乗ってから、男に訊《き》いた。

「名前は？」

道化師の男は答えた。

「名乗りたくはない」

「名前がわからなくても起訴することは出来る。現に今、お前には逮捕令状が出ていて——」

「もちろん、隠し事をしているわけじゃないさ。ただ自分の名前が好きじゃないんだ。喩《たと》えるなら……岡崎くん、君は遠足に行ったことはあるかね？」

岡崎は一度目をぱちくりさせた。「岡崎くん」と呼ばれるようないわれは無いし、色々と言いたいことはあったが、とりあえず「もちろんだ」と答えた。

「遠足の時、母親はやけに多くの荷物を持たせたがる。ハンカチだとか虫除《よ》けだとかレインコートだとかね。そういったものは直ぐに存在を忘れられてしまって、リュックサックの中で他の荷物の下敷きになってボロボロになって帰ってくるんだ。思うに名前というものは、この世界に来る時に一方的に持たされた、壊れかけの不要のお荷物だよ。リュックサックの中の捨てられない荷物だ。そんなものを名乗るくらいなら、俺は名もない土星の道化師でいい。取り調べに不便ならば、そのまま『道化師』とでも呼んで欲しい」

岡崎は道化師の男の饒舌《じょうぜつ》ぶりにしばらく舌を巻いていたが、結局のところその提案を認めた。

「道化師、いくつかの事項を確認したい。＊＊出版社に土星人からの投書を投函《とうかん》したのは——」

「そんなくだらない質問をするために俺をここに呼び出したのか？」道化師の男は話を遮り、白けた顔で大きく手を振った。「そんなことはお前たちの捜査の中でわかっていることだろう？　今更自白なんかをして、お前たちのペーパーワークを助けてあげる必要があるのか？」

岡崎はなにかを言いかけたが、その前に道化師の男が言った。

「意味のある話をしようじゃないか。そうでないと、俺がここまで出向いてやった甲《か》斐《い》がない。だいたいこの部屋はなんだ。椅子もボロいし、お茶の一つくらいは出ないものかね」

「…………」岡崎は感情を抑えるために、目の前の男には聞こえないくらいの小さなため息をついた。

「俺はおしゃべりだよ。黙秘だなんてくだらないことはしない。ただ、他愛ない質問に一々答えてやるほど親切でもない」

「他愛ない……」

岡崎は口の中でその言葉を転がした。その言葉について考えれば考えるほど、彼の中に憤慨が募っていくような感じがした。数百人を巻き込んだテロ事件のどこにも、他愛ないという言葉は似合わない。だがその先は意図的に考えなかった。今までにこなした難儀な取り調べの数々を思い出し、なるべく平時の自分らしく質問をしようと思って道化師の男に聞いた。

「最終日の犯罪についての話をしてもいいか」

「そう、それだ」道化師の男は指をパチリと鳴らした。「それが一番面白い話題じゃないか」

「多摩川の河川敷で言っていたそうじゃないか。自分が捕まっても事件は終わらない。あと二十四時間もしないうちに、大量殺人が実行される……」

「言ったね」

「それはつまり……過去六件のテロ事件を起こした仲間たちのうち誰か、あるいは新しい実行犯に、既に毒ガス散布の計画を伝えてあり、自分が捕まっても事件を起こすように指示をしてあるということか？」

内心、そうとしか解釈できないと岡崎は思いながら聞いた。だが道化師の男は首の下に指を置くと、小さく捻《ひね》りながら言った。

「岡崎くん、土星の環境を知っているかね？」

「土星の環境？」

「そう。土星はガス型惑星と言われ、主に水素やヘリウムによって構成されている」

岡崎はとりあえずうなずいた。なぜ土星について講釈を述べられているのかと内心思いながら。

「土星の中心部には鉄と氷を主成分とした核があるが、高圧力で金属化した水素の層によってコーティングされている。これは平均してマリアナ海溝ほどの深さがあって、とてもじゃないけど着陸できない。だから我々土星人は、凧《たこ》のようなもので空中を漂いながら生き永らえている」道化師の男は続けた。「それでもかなり過酷な環境だ。風速は千八百キロもあるし、頻繁に雷も落ちる。アンモニアで出来た雲の温度はマイナス百五十度にも及ぶ」

岡崎は目を瞬《しばた》かせた。ようやく自分が馬鹿にされていることに気づいた。

「そういった過酷な環境で生きている生命、つまり我々土星人は、生存していくための超能力を身につけるようになった」

道化師の男は言った。

「最終日の計画を教えてやろうか。俺が土星の超能力で、地表に隕石《いんせき》を降らせるのさ。こうやって手の平をかざしてやれば、好きな所に大量の隕石が降る。なんならこの警視庁に降らせてやってもいい。だから、俺が逮捕されようが計画は支障なく実行されるというわけさ。これで岡崎くんの質問には答えられているかな」

そう言うと道化師の男はゲラゲラと声を上げて笑った。岡崎はただ顔を紅潮させながら黙り込んでいた。道化師の男はひとしきり笑い終わると言った。

「怒るなよ。こんなのはただのユーモアじゃないか。人と人とが仲良くなるためにはユーモアが必要だ。些細《ささい》なことで腹を立てていると、ただでさえ平均寿命の短い警察官の寿命が更に縮むぞ？　だいたい岡崎くんが質問するまでもなく、俺がここに捕まりながらにして最終日の計画を実行する方法なんて、それこそ別の人間にやらせるくらいなんじゃないかね」

道化師の男の余裕ぶりはともかく、彼の逮捕後、捜査は急速に進められていた。

取調室に運ばれる前に、道化師の男のスマートフォンが押収された。そこにはメッセージアプリを使って、毒ガス散布を命じた履歴がはっきりと残っていた。

道化師の男がデータを消去していた場合に備えて、デジタル・フォレンジックを行うための部隊は二日前から組まれていた。だが肩透かしで、データは誰にでも盗み出せるようになっていた。

逆に不気味だと珠緒は思った。地獄の門の閂《かんぬき》はとうに外されていて、どこを見回したって門番はいないのだ。

騙《だま》されているのだろうか？　と、珠緒だけでなく誰もが思った。だが竹田・小笠原・源のスマートフォンに残ったメッセージ履歴とも一致していた。この証拠だけでも立件が出来るんじゃないかと思ってしまうほどに潤沢な情報だ。

道化師の男が連絡を取っている人間はあと四人だ。第一と第六のテロ事件の実行犯である鶴屋丈二。第五の事件で定食屋「さと」にアダムサイトを撒《ま》いた、深く帽子をかぶった——捜査本部には深帽と名付けられた青年。さらに第四の事件で木更津のアウトレットモールにアダムサイトを撒いた二人組だ。

尚、肝心の第七の事件について、道化師の男が指示を行っている履歴は残っていなかった。

鶴屋と深帽は匿名通信システムを使っていて、メッセージの履歴だけでは携帯電話を特定することが出来なかった。だが第四の事件の犯人の二人組は使っておらず、至急二人に捜査の手が伸びた。

「……なんでデータを消してなかったんでしょうね」

珠緒は岡崎の一向に進まない取り調べを眺めながら、隣にいる葵野に言った。これまでの彼の周到さを考えるに、実に奇妙な行動だ。

「スマートフォンからは次の事件へたどり着けない、そんな絶対の自信があるんじゃないかな。いや、むしろ……」葵野はそこで言い淀《よど》んだ。

道化師の男は、意図的にスマートフォンのデータを残すことによって、捜査本部に不要な情報を残し、捜査を攪乱《かくらん》する狙いがあるのではないか？

その声は捜査本部の他の場所からも上がっていた。データを消さなかったことについて、道化師の男本人はこう答えた。

「なあ、岡崎くん。君は一々メッセージを送ったりするたびに、それを消去したりするのかね」

「しない」

「だろうね。それはあまりにも面倒だろう？」

「面倒だから消さなかった……？」

「よし、それで行こう。君は言語化能力に長《た》けている」

結局のところ、道化師の男のスマートフォンのデータは、一通り抽出された後に、やはりデジタル・フォレンジックに回されることになった。道化師の男は、第七の事件に関する情報だけを意図的に消しているのではないか、つまり第一から第六の事件に関する情報をあえて公開し、目眩《めくら》ましにすることによって、削除した第七の事件の情報に気が向かないようにしているのではないか、という声が上がったからだ。

ありえなくもない。だがあまり気乗りのしない推理だと珠緒は思った。もしもそれが事実だとしたら、道化師の男にしてはあまりにもちゃちな偽装に思えたからだ。

「松川《まつかわ》と中村《なかむら》、確保しました！」

捜査本部で電話を取り継いだ刑事が、大声で叫んだ。どうやら第四の事件の犯人二人が捕まったようだ。

一人は松川敦子《あつこ》という四十代後半の肥満女性、もう一人は中村芳明《よしあき》という五十代前半の男性だった。

松川は様々な仕事を転々とし、今は契約社員として事務仕事に就いていた。重度の虚言癖があり、ヨーロッパの王子に求婚されているという嘘を同僚たちに信じさせるために、貴金属などの高額の買い物を行い、彼からのプレゼントに見せかけていた（もっとも、その効果があったかは怪しい）。多額の借金のために風俗や闇バイトを繰り返し、最終的に道化師の男の闇バイトに行き着いたという形だった。取調室では不貞腐《ふて》れた様子であり、時に机を不機嫌に叩《たた》いたりし、まるで反省する様子はなかった。

中村芳明には前科が三つあった。現場の生体情報から本人の特定は済んでいたが、隠れ家の在《あ》り処《か》が携帯電話の通信履歴からわかったという形だ。過去に三回も捕まったことがあるためか、取調室でもあまり動じる様子を見せず、淡々と質問に答え、動機については「金」とだけ言った。

松川と中村は現場で会うまでお互いに顔を合わせることも無かったのだという。二人の間のメッセージは、全て道化師の男が仲介する形になっていた。

竹田・小笠原・源・松川・中村。これまでに五人の実行犯が逮捕されたが、誰もが計画の全容を知らなかった。一応の質問は行われたが、やはり七件目の犯人について見当のつく人間は居なかった。

「あと捕まっていないのは、鶴屋と深帽ですか」

と、珠緒は呟《つぶや》いた。

だが隣にいる葵野からの返事は無かった。不思議に思ってふと見ると、葵野は宙を眺めて、じっと何かを考えている様子だった。しばらくしてようやく、深い海の層を伝って珠緒の言葉が伝わったみたいに葵野が言った。

「そうだね」

葵野は額に汗を浮かべている。集中を乱してしまったことに、若干申し訳なさを感じながら珠緒は言った。

「最終日の実行犯は、鶴屋か深帽でしょうか」

「その可能性は低いだろうね」と、はっきりと葵野は言った。「なんせ、これだけの人間を雇って犯行を行っているんだ。最終日の実行犯を、他の日の実行犯とかぶらせる理由が無いだろう。最悪の場合、最終日を迎える前に実行犯が捕まってしまうんだ。なによりも、道化師の男が最も望んでいるのは最終日の大量殺人のはずだから、その失敗率を高める選択はしないだろう」

「ルイサイトの量にも限りがありますしね」

「うん」葵野が言う。葵野は道化師の男の実験室が判明した時に、科学捜査係に要請して、ルイサイトの実際の製造量を見積もってもらっていた。「難しい話を抜きにすれば、道化師の男が製造できたルイサイトの量は、最大で一発だった」

珠緒はうなずいた。その結論は既に捜査本部に共有されている。

「だから、第五の事件のように二段構えというわけにはいかない。その大切な一発分のルイサイトを、既存の実行犯の、鶴屋や深帽に渡しているとは思えない」

十月二十二日の十六時を回った。

捜査本部にあるテレビでは、渋谷のスクランブル交差点の様子が生中継されていた。昨日までの混雑ぶりが嘘かのように人が減っている。渋谷区を危険エリアと見なす、報道やネットの情報の影響だろう。街頭ビジョンは化粧品の広告を流しているが、それを見ている人間は四、五人しかいない。映像の中にいる女性タレントは、笑顔のまま鉄格子の中に放逐されてしまったかのように見える。

今度は閑散としたディズニーランドの光景が映される。広い園内には人っ子一人見当たらず、一晩の間に廃墟《はいきょ》と化してしまったかのようだ。平時では人気のアトラクションも、いまや孤独の中に取り残されている。シンデレラ城の外壁は、いつもよりくすんだ色に見える。城の周りに植林された、オリーブの樹は風を受けて不規則に振動し、まるで目の前の異常事態に動揺しているかのようだ。

様々な場所が映されている。東京の色んな土地から人が消えている。

人のいない東京都は思ったよりも小さく見える。あらゆるものが隙間なく密集した、子供の作った無計画なミニチュア都市のように見える。からっ風が吹き、何処から来たのかもわからない、落葉を洗い流す。空っぽの建物だけが立ち並び、灰色のコンクリートの外壁に影を落としている。

人が減ったのは東京都だけじゃない。関東地方全域から人足が減っているという報道があった。やはり命の危険までちらつかされると人間は慎重になるのだろう。珠緒はウィルス禍の初期の頃を思い出した。また、特にテロとは関係のなさそうなエリアでも、自主的に外出を控え、出歩く人間が少なくなっているのだという話も聞く。

人が減っている一方で、昨日までは居なかった人々の姿も見られる。顰《しか》め面の警察官たちだ。「全精力を傾けて」という言葉が似合うくらいに、各地に警備の警察官たちが出動している。警備部が警戒しているエリアの、特に人が多い地域の警備は万全と言っても良かった。彼らは交代で不審人物を捜している。夜になれば更に人数は増えるだろう。

「道化師の男は、何処にルイサイトを撒くつもりなんでしょう」

珠緒は呟いた。

「……東京二十三区や、千葉県の主要地域の人通りは、かなりまばらになっているようだね」葵野は目を細めてディスプレイを見ながら言った。「ディズニーランドといった人気のテーマパークは、既に二十三日の閉園を決めている。また結婚式場といった、事前の日程を変えることが出来ず、かつ人が多く集まりそうな場所は、重点的に警備されることが決まっている」

葵野の言う通りだ。『ㄏ』を書くことが出来て、かつ人が多くいて、おまけに警察官がマークしていない場所なんて、もう殆《ほとん》ど残っていないように見える。

「定食屋『さと』のような、小さな店を狙うつもりなんでしょうか？」珠緒は聞いた。

「いや……劇場型犯罪者の心理傾向として、やはり最終日にこそ大規模なテロを起こしたいと思うんじゃないかな」

「そうですよね」珠緒も同感だった。

「だが、逮捕前に実行犯に計画を伝えてあったとして、実行場所が、道化師の男の想定通りになっているとは到底思えない。今となってはその場所からは、想定よりも人足が消えていたり、警備が厳重になっていたりするだろう」葵野は続けた。「だから決行時には、この場所ではルイサイトは撒《ま》けないから別の場所に撒く……といった、かなりフレキシブルな行動が求められているはずだ。でも、肝心の指揮官である道化師の男自身が既に逮捕されていて、どんな命令も行えない」

一見、八方塞《はっぽうふさ》がりではあった。

ふと珠緒は、取調室を映したモニターを見た。

道化師の男は、相変わらず諧謔《かいぎゃく》を弄《ろう》して岡崎を苛《いら》つかせている。あれが手段を奪われた人間の態度だろうか。もちろんただの虚勢という可能性もある。いや、そうだろうか。

その時だった。捜査本部に一つのニュースが舞い降りた。

「鶴屋丈二、確保されたようです」

電話を受け取った刑事が大声で言った。初日からずっと逃げおおせていた鶴屋丈二が、ようやく捕まったらしい。

珠緒が報告を聞いた所によると、鶴屋は長野県の小さなレンタルスペースに居たらしい。ここに来るまでに様々な車を乗り継ぎ、ナンバープレートを変え、監視カメラの全くない山道を使って逃げ延びていたそうだ。

どうやら事前に入念な逃亡計画を立てていたらしい。特殊詐欺を得意とする、頭脳派半グレの知識を総動員したといったところだが、ついに見つかったようだ。

やはりというか、犯行動機については「金だ」と答えたらしい。犯罪に関する専門的な知識があるからか、他の実行犯よりも多くのお金を貰《もら》っていた。『金に目が眩《くら》む』という言葉があるが、道を外させるには充分な金額だった。

犯行に対してはあっさりと口を割ったが、貰ったお金を何処に隠したかについては完全に黙秘した。きっと、かなりの偽装が厳重に張り巡らされているだろう。

だが、さしあたっては第七のテロ事件についての取り調べが重要だ。

第七の事件について、鶴屋は詳細を知らないと言った。第七の事件に関して、鶴屋が実行犯ではないという予想こそあったが（そもそも鶴屋が関東地方を離れた時点で、この線は消えていた）本人の口から示されてしまうと落胆の気持ちもあった。また彼も他の実行犯たちと同じく、計画の全貌《ぜんぼう》については何も知らないようだった。「まるで地球の裏側の出来事のようだった」と鶴屋は言った。それよりも金の隠し方や逃亡計画など、彼には優先して考えたいことが山程あった。

同時刻に、新たな知らせがやってきた。

千葉県市原市《いちはら》の小さな交番に、一人の青年がやってきた。よく日に焼けていて、背が高く、肩幅が広かった。だから警察官は最初、彼を二十代の半ばほどだと見積もった。だが近くで見てみると意外と顔貌《がんぼう》は幼く、大学生か、ひょっとすると高校生くらいかも知れないと思い直した。

何気ない様子で入ってきたために、落とし物でも見つけてきたのだろうと思った。だが青年は室内に入るなり、自分がテレビで報じられている、土星23事件の五件目のアダムサイト散布の犯人なのだと自供した。思わず警察官は聞き返したが、「間違いない」と言うだけだった。

話半分に警察官は、所轄を通して捜査本部に情報共有した。すると確かに深帽と名付けられた青年の姿かたちと一致した。自首だったのだ。

すぐに取り調べが行われた。犯行動機について、深帽は「自分は十七歳で、少年法で守られている間に、大きな犯罪をしてみたかったから」と答えた。お金については大した問題ではないと答え、現に彼のバッグには道化師の男から貰った報酬が全額、証文のように入っていた。

「犯罪をやったら、どうなると思ったんだ？」取調官は聞いた。

「わからなかった。だからどうなるんだろうと思ったんです」

深帽は、逃げ回っても罪が重くなるだけだと思ったという。また、自分を捕まえられないほどに、警察も無能ではないだろうと思った。どうせ捕まるのなら、いっそ自首をして、捜査の協力になれば減刑して貰えるかもしれない。仮に少年院に入ることになったとしても、早く入った方が早く出られるはずだ。

とはいえ彼の証言はあまり捜査の協力にはならなかった。他の実行犯たちと同じように何も知らなかったのだ。

こうして第一から第六の事件までの犯人は全て逮捕された。だが第七の事件の情報だけは、まるで元よりどこにも存在していなかったかのように、一切の闇に包まれている。

闇なんて本当にあるのだろうか？

無ではなく？　と、珠緒は思った。

鶴屋と深帽が捕まった後、捜査本部には一時、凪のようなものが訪れた。もしかすると道化師の男が逮捕された時点で、全ての計画は破綻《はたん》しているのではないか。第七のテロ事件はとっくの昔に頓挫《とんざ》していて、後は道化師の男が虚勢を張っているのに、ただただ付き合わされているだけなのではないか。

道化師の男の証言通りに、最終日の計画を他人に伝えてあったとして、恐らく実行時には、そこからは人払いがされているだろう。さらには無数の警備員もいるだろう。大規模な毒ガス散布なんて、よほどの捨て身にならなければ出来ないはずだ。また、出来たとして被害は最小限になるはずだ、もちろん依然として警備を続ける必要はあるが、既に自分たちは土星人に対して、限りなく勝利に近い所にまで来ているのではないか？

捜査本部にて、一人の管理官が北に進言した。

「一連の事件の首謀者と、これまでの事件の実行犯全てが逮捕されたことを、マスコミ各社に伝えるのはどうでしょう」

「ほう」

「道化師の男の言う通り、最終日の実行犯が別でいたとして、報酬が振り込まれないと思えばやらないかもしれません」

「金を出しているのは道化師の男本人ではなく、奴を含む土星人グループじゃないのか？」

「でも全員が捕まっているんです、気持ちを拉《ひし》ぐくらいの効果はあるんじゃないでしょうか」

「面倒なマスコミの相手はお前がやれよ」

「もちろんです」

こうして、これまでの全てのテロ事件の犯人と、事件の首謀者が逮捕されていることが、マスコミ各社で大々的に報道された。

ただし第七の事件はまだ起こりうる可能性があること、ゆえに注意は引き続き怠らないで欲しいことが念押しされた。

管理官はマスコミに向けて「東京都はテロには決して屈しない！」と宣言した。それを見た北は「あいつはマスコミへのサービスが過ぎるな」とぼやいた。

とはいえ管理官の目論見《もくろみ》通りに、実行犯たちの士気を削《そ》ぐ役割は、充分に果たしそうに見えた。

捜査本部に漂う、凪もさらに強くなった。一部では祝勝ムードも漂いつつあった。会議室にいるほとんどの人間は、不眠不休の捜査に疲れ切っていて、そのことも今の空気の弛緩《しかん》に影響を与えているかもしれなかった。取調室にいる岡崎の苛立《いらだ》ちも、以前以上に収まって見える。

その中に珠緒は立ちすくみ、じっと宙を見上げていた。

自分たちは何か見落としをしているのではないか？

隣にいる男も、くしくも同じ姿勢で何かを考えていた。髪の毛をかき上げ、難しそうに眉《まゆ》を顰《ひそ》めると言った。

「珠緒さん。楽観論を口にしてもいいかな」

はい、と珠緒は答えた。

「僕が道化師の男の立場だったら、完全に八方塞がりに思える。いや、詰んでいるとしか思えない。テロの実行を前にして、既に現場の人払いは終わっている。くわえて無数の警備員もいる。状況に対応しようにも、捕縛されている道化師の男にはそれが出来ない。また全ての実行犯が捕まっていることが報道されているこの状況で、七組目の犯人が、声なき道化師の男にそれほどの忠誠を誓うとも思えない。実行を諦《あきら》めて逃げ出すというのが普通の人間の心理じゃないかな」

「…………」

「あるいはそれほどに、七つ目の事件の犯人は信頼の置ける人間なのだろうか。そして恐ろしく狡猾《こうかつ》なのだろうか。厳重に監視された関東地方で、鋭敏な頭脳で毒ガスを撒《ま》き、いともたやすく逃げ出してみせるような……」

葵野はディスプレイ越しに、取調室にいる道化師の男を見た。取り調べの状況はあまり変わっていないようだ。道化師の男は言った。

「最終日の計画？　だから言っただろう。俺が超能力でこの地に隕石《いんせき》を降らせるんだ。俺が手の平を天にかざすと、空が裂けて奇跡が起きる。河川の三分の一は血に染まり、木々の三分の一は燃え、田畑は害虫で腐り落ち、土星の精霊たちが欲にまみれた人々を串刺《くしざ》しにする」

「………」岡崎は目線を下に向けた。苛立ちを顔に出さないためだろう。

「ああ、本当に楽しみだ。明日《あした》になれば土星の怒りの斧《おの》がこの地に降り下ろされる。地上の凡愚と低能と偽善者共が苦しみの地獄に堕《お》ち、その命を土星の神々に捧げる」

道化師の男は夢見るように言った。「小学生の時のクリスマスイブのことを思い出すよ。サンタクロースなんか信じちゃいなかったが、だからこそ俺はクリスマスが好きだった。想像上の正体不明の白ひげのジジイよりも、現実にいる両親の方が信頼できた。満足ができる贈り物があるという確信と共に眠りに就けた……」

そこまで話すと、道化師の男は不意に立ち上がり、クリスマスの歌を熱唱し始めた。

「……やけになってふざけているだけじゃないか？」

捜査本部にいる誰かが、ふとディスプレイを見ながら言った。それを聞いて、さざ波のような嘲笑《ちょうしょう》が漏れた。

珠緒はその点に関してだけは違うことが確信できた。道化師の男の目には輝きがある。この男はなにか狙いがあって我々を惑わそうとしている。

「珠緒さん、どっちだと思う？」葵野は聞いた。「道化師の男はまだ最後の弾を隠し持っているのか？　それとも既に警察が勝利を収めていて、ただなすすべもなく虚勢を張っているだけなのか？」

珠緒は、主観でいいならば——と前置きをして、答えた。

「持ってます」

「どれくらい？」

「……確実に」

「じゃあ、暴かなければならないな」

葵野はそう言うと、身をひるがえして捜査本部のある大会議室を出ていった。珠緒は慌ててその後ろを追った。


数分後、葵野と珠緒は、川岸を連れて大会議室に再訪した。そして北のいる方へと向かった。

北もまた葵野と同じく、どこか今の状況に煮え切らないものを感じていたようだ。

仏頂面で中空を見つめていた。

最終日を迎えるにあたっての準備は万全と言っても良かった。なのにどうして悪い予感が浮かぶ……？　そう考えているかのようだ。

「北さん」

葵野が呼びかける。北は気難しげな顔のまま言った。

「おう、川岸と葵野助教授か。今度はどんな学説を披露するつもりだ？」

葵野は、助教授ではなくて准教授です、と訂正してから言った。

「学説では無いのですが、交渉に来ました。どうやら、取り調べが上手《うま》く行っていないように見受けられたので」

北は苦虫を噛《か》み潰《つぶ》すような顔でディスプレイを見ると、岡崎の奴、完全に奴《やっこ》さんのペースに嵌《は》められてるな、と言った。

「捜査方針を密輸説から密造説に切り替えて欲しいと頼んだ時に、北さんは『外れだったら科対班は解体、川岸班長は左遷』と言いましたね」

「言ったね」

「そして結果的に、密造説で当たっていました。僕は、罰があるならば見返りもあるべきだと思います。具体的には、密造説が当たっていた見返りとして、北さんに一つ、頼み事が――」

「ぐちゃぐちゃうるせーな。で、用件は？」北はぶっきらぼうに聞いた。

「現在取り調べをしている岡崎警部補に代わって、ここにいる大村珠緒に、道化師の男の取り調べをさせて欲しいのです」

「お前らのところは学者さんチームだな。つまり、この女にも何か能力はあるのか？」

「大村巡査部長にはプロファイリングの能力があります」

葵野は断言した。珠緒はかなり恐れ多い心地になったが、ここで自信のない態度をしては北に訝《いぶか》しがられると思ったので、刑事生命を賭《か》けたハッタリをするような心地で、じっと前を見つめていた。それでも心臓がバクバクと音を立てている。

「プロファイラーなら、この女の他にもいるだろう」北は、珠緒のプロファイリング技術については特に問題視せず言った。「だが、どうしてその女にやらせる？　部下の顔なんてあまり覚えちゃあいないが、経験が多そうには見えないな。その二十代の巡査部長に、大切なホシの取り調べの時間を割く理由はなんだ？」

葵野はすこしの間、じっと口を閉ざした。普段は流暢《りゅうちょう》な弁舌を振るう彼にしては珍しいことだった。

そしてその様子は、何かを考えているという感じでもなかった。明白なこととして、北の口にしていることは正論だった。なんの功績もない女性刑事に、関東地方全域を股《また》にかけたテロ事件の主犯を取り調べさせている時間なんてない。考えれば考えるほど北の言う通りだ。

だから、結局は思っていることをそのまま言うしかないと思ったのかもしれない。葵野は彼の得意な科学の言葉ではなく、一人の同僚としての言葉で言った。

「僕が一番、信頼を置いている人物です」

ふうん、と北は言った。

5

北は手を叩《たた》いて自分に注目を集めると、「おいおい、取調官があまりにもマヌケだから、新米のひよっ子の方がマシだって東大の学者さんが言ってるぞ!!」と言った。

そして大会議室にいる警察官たちの反応も見ずに部屋を出ていった。

捜査本部にいる警察官たちは、しばらく北の言葉の意味を摑《つか》みかねていた。我らが捜査一課長は、一体何をするつもりだろう?

だが、直ぐにその言葉の意味がわかった。取調室を映したディスプレイに、北が直々に現れ、岡崎の肩を摑んで無理やり外に出させたのだ。

ややもしないうちに、誰も顔も見たことのない若い女性刑事が現れた。

まだ青く、刑事としての足元が定まっていないように、ディスプレイを見ている警察官たちには思えた。

北捜査一課長の言葉の通りだ。

取調官があまりにもマヌケだから、新米のひよっ子の方がマシ——彼女は道化師の男を取り調べるためにやってきたのだ。

北は『最終日の警備は万全のはず。だがどこか、道化師の男に嵌められているような心地がある』と思っていた。

その懸念を解消するために、この閉塞《へいそく》した状況を、奇策を打ってでも変えた方がいいと判断したのだった。

取調室という空間は、本庁でも所轄でも変わらない。

中央に机が一つ、パイプ椅子が自分と取り調べ相手で、合わせて二つ、誰も座っていない補助者用の机が一つ、奥に録音・録画用の、大きくて無骨な装置が一つ。そして目の前には被疑者であり、一連のテロ事件の主犯の、道化師の男がいる。

大村珠緒です、と名乗ってから椅子に座る。そして道化師の男を見る。いきなり若い女性に担当が変わったからか、わずかに驚きの皺《しわ》が眉間《みけん》に浮かぶ。でもそれは少しの間のことだ。水面に小石を投げ込んで、波紋がさざ波にかき消されるくらいのわずかな時間の後に、先ほどと同じ、道化た様子の彼に戻る。ポケットに手を入れて、パイプ椅子にもたれかかり、こちらを挑発するように意図的に軋《きし》む音を立てる。男の見た目は、ここ数日で何度も見たのと同じ、神経質そうな、ありふれた男性にしか見えない。

取り調べを始めようと思う。だが、不意に珠緒の中に動揺が走る。めまいに似た感覚が訪れる。平衡感覚がぐらぐらと歪《ゆが》む。

私はあまりにも重い責任を背負っている――と珠緒は思う。目の前にいるのは、関東地方を股にかけたテロ事件の主犯だ。私が上手く彼を取り調べることが出来なければ、最悪の場合、関東地方にルイサイトが炸裂《さくれつ》し、死の露が民間人に降り注ぐことになる。

少なくとも認められた時間の分だけ、道化師の男から情報を聞き出すことが出来なければ、科対班の失着ということになる。それは私の取り調べを推し進めた葵野や、科対班の班長である川岸のキャリアに泥を塗る行為になる。

口が重い。唇がハンダ付けされているかのようだ。鉛の煙が口内に立ち込めて、発そうとする全ての言葉に荷重を加えているかのようだ。言葉たちはその重みに耐えかねて肺の奥へと沈んでいく。言葉を失った口内が砂漠のように渇く。

プレッシャーに耐えかねていることは目の前の道化師の男にも明らかだったのだろう。ヒュウ、と軽快な口笛の音を鳴らしてみせた。その行為も珠緒の心を揺さぶる。

いつの間にか珠緒は下を向いてしまっていた。

取調室の横の部屋で、中継の映像を睨《にら》みながら、不機嫌そうに北が言った。

「……なんでもいいから喋《しゃべ》れよ」

そして隣にいる葵野を睨む。葵野はじっとディスプレイを見ている。その横顔には、珠緒が任を果たせないのではないかという不安はまるで無く、ただ興味深そうに、彼女が何を話し出すかを待っている。

珠緒は目をつぶる。そして今もこの映像を見ているであろう、葵野数則のことを考える。

私には、誰かに誇れるようなプロファイリング能力なんて無い。

それは確かだった。科対班に来てから、自分は何度か容疑者たちの動機を当てた。そこには葵野だって導き出すことが出来ないような真実もあった。だが、なにか確立された手法を持っているわけではない。客観的に見てマグレ当たりに過ぎないようなものを、何度か繰り返しただけなのかもしれない。

だから私は、自分に自信がない。いや、より正確に言うならば、自分の自信が『道化師の男の取り調べ』という大役を果たすには足りていない。自分はたかだかキャリア九年の若手刑事に過ぎず、そして目の前の男は自分よりも老獪《ろうかい》な犯罪者だ。

でも科対班に入ってから三ヶ月の間に、一つの確信を抱くことは出来た。

それは葵野数則のする判断は、いつだって殆ど正確だということだ。

もちろん彼にも苦手な分野もあるし、主観的な感情に流されてしまうこともある。でも既存の警察が翻弄《ほんろう》されるがままになっている、土星23事件という怪事件を解決できるとすれば、きっとこの男に他ならないと思った。

自分に自信がなくても、葵野の判断には自信があった。そして葵野が自分を選んだからには、ここで果たすべき何かしらの役割があるはずだ、それには確信が持てると珠緒は思った。

胸の奥まで押し込まれていた言葉が、徐々に気道を引き返していく。言葉たちは正常な会話が出来るところにまで、珠緒の口内を潤していく。ようやく、平時の自分に戻ることが出来たと珠緒は思う。

顔を上げて、道化師の男の方を向く。

道化師の男は、ややこちらを警戒したような表情をする。それは岡崎相手には見せなかった警戒心だ。

それを見て珠緒は、なぜか良かったと思った。道化師の男の目で見ても、私の中には警戒するような何かが宿っているのだ。被疑者の態度を見て自信を取り戻すというのも変な話だが、その事実が珠緒の決心を強くした。

私は道化師の男の取り調べをする。そして何らかの事実を持ち帰る。

では、何を話そうか。経堂署の先輩刑事は、まず何を聞いていただろう。国府はどうだろうか……と、過去の事例を当たろうとしてやめる。

そういった一般的な話ならば、わざわざ私がする必要もないし、葵野だって私をここに呼ぶはずもない。私は私にしか出来ない話をするべきだ。

葵野は私に何を求めているのだろう。

『どんなことでもいい。引っかかりを教えて欲しい』

そう、引っかかりだ。彼は時たま私に断片的なヒントを求めていた。

私が道化師の男の口述に対して、引っかかりを覚えた所はどこだろう。

珠緒は道化師の男の、一見自由気ままとしか思えない口述の中にあった、ある個人的な事柄を抜き出すと、それについて聞いた。

「……土星の家族制はどうなっているんですか？」

「家族制？」

「そうです」

「それは制度としてか？」と、道化師の男は聞いた。

「個人としての話でもいいですし、どちらでもいいです」

思わぬ質問だったからか、道化師の男はすこしだけ考えた。それから、岡崎と話していた時のように軽妙洒脱《しゃだつ》に答えた。

「さっきの岡崎くんにも言ったんだが、土星の核に着陸するのは不可能だ。だから我々は宙を漂う、凧《たこ》状のものの上で生きている」

「なるほど」と珠緒は答えた。

「強い風にさらわれないために、我々は半分エーテル的な存在となっている。その特殊な状況を別にすれば、土星にも地球と同じような家族がある」

「道化師のお母さんも、エーテル的な存在なんですか？」

「そうだ」

「そのエーテル的なお母さんを、あなたは好きですか？」

「好き？」

「そうです。私は私のお母さんについて、好きな所と嫌いな所がある。道化師は私のお母さんの話を聞いてくれますか？」

急に無関係な話を始めたからだろうか。大会議室の面々は騒然としてディスプレイを見つめていた。

別室にいる北は頬を掻《か》いていた。同室にいる川岸はやや不安そうだ。葵野だけが面白そうに口元に笑みを浮かべている。

「私がお母さんを好きな所は、毎週決まって二時間は私の話を聞いてくれること。周囲に流されない強い芯《しん》のようなものがあること。お父さんのことがちゃんと好きなことと。私をここまで育ててくれたこと」珠緒は続けた。「嫌いな所は……ちょっと頑固なところ。私が刑事として働いていることを今も認めてくれてないこと。自分の幸せのステレオタイプに私を嵌《は》めようとしていること。時々感情的になること……他色々」

珠緒は続けた。

「道化師はどうですか？　あなたは自分の名前のことを『母親に持たされた不要な荷

物』とまで言った。取り調べとは無関係に、本当に名乗るのを嫌がっているように見えた。その一方で、両親が祝ってくれる子供の頃のクリスマスは好きだったと語った。母親を嫌がるあなたと好むあなた。果たしてどちらが本当なんだろう……そう思った」

道化師の男はすこしだけ珠緒を見つめ返すと口を開いた。

「土星人の愛情は、地球人の愛情とは少し違っている」

「どう違うんですか？」

「我々は物理的な存在ではないからね。エーテル的なものを共有し――」

とまで口にしてから、一度首を捻《ひね》って言い直した。

「不思議だな。大村くんはやけに真っ直ぐに俺を見てくるね。大村くんも刑事である以上、俺の行為も知り尽くしているはずだ。なのに何の感情の動きもない。怒りだとか狼狽《ろうばい》だとかそういったものが全くない。まるで最初からこちら側にいるみたいだ」

珠緒は何も言わず、道化師の男を見つめていた。

「その点、さっきの岡崎くんは、雑談相手として失格だったね。自分がそちら側にいると信じ切っていて、わずかな偶然からこちら側に来かねないことを考えられていないみたいだった。でも違う。そちらとこちらは簡単にひっくり返る。いい例が戦争だよ。勝利した虐殺者の銅像が威張り散らす一方で、敗戦した無実の人間が火刑に処されるのさ」

珠緒は自分の父親が、逮捕前の容疑者を射殺したことで、逮捕されたことを思い出した。

父によって助けられた命も確かにあった。でも父はあいにく、道化師の男の言うそちら側に行った。

「俺は世界史が嫌いだった。ナポレオンのロシア遠征の生み出した死者の数と比べれば、俺の犯罪なんて児戯みたいなもんだろう。でも科学は好きだった」道化師の男は顔を上げた。「科学はいい。科学はただ起きるべきことが起きるだけで、何の偽善たらしい教訓もないからね。化学反応の途中で人が死のうが生きようが、奴らはまるで知ったこっちゃない。科学の純粋さは揺るがないのさ」

道化師の男は謡うように言った。別室で取調室の様子を見る葵野の目元に陰が出来た。何か取り返しが付かない出来事を残念がっているように見えた。引き返せない一方通行の道路に一台の車が吸い込まれていく。その残像を見たかのようだった。

すこし本心を覗《のぞ》かせてしまったことを恥じるように、道化師の男は座り直した。そして、ふたたび道化た様子に戻ると言った。

「質問の答えがまだだったね。土星の母親は――」

また少し考えた。わずかな思考の時間の後に続きを言った。

「宙に住む我々は、当然ながら性交も空中で行う。そうして子供を作り――」

また小さな間が空いた。なにか目に見えない門が開くのを待っているようだった。それが開くのを見届けたみたいに目を瞬《しばた》かせると、道化師の男はどこでもない場所を見つめながら言った。

「俺の母親は子供を残し、みじめに死んだ」

＊

ごくありふれた家庭だった。少なくとも物心がついた時には。

もちろん子供の目には、自分の家庭がどれくらいありふれているかなんて、直接的にはわからない。だが、友人たちを鏡のようにして知ることが出来る。俺は自分の家庭の話を人にする時に違和感を覚えたことはなかったし、友人たちのする家庭の話は俺の家庭と大して変わらなかった。何もかもが日常という名の歯車にしっかりと嵌《はま》っていた。

俺は両親が好きだった。父親は小さいながらも会社の社長をしていて、母親は専業主婦だった。父親はたくさんのネクタイをコレクションしていて、毎朝通勤する前に入念に選んでいた。当時の俺はその光景を見るのが好きだった。それを見ていると、父親はきっと立派な社長なのだろうと思うことが出来た。それは俺に凡庸ながらも特別な感慨を与えた。

歯車が狂い始めたのは、父親が事業に失敗した時だった。

父親の事業は世紀末の景気後退と共に需要が減り、徐々に上手《うま》くいかなくなっていった。新たな分野に手を出してみたりもしたのだが、どれも失敗し、結果的に会社は倒産し、くわえて多額の借金も背負うことになった。

だが「親切な伯父《おじ》夫婦」がお金を貸してくれた。おまけに利子も取らない、好きな時に返してくれればいいと言った。だから生活レベルは変わらなかった。いや、見た目が変わらない分、内面の部分では大きく変わっていたのかもしれない。牧歌的な入道雲の内部で、荒々しい乱気流がとぐろを巻いているように。

三ヶ月後、俺の父親は急性白血病で入院し、わずか二十日でこの世を去った。半年後、母親も次いで急性白血病に罹《かか》り、十五日で死亡した。どちらも入院している期間中、この世の全ての業を背負ったかのように悶《もだ》え苦しんで死んだ。

だから両親を失ってから高校を卒業するまで、俺は伯父夫婦に育てられた。

当時の俺は伯父夫婦に、おおむね感謝してはいた。

全幅の信頼とまでは行かないのは、二人の愛情は、時たま妙に造り物めいて見えたからだ。目の前で微笑まれてみたって、ビー玉の瞳《ひとみ》の人形に笑いかけられているような気分で、ちっともおかしくない。クリスマスプレゼントも貰《もら》ったし、誕生日も祝ってもらった。だが不思議と愛情は感じ取れず、なんらかの形骸《けいがい》化した儀式の中で育てられているような気分になった。まるで幼稚園のお遊戯会かなにかに囚《とら》われて、永遠に脱出することが出来ないみたいだ。

くわえて、直接伝えられたことは無かったが、どうやら伯父夫婦は良くないことに手を出しているようだった。それに気づいてみると、さらに二人への感情は複雑になった。

伯父は多発性神経障害による下半身麻痺《まひ》で高度障害の認定を受け、多額の保険金を手にしていたが、そのくせ特に生活に不自由している様子は無かった。ただそのことについて言及すると、伯父の優しさの仮面が外れ、不意に俺を怒鳴りつけたりするので、聞かなくなった。

俺が伯父夫婦の家を離れて随分と経ってから、二人は警察に逮捕された。

なんてことはない。伯父の重度障害は、詐病による保険金詐欺だった。警察官によると、この他にも彼らは、いくつかの保険金犯罪に手を出していたのだという。

この時には、俺も警察署で事情聴取を受けた。取調官は聞いた。

『二人は同様の犯行を、何年も前から繰り返しているようだが、心当たりはないか』

俺は『無い』と答えた。すると取調官は言った。

『子供の時のことでもいい。思い出してくれないか』

幼少期のことは俺にとって、あまり思い出したいものではなかった。だから深くは思い出さずに、意図的にすこしの間だけを取ってから『無い』と言った。

警察署から、帰りの車を運転していると、ぼんやりと自分の両親の姿が頭に浮かんできた。

いわゆる『物思いに耽《ふけ》る』というやつだが、その日の幻はやけに濃かった。

どうして俺はこんなにも両親のことを思い出しているのだろうと思っていると、不意に両親の死が、伯父夫婦の保険金犯罪と結びついた。

脳天を稲妻が劈《つんざ》いたかのようになり、視界に白光が走り、パチパチと瞬いた。

慌てて車を路肩に一時停車し、気息を整えた。

フロントミラーに映る俺の顔は真っ白だ。俺はその疑問を頭の中で言葉にした。

俺の両親は殺されていたのではないか？

その可能性に思い当たってみると、今までそう考えなかったのが不思議なくらいだった。伯父夫婦が親切にもお金を貸してくれたこと。健康そのものだった両親が急死したこと。心のないアリバイ工作のような子育てのこと。全てに筋が通るからだ。

俺は疑問を解消するために、まず両親を看取った病院に行った。次に生命保険の嘱託医の話も聞いた。家中を捜索し、通帳の記入履歴や生命保険の払込証明書を探した。

そこで俺は、自分の両親が死んだ時に、合計で三億円もの保険金が伯父夫婦に払われていることを知った。

また彼らがヒ素を隠し持っていることを知った。まだ手に入りやすい頃に、入手していたもののようだ。

俺の両親は急性白血病で死んだ。

急性白血病に似た症状を呈させる毒物が、目の前のヒ素だ。

クロだ、と俺は思った。俺の両親は保険金目的で伯父夫婦にヒ素を盛られ、急性白血病として死因を隠蔽《いんぺい》されて殺されたのだ。

もちろん警察が立件できるレベルの証拠は無い。なによりも最大の証拠となりうる両親の遺体は、とっくの昔に火葬されている。だが伯父たちと数年間、アリバイ工作のような家族ごっこをした俺には、確信を抱けるものがあった。

俺は憤慨した。堪《こら》えようのない強い怒りが、吹きこぼれた釜の湯のように勢いよく流れ出ていくのがわかった。この激情を止めてやりたいと思った。そうしないと、怒りのあまり自分を保てないと思った。でも自分では止めようが無かった。もう怒らずにはいられなかった。

怒りはモヤのようになって俺を取り囲んだ。その濃度が上がってくると、段々と中にいる俺自身の人格を吸い取り始めた。そのうちに俺の中身そのものが、丸ごとストンと消え失《う》せてしまった気がした。いつしか俺は中身を失い、純粋なる怒りそのものとなった。

俺は伯父夫婦を殺すことに決めた。刺殺や撲殺なんて生ぬるい殺し方はしない、やはり毒だ。死の直前に苦しみの地獄に堕《お》ちていった両親の姿は、未《いま》だにまぶたの裏にはっきりと焼き付いている。伯父たちは自分が考えうる限り、最も苦しむ方法で殺してやることにした。

この時に俺は、毒に関する専門的な知識を身につけた。単に苦しませるだけではなく、出来る限り長引かせたい。欲を言えば捕まりたくない。さらに言うと、毒を犯罪に利用している伯父夫婦を欺けるような自然さは欲しい。彼らに化学の知識は無いようだったが、普通の人間よりも勘は鋭いはずだ。

化学の勉強は楽しかった。元より得意な分野だったが、化学の勉強をしている間だけは、己の境遇を忘れられるような気がした。

高校生の時、俺は成績が良かった。特に進学校でもない普通の公立高校だったが、俺はいつも学年で上から五人の中にはいた。学費代を稼ぐためのバイトをさせられていたので、まとまった自習の時間は取れなかったが、その分、授業を真面目に聞くことで良い成績を保っていた。全国模試でも有名な大学を目指せる順位には達していた。だが伯父夫婦が学費を出してくれなかったので、高校卒業後は肉体労働に就いていた。もしも大学に行けたならば自分は化学者を目指していたかもしれない……そんなとめのない想像もした。

伯父夫婦は半年の時間をかけて、じっくりとなぶり殺しにした。伯父夫婦の出所後、同居するようになった俺は、介護をしているフリをして少しずつ食べ物に毒を盛った。彼らは毎日腹痛に悶え苦しみ、日に日に弱っていき、体重も激減していき、最後には末期癌の老人のようになって死んだ。伯父夫婦は死に際に、介護をしている俺に感謝の言葉を述べて、弱った小動物のように目を閉じた。

全てが終われば楽になるはずだと思っていた。だが決して、安息は訪れなかった。俺の中に残ったのは、目標物を失った強い怒りだけだった。俺の元々の人格と渾然《こんぜん》一体となり、もはや見分けが付かなくなり、未だに増幅し続ける憤怒だけだった。溢《あふ》れども溢れども尽きない、人間どもへの無限の憎悪だった。

目に映る全ての世界が、憤怒の赤色に染まっているように見えた。世界は苦しみと痛みだけで満たされ、血塗《まみ》れの世界で偽善者たちがハリボテの幸せごっこを演じているように感じられた。地球は欲望に呑まれたケダモノたちが、忌まわしい祭りに興じている場所のように思えた。誰も彼もが自分の利益のためならば、平気で他者を踏みにじれる蛆虫《うじむし》どもだと思った。

ならば俺は、奴らに怒りの斧《おの》を振り下ろさなければならない。もっと苦しみを、もっと痛みを、もっと悲しみを、もっと呪いを、もっと死を、もっと怒りを、もっと漆黒を人間界に降り注がなければならない。人間どもは総じて薄汚れた生き物であり、命が全て無価値であることを、徹底的に教え込んでやらなければならない。

俺はしばらく、人間どもに復讐《ふくしゅう》する計画を立てていた。幸いにも金銭面においては、伯父夫婦の保険金で潤っていた。二人が俺に唯一教えてくれたもの、それは保険金殺人だった。その技術はこの後の、土星23事件の遂行にも役立った。

だが俺がどんな計画を立ててみても、それは現実味がないものか、あるいは俺が行うほどでもない小さな事件に縮小してしまった。

どうすればいいか悩んでいた、そんな時だった。

一人の男が、俺の下に訪れた。

経路はわからない。だが何処からか、俺の噂を聞いたらしい。噂になるほどのことはしていないつもりだが、毒物の流通ルートを辿《たど》ったのだろうか？

疑問に思う俺に対して、そいつは俺が伯父夫婦を殺した手法を、まるで透視能力でも持っているかのように、完璧《かんぺき》に当ててみせた。俺も秘密がバレてしまったと狼狽《ろうばい》する前に、舌を巻いてしまうくらいの推理力だった。

男は自分のことを『最初の土星人』と名乗った。そして、俺の殺人を通報する気はないこと、むしろ自分の仲間となり、今後大規模な犯罪を行うための力になって欲しいことを告げた。

男はその『大規模な犯罪』の全容を俺に話した。

それを聞いた俺は、全くもって馬鹿げた計画だと思った。

土星人？　猟奇事件を月の二十三日に起こす？　マスコミへの犯行声明文？　まるで子供の悪趣味な妄想じゃないか。

だが不思議と心を駆り立てられるものがあった。何よりも男の計画は、俺の立てている計画よりもずっと現実味があった。規模も大きく、実行する時のことを考えると胸が躍るくらいだった。

お金もなく、路傍の石のように生きてきた自分が、その計画の中でだけは価値を持って輝けるように思えた。己の生き方の全てが肯定されるように思えた。無限の怒りを吐き出せるような気がした。こうして俺は土星人のチームに加わった。

＊

全てを話し終えると、道化師の男はまるで自らに割り当てられた役割を思い出したかのように、また土星の環境についての狂言を述べ始めた。

彼はもう有効な証言をしないだろうと珠緒は察した。だから直ぐに、取調室を後にした。

葵野たちのいる別室へ向かう。

珠緒はその間ずっと、先ほどまで話していた男のことを考えていた。両親を育ての親に殺され、育ての親を自らの手で殺した男のことを。怒りに飲まれたあげく、凶悪な犯罪者へと成り果てた男のことを。化学への純粋な好奇心を持ちながらも、それを犯罪にしか活《い》かせなかった男のことを。

部屋に入ると、葵野が一人だけいた。

「北「捜査一課長と川岸さんは？」珠緒は聞いた。

捜査本部に戻ったよ。僕だけが君を待っていた」と言って、葵野は指先で髪の毛の先をくるりと回した。

道化師の男の身の上話が長かったからかもしれない。時計を見ると、どうやら自分は三十分間も彼と話していたようだ。

珠緒と葵野は二人きりだった。丁度いいと珠緒は思った。凶悪犯罪という名の荒波が打ち寄せる中で、それを見下ろすことの出来る静かな梢《こずえ》に腰掛けているような気分になれた。実際のところ、北にも川岸にも、胸を張って報告できるような考えは何も無かったから、その意味でも二人と顔を合わせずに済んだのは幸運だった。

葵野と二人ならば、少しくらいは頭の整理が出来る。混乱の糸を一つずつ解き解《ほぐ》し、そこにあるものを見つめ直すことが出来る。

葵野はしばらく珠緒が話し出すのを待っていた。何の重圧もない、考えをまとめるためだけにある、秋の夜道にあるような心地のよい沈黙だ。

珠緒はじっと目をつぶった。すると事実と想像が上手《うま》く嚙《か》み合い、カチャリという音を立てた気がした。

「道化師の男は、人間を全く信頼していないと思います」珠緒は言った。「もちろん、仲間でさえ。だから竹田の犯行の直後に、深帽がテロを起こすような二段構えになっていたり、一部を除いて実行犯同士では連絡が取り合えないようにしていたんです」

「僕もそう思う」

「『最初の土星人』については少しだけ信用をしているようでしたが、それ以外の人間を信頼することは無いと思います」

葵野はうなずいた。

「そんな人間が、最終日の計画を人任せにして、あれほどに落ち着いていられることがあるでしょうか？」

「…………」

「葵野さん、どうしてそもそも私たちは、実行犯という概念に縛られていたんでしょうか」

『だいたい岡崎くんが質問するまでもなく、俺がここに捕まりながらにして最終日の計画を実行する方法なんて、それこそ別の人間にやらせるくらいなんじゃないかね』

道化師の男の言葉を、葵野ははっきりと思い出した。言葉面からイントネーションまで含めて鮮明に。

そうだ、実行犯の印象を強めたのは、道化師の男の自供だった。

前後に意図的に錯乱した話を挟むことで、まともに話している箇所は真実かもしれないと思わせる印象操作を行っていた。彼のおかしな態度には意味があったのだ。

「葵野さん、実行犯なんて本当はいないんじゃないでしょうか。一人も仲介者を挟まずに、毒ガスを撒《ま》く方法があるんじゃないでしょうか」

方法自体は思いつかないが珠緒は言った。それを聞いた葵野が言った。

「……ダーティ・ボムか！」

6

ダーティ・ボム？　と珠緒は聞いた。

「放射性物質を飛散するための爆弾のことだよ」と、葵野は早口で答えた。「単純な作りで、通常の爆弾の周囲または内部に、放射性廃棄物を配置するだけで出来る。すると爆発によって汚染物質が拡散する……それだけ《ザッツ・オール》だ。実際に使われた公的な記録はないけれど、かつてアルカイダの一員が使用済みの放射性廃棄物を使って製造しようとした時に、アメリカ合衆国の阻止によって未遂に終わったということがある」

葵野は机の上に細い人差し指を立てると行った。

「この事例から、化学物質を爆弾を使って撒く手法のことを、比喩《ひゆ》的にダーティ・ボムと呼ぶことがある。彼が準備しているのは、ルイサイト爆弾《ダーティ・ボム》……つまり、ルイサイト付きの時限爆弾かもしれない」

「時限爆弾なら……」

「そう、実行犯は必要ない。誰かを信用する必要もない。外界で何が起きようとも、彼が唯一信奉する科学の原理によって、冷酷無比に犯行を行ってくれる」

言い終わる前に葵野は部屋を出ていった。珠緒は慌てて後を追った。

捜査本部のある大会議室に入る。中央をまっすぐ横切って北の方に向かう。北はわずかに体を動かして、葵野の方を見た。

葵野は北からの無言の質問に答えるかのように言った。

「爆弾です」

ほう、と北は言った。

葵野は時限爆弾を用いることによって、実行犯を通さずとも、ルイサイトを撒くことが可能であることを北に告げた。くわえて容疑者へのプロファイルの結果、爆弾を用いて毒ガスを散布する可能性が低くないことも説明した。

「爆弾捜しと人間捜しじゃ、勝手が違うな」北が言った。

「そうです。人間が入り込めないような隙間でも、爆弾は事前に入り込むことが出来る。その中で人が集まりそうな場所と言えば……」葵野はすこし考えてから口にした。

「主要駅、公道の側溝、大規模施設の換気システム……」

葵野の進言を受けて、実行犯捜しをしていた人員の一部が、爆弾捜しに割かれた。捜査員たちは地域課の力を借りながら、あちこちの隙間を捜し回った。

特に主要駅の爆弾捜索は、劇場型犯罪者がいかにも狙いそうな場所ということで、重要視された。警視庁は鉄道各社と連絡を取って、計画的に鉄道を停めながら駅のプラットフォームを捜した。

また『東京都はテロには決して屈しない』の管理官も、ふたたびメディアに出演して、宣言を行った。

いわく、飲食店などは爆弾が設置されている可能性があるので、各自二十二日の間に調べて欲しいこと、ただし発見したら決して触れずに警察官を呼んで欲しいこと。また二十三日になったら、そもそも店の中に近づかないで欲しいことを告げた。

宣言を受け、メディアによって『危険エリア』にあるとされている飲食店の多くが緊急閉店し、自らの店に潜んでいるかもしれない襲撃者を必死に捜した。だが爆弾は見つからなかった。

二十一時半を回った。

未《いま》だに爆弾も実行犯も見つかっていない。二十四時まであと二時間弱だ。もしも本当に犯行が行われるのだとしたら、残された時間はあとわずかだ。

葵野はじっと捜査本部の地図を睨《にら》んでいる。それは彼自身が「土星人は関東地方に巨大な『ħ』を書くはず」という想定で書いた地図である。

『ħ』の最後の横棒として成立する場所は多い。東京都から千葉県までが該当する。だが既に殆《ほとん》ど、その全てを潰《つぶ》し終えている。本来は人口の多い区域には人っこ一人いないし、代わりに警備の警察官たちが顰《しか》め面で立っている。具体的なものはまだ見つかっていないが、被害を最小限にするための処置は出来ているように思える。なのにまだまだ不安は消えない。自分たちは何かを見逃しているのではないだろうか……葵野はそう思っているように、珠緒には見えた。

その時だった。ふらふらとした足取りで松浦が現れた。どうやら、つきっきりで監視カメラの映像解析の仕事をして疲れ切ったようだ。データ分析の知識を広範に持っている彼だからこそ、様々な仕事が降ってくる。忙殺されて、いまや爆発寸前という感じだった。

「こんなに捜しとるのに、見つからんってありえませんよ」と、声を裏返らせながら松浦は言った。

「松浦さんはどうして見つからないんだと思いますか？」と、珠緒は聞いた。

「そりゃアレでっしゃろ」松浦は思いの外、はっきりと自分の推理を述べた。「これだけ捜査本部を攪乱《かくらん》させといて、最後いきなり沖縄でドカーンって爆弾を破裂させるんですよ」

「ええ……？　『ћ』のルールはどうするんですか？」

「こんなんミスリードですよ。最後になったら大うっちゃりをかますように、場所を変えるつもりなんです。あの道化師は」

「『ћ』が書けなくなりますけど……」

「そんなんもう、ええんちゃいますか？」と、投げやりに松浦は言った。「皆、道化師の男を真面目やと思いすぎやないですか？　めっちゃめちゃ適当かもしれませんよ？　爆弾を撒けたら、本当はどこでもええんやないですか？」疲労が溜《た》まっているのか、キレ気味に松浦は言った。

「土星23事件なのに、現場に『ћ』が無くなっちゃいますよ」

「そんなに律儀にルールに従ってくれるとは限りませんよ。『たまには無くてもええかな』って、土星人だって思っとるかもしれんやないですか。『今まで書いてきたから、今回は無くてもええかな』みたいな。女子大生がデートに行く時に、今日はどんなコーデで行こうかな、みたいな感じで『ћ』を書かないつもりかもしれませんよ。

そういう心変わりも想定して動きませんと」

「まあ……」言っていることはわからなくもないけれど。

「ネットやと、もはや『ћ』のルールは無意味。日本全域がすべて危険。だから二十三日は一切、外に出るなっていう声の方がデカくなっとりますよ」

「気持ちはわかりますが……」

「明日《あした》、欠勤していいですか？」思いもよらぬことを松浦は言った。

「はあ⁇」珠緒の口から素《す》っ頓狂《とんきょう》な声が出た。

「毒ガスの被害になんて遭いたくないですし」

「いやいや、警察が欠勤したら国民はどうするんですか」すかさず珠緒は言った。

「欠勤は労働者の権利で――」

割り込むように、葵野が言った。

「……エイチは書かなくてもいいんだ！」

思わぬところからの応援が飛んできたと思ったのか、松浦は嬉《うれ》しそうに言った。

「ですよね。道化師の男は『ћ』を書かないつもりなんです！」

「いやいや、『ћ』は書くよ」葵野は冷静に言った。

「はあ？」松浦は声を荒らげた。「でもエイチは……」

『ћ』の語源は、『5』あるいは『サトゥルヌスの鎌』だと言われている。『h』には後々似ていっただけに過ぎない。『ћ』と『h』は成り立ちが違う」

ふと珠緒は『ћ』の語源を思い出した。

そうだ、『ћ』は『h』じゃない。サトゥルヌスの鎌だ。

葵野は地図のそばにあったマジックを手にすると、元々の地図の上から新しく何かを上書きし始めた。

「松浦くんの言うミスリードというのは正しい。我々は道化師の男に惑わされていた。だが彼の誘う誤認は『ћ』を書くか否かじゃない。『ћ』の書き順だ」たわんだ紙に無理やり文字を書きながら葵野は言った。「①→②→③→④→⑤→⑥→⑦……我々は『ћ』をこう書くと認識させられていた」

そうだ。それで実際に六件目までのテロの発生現場を予想することが出来た。だからこそ、私たちは七件目も同じように捜査をしていた。しかしそれは仕組まれた、偽りの成功経験だったのかもしれない。

「これは捜査本部に捜査方針を狭めさせるためのミスリードだ。書き順が違うんだ。正しくは①→②→③→⑤→⑦→④→⑥……、さあ、コペルニクス的展開だ。今こそ天動説が地動説に切り替わる……」

葵野はマジックを走らせ、地図上に『ћ』を書き終えた。

「道化師の男が地図上に書く『ћ』はこれだ」

葵野はそう言って、地図の上をマジックで叩《たた》いた。

地図の上には、過去に事件が起きた場所をなぞりながらも、全く新しい『♄』が出現していた。まるで平行宇宙から出てきたそっくりの他人のようだ。元の『♄』から少しズレていて、アルファベットの『h』よりも、より人斬りの鎌の形に近くなっている。

正解はわからない。だがこの字体の方が間違いなく道化師の男好みだろうと、彼を取り調べした珠緒には確信が持てた。この『♄』は、地球人が身近なアルファベットに勝手に近づけて書いたものじゃない。より原典に忠実に、土星の神、サトゥルヌスの鎌に似せて書かれている。

地図上にある⑦の位置が変わっている。つまり、第七の事件の犯行現場が変わっている。関東地方の東から移動している。

「捜査本部に第七の事件の場所を誤認させつつ、さらに一定の人口がいる場所は一つしかない。伊豆大島だ」と、葵野は言った。

伊豆大島《いずおおしま》は東京から百二十キロ南の洋上にあって、七千人もの人口がいる、伊豆諸島最大の島である。

訪れるには船で二時間弱、空路で二十五分かかる。もちろん珠緒たちは警視庁のへ

■ 毒ガステロ発生予想地点図Ⅲ

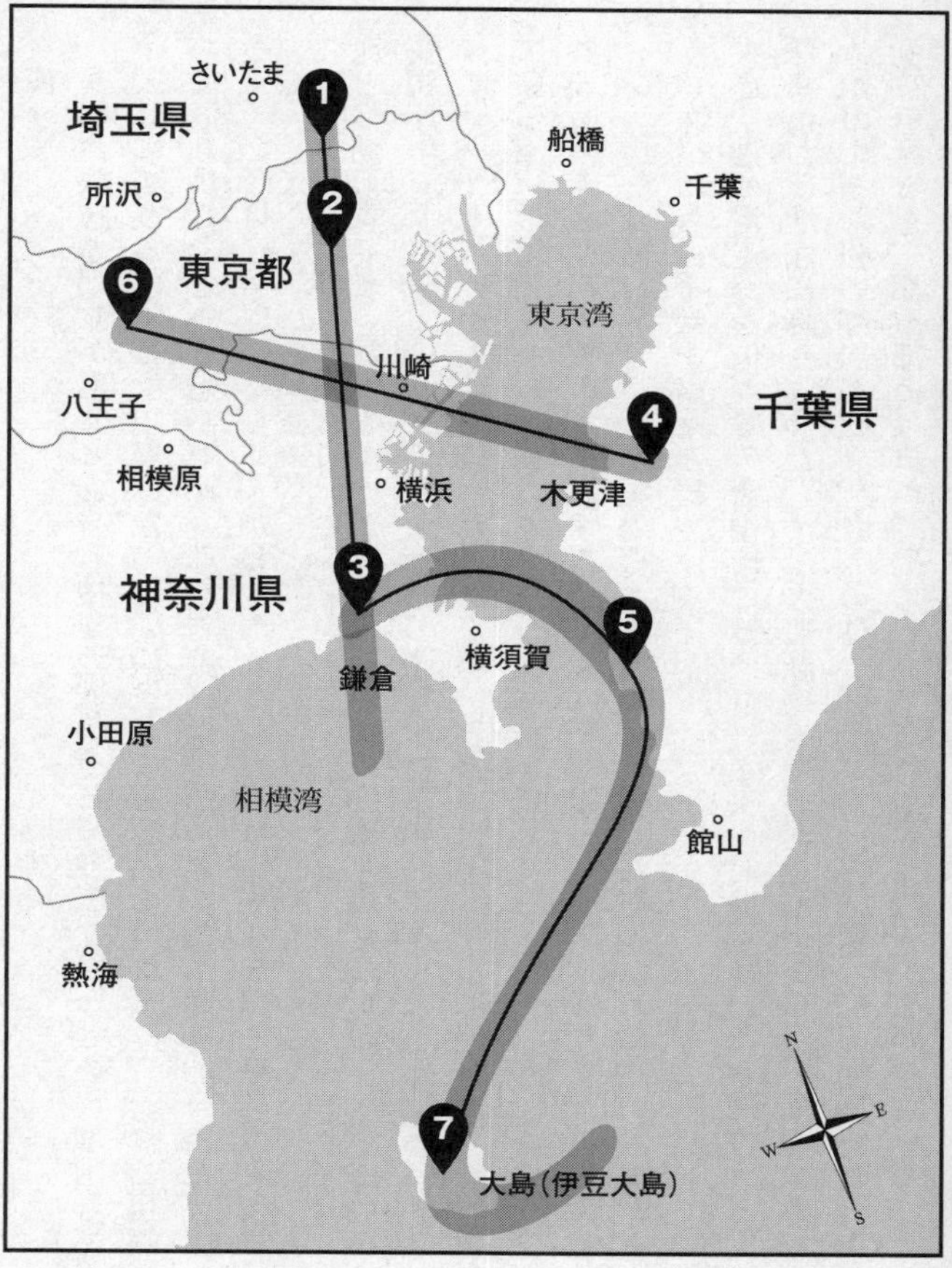

リを使う。

ヘリの台数にも限りがあることや、捜索地域がそれほど広くないという理由もあって、大島に訪れる部隊は小規模になった。最優先の確認場所ではなく、一つの可能性として潰しに行くという感じだが、珠緒と葵野は確信があって部隊に加わった。

「ちょっと今日は早退しましょうかね。毒ガスが撒《ま》かれる場所に自ら赴くなんてさすがに……」と、松浦は言った。

「俺と松浦も乗せてくれ」と国府が言い、科対班の四人が集結した。

警視庁のヘリに乗るのは、佐井茉理奈の誘拐事件以来、二度目だ。

ヘリコプターはいつ大地を離れたのかもわからない自然さで宙に浮かび、普段暮らしている東京の風景を小さな光のミニチュアに変えた。

各人の捜索範囲が、捜査を指揮する警部によって下ろされる。小型なヘリのためにエンジンからは轟音《ごうおん》がし、伝達を阻害するので、正確な共有のためにヘッドセットを使う。珠緒たちはそれを粛々と暗記する。

大島空港の滑走路を借りる。警視庁のヘリコプターが七機、ゆったりと停まる。

珠緒たちは地面に降り立った。すると遮蔽《しゃへい》物のない滑走路だからか、燻製《くんせい》にされているかのような強い潮風が吹き、各人の体の凹凸に沿って分厚い空気の膜を作った。

上空を見ると、都市部には無い、恐ろしいほどに澄んだ夜空が広がっている。これほどの星々に、今まで毎晩見下ろされておきながら、一度も気づかなかったのかと思うような、すさまじく神々しい夜空があった。

この中には土星もあるだろうか？　と珠緒は思った。土星の神サトゥルヌスは——土星人たちが祀《まつ》っているのではない、本当の神は——一体、何を思っているのだろうか、と珠緒は思った。そしてすぐに、きっと知ったこっちゃ無いだろうと思った。神様は神様の事情で忙しいだろう。人間が人間の事情で忙しいように。

大島空港から南に向かって車を走らせる。大島には充分な捜査車両がないので、近隣のレンタカー会社の協力を貰《もら》う。深い緑の中を抜けていくと、徐々にひなびた町並みが広がっていく。

大島の人口の約三割が集結する、元町地区に着く。

平和な町並みだ。世界中の全ての悪意から忘れ去られているみたいだ。背の低い建物が寄木細工《よせぎ》のように並び、仲良しの兄弟のように身を寄せ合わせている。二千人という人口が狭い空間に集っているからか、来る前に抱いていた印象よりも、ずっと町らしい町だ。ありふれた郊外の都市くらいの印象はある。だが東京よりもずっと夜は早いらしく、二十二時台だというのにほとんどの店は閉まっていて、代わりに色とりどりの星明かりが町の空いた空間を満たしていた。自分が住んでいるのと同じ東京にありながら、ここはまるで違う原理で動いている場所のようだ。

珠緒は大島に来る前に、葵野が言っていたことを思い出した。

『深夜ともなれば気温が下がり、また気温の変化は風を作り出す。風を使って効果的に毒ガスを撒こうと思えば、爆弾の設置可能地点も限られてくる……。勾配《こうばい》の多い町の形状も、爆弾を設置できる場所に制限を与える。もちろん上手《うま》く使えば、最小限の毒ガスで、被害を最大にできる土地の形状であるとも言えるが、捜索範囲が絞りやすい土地とも言える。二時間もあれば、かなりの範囲を潰《つぶ》せるはずだ』

このヒントは捜索を主導する警部に伝えられ、ヘリ内で捜索隊に共有された。

捜査員たちは大島の爆弾捜索を始めた。


十月二十二日、二十三時。科対班の四人は一軒の空き家に近づいた。

比較的小高い位置にある、外壁の塗装が剝《は》げかかった、どことなく虚《うつ》ろな空き家だ。

家主と連絡が取れなかったため、鍵《かぎ》はない。人の居ないはずの家だが、一応チャイムを鳴らしてみる。

妙だ。中から人の気配がする。

珠緒と国府は顔を見合わせる。国府が言う。

「大村、銃を」

珠緒はスーツの内ポケットに忍ばせていた拳銃《けんじゅう》を手に取った。ずしりと手の平に冷たい重みを感じた。

訓練では撃ったことのある拳銃だが、実務で手に取ることはほとんど無い。訓練だって一年に一回程度で、毎年訓練のたびに使い方を思い出すような状態だ。十月の冷気に当てられた鉄の塊は、凍てつく氷を抱いているような気分にさせる。だがそれを、己の体温で温めてやるような気持ちで強く摑《つか》む。

事後承諾ということにして、窓ガラスの一部を割る。そこから手を入れてクレセント錠を回す。珠緒が窓を開けようとした、その時だった。

「伏せろ！」

気配に気づいた国府が叫んだ。反射的に身をかがめると、先ほどまで自分のいた空間が拳銃によって貫かれていた。遅れて窓ガラスの割れる音が続いた。

実行犯だ。

葵野たちは、爆弾と共に実行犯がいる可能性も想定していた。だがそれは第六の事件までとは違う性質の、特殊な実行犯だ。詳しくは葵野が語っていた。

爆弾の近くに人が居ないと、万一見つかりそうになった時に持ち出せないし、実行場所を変える必要があった時にも対応できない。大島には静かな時間が流れていて、状況の変化があまり起きないことを差し引いても、最低限一人は欲しい。

事前に葵野は、何通りものテロ形式を想定していたが、その一つがこの、実行犯と時限爆弾がセットになっているパターンだった。それならば人間が逃げたとしても、爆弾だけは粛々と任務を実行してくれる。人間不信の道化師の男らしい二段構えだ。

そして恐らく、実行犯たちは自分たちが持たされているものが、凶悪な化学兵器だとは知らされていないだろう。誰だってテロの実行時に、爆弾の間近に居たがるとは思えない。まさか強制的に自爆テロをさせられているとは思わないはずだ。

くわえて、道化師の男のスマートフォンに、第七の事件に関する履歴がないことも、また、過去の実行犯の逮捕の報道を前にして、犯人たちがテロを実行する理由についても、簡単な推理を聞かされていた。

推理が的中しているかも気になる。だが、さしあたっての任務は、目の前にある爆弾を止めることだ。珠緒は凍てつく拳銃の持ち手を握った。

時刻は二十三時を少し回ったところだ。テロの予測時刻まで、まだ一時間近くはある。だが、それはあくまで警察側の想定に過ぎず、警察に見つかったと悟った犯人が、二十二日のうちに捨て鉢で犯行を行う可能性もあるだろう。躊躇《ためら》いなく警察官を撃つような相手だ。一日一件のルールを反故《ほご》にして、いきなり今この瞬間に、爆弾を炸裂《さくれつ》させることもあり得るのではないか？

突入するべきだろうかと珠緒は思った。一刻も早く奴らを捕まえるのだ。冷たい銃身が手の平の体温を奪う。携帯させられたガスマスクの重みも感じる。

だがその時、彼女の手に誰かの手が重ねられた。

「待つんだ」葵野の手だった。

「葵野さん」

「実行犯が何人いるかもわからない。おまけにどれだけ武装しているかもわからない。僕らだけで戦うのは自殺行為だよ」

「でも、爆弾が……」

「だからこそだよ。下手に接触しても、やけっぱちの行動を呼ぶだけかもしれない。落ち着いて今は応援を待つんだ」

そう口にしている間中、葵野は珠緒が拳銃を握る手をずっと握りしめていた。珠緒の感情的な行動を止めるためだろう。でもそのおかげで、手の平が少しだけ温かくなったような気がした。その温かみが体の中にぽつぽつと広がっていき、不安を少しずつ融《と》かしていった。

二十三時十三分。

島中に放送が響き渡り、島民たちの緊急避難が始まった。国府は拡声器で実行犯たちに、計画の中止を呼びかけた。

「お前たちが持っているのは、過去の犯行に使われた化学兵器と同じじゃない」国府が言った。「お前たちを巻き込みかねないほどに凶悪な兵器だ。馬鹿なことはやめて、お前たち自身のためにも、今すぐ武器を捨てて投降しろ」

返答の代わりに、デタラメな方向に銃弾が飛んできてガラスを割った。

暗視スコープで見た所、中に三人組がいることと、そしてその中央に大きなキャリーバッグが置かれていることがわかった。ルイサイト爆弾はキャリーバッグごと、その周囲に死の露をばら撒《ま》くつもりだろう。

警察官たちは避難誘導をしながら、本庁から来る機動隊を待った。自分たちの今の装備で、拳銃を持った三人の犯人に立ち向かうのは得策ではない。今は避難が最優先だ。歯がゆい時間が過ぎていく。

二十三時四十二分、現場そばの駐車場に、ヘリで機動隊が着地した。計十二人という少人数だが、重装備の彼らを以《もっ》てすれば、拳銃を持った三人の犯人に対応するのはたやすいだろう。すぐに空き家の中に突入した。

二十三時四十六分。三人の実行犯が確保された。

無精髭《ぶしょうひげ》の生えた痩《や》せぎすの男が、悪態をつきながら連行されていく。彼は手に持った爆弾のスイッチらしいものを、「クソっ!!」と言いながらアスファルトに叩《たた》きつけた。

「何度押しても、全然爆発しねーじゃねーか！」

どうやら実行犯たちはずっと、やけっぱちの自爆テロを行おうとしていたらしい。

だが、それは上手くいかなかったようだ。

「ハリボテのボタンだったのか」と、葵野が言った。

やはり道化師の男は実行犯たちのことを、根本的に信用していなかったらしい。彼らは偽物のスイッチのみ渡されて、本当の爆破方法は時限式のみに絞られていた。

人間不信によって始まった道化師の男のテロ事件は、奇《く》しくも人間不信によって不発に終わった。

すぐに爆弾の凍結処理が始まった。信管を無効化されたルイサイト爆弾は慎重に回収され、安全な方法で解体された。


十月二十三日。

その日は日本全国が異常な緊張状態に包まれていた。

伊豆大島の爆弾を解体した後だとは言え、第二、第三の策が張り巡らされているとも限らない。各地での警備は続いた。

何も見つからずに十月二十四日の〇時を迎えた。日付が変わると同時に、北捜査一課長による緊急会見が開かれた。

「十月十七日から連続して起こっていた各地での毒ガス散布事件について、実行犯すべての確保、および首謀者の捕縛が完了しました」

北はここで初めて、二十二日の夜に伊豆大島にて、ルイサイト爆弾を処理していたことをマスコミに向けて発表した。ネット上ではSNSを通じて警察の物々しい動きは広まっていたが、それを公的に認めた形だ。

それから北は、過去六件のテロ事件に巻き込まれた人々を案じる言葉と、今回の事件解決について民間人や民間会社の協力をたくさん受けたことへの感謝の意を述べた。捜査本部で傍若無人に振る舞っていた彼とは、同一人物だとは思えないほどに丁寧な対応だ。

「……ですが、国内で化学兵器が撒かれ、無実の一般人を犠牲にするという、地下鉄サリン事件以来の凶悪犯罪を、未然に阻止できたことは確かな成果です。伊豆大島でのテロ検挙は、我々警視庁の誇り高い成果だと考えています。また、これほどに大規模なテロ事件に対して、一人の重傷者も出さずに終わることが出来たのは、国民の皆さんの協力のお陰です。これを三年前から続く、土星23事件の解決への一歩と捉《とら》えて、今後ともに事件の背後関係を、全精力を上げて暴いていきたいと思っております」

そう言って頭を下げた。会見を終えるにはいい頃合いだった。だが北は顔を上げると、やや低い声色に変わって――というより、北本来の声に戻って――言った。

「……それでは最後に、この報道を見ているであろう、卑劣な土星人の皆様方へのメッセージです」

不意に北の雰囲気が変わった。捜査本部のディスプレイで、中継を眺めている警察官たちにもそれはわかった。

北は真向かいにある生中継のカメラを真っ直ぐに睨《にら》むと言った。

「おい、クソッタレの土星人。コソコソと民間人を狙うくらいなら、警視庁本部庁舎にある俺の部屋に、爆弾でも持って乗り込んできやがれ。もちろん手下じゃなくてめえ自身でな」

唖然《あぜん》とする記者たちを残して、北は去っていった。

捜査本部で、ふと誰かが拍手をした。するとその拍手は別の拍手を呼んだ。拍手たちは寄り集まり、大きなこだまのようになった。

割れんばかりの拍手が上がった。続けて誰かが口笛を吹き、誰かがわけのわからない大声をまくし立てた。ともかく大きな音が部屋を満たしていた。彼らは北捜査一課長に対して、一斉に「よくぞ言ってくれた」という意を示しているのだ。

土星人には、ずっと辛酸を嘗《な》めさせられていた。いつも屈辱を味わされていた。だがようやく、初めて土星23事件の一つを未然に阻止することが出来た。そして彼らの主犯格の一人である、『道化師の男』を捕まえることも出来た。

辛勝ながらも、勝ちは勝ちだ。それは土星人相手に、今までに一度も味わったことの無いものだった。捜査本部は一つとなって勝利を祝った。ようやく、警察による土星人たちへの反撃が始まったのだと珠緒は思った。

7

会見後、最終日の実行犯の取り調べが再開された。

三人は揃って『道化師の男』について、会ったこともないし知らない、と言った。

それは、葵野が珠緒に聞かせた実行パターンの一つだった。

「珠緒さんは、道化師の男の人間不信は、自分にも及ぶと思う？」

「彼は自分すらも信じてないと思います」少し考えてから珠緒は答えた。

「じゃあ……」

道化師の男は、どのような経緯かは予想できないにせよ、これほどに大規模なテロ事件を行うのだから、その最中で自分が逮捕されることもありえるだろうと考えた。

もちろん細心の注意は払う。だが彼は自分の注意すらも信じていない。また自分が隠《いん》蔽《ぺい》工作をしたとして、それが上手《うま》くいくとも考えていない。

ならば逆転の発想だ。最終日の事件に関しては、自分が全く関わらないというのはどうだろう？

だから彼はルイサイト爆弾を作り、別の土星人にそれを渡して、計画だけを言い伝えて取り仕切ってもらうことにした。もちろん十月二十三日の、〇時〇分ちょうどに爆発するという、時限爆弾の保険付きで。こうすれば、信じる人間を最少にした状態でテロを実行することが出来る。

最終日の実行犯である、村田《むらた》、山中《やまなか》、出水《でみず》の三人は、一連の事件の主犯を名乗る人間から、『報道された男は犯人ではない、マヌケな警察組織は惑わされているだけだ』と言われたそうだ。またその男は警察組織が、仮初の『ћ』のルールに突き動かされていると見抜き、嘲笑《あざわら》っていたと言う。自分たちもネットの『危険エリア』や、実際の警察の警備の動きを見て、捕まることは無いと思って実行に移ったそうだ。結果的には、一度『ћ』の書き順を誤認させられたことが、犯人をおびき寄せる呼び水となったらしい。

「それで、その男の名前は何て言うんだ？」と、取調室で岡崎が聞いた。

本名は知らない。だが三人によると、『サーカスの団長』を名乗っていたという。

サーカスの団長……道化師《ピエロ》を従えているから、とでも言うのだろうか。

あの道化師の男が、条件付きとは言え信じていた人物だ。間違いなく土星人チームの中核にいる男だろう。珠緒はまだ見ぬ凶悪犯のことを思い浮かべた。

8

事件当時、あれほどに雄弁に弁舌を振るい、捜査本部を煙に巻いていた道化師の男だが、伊豆大島に仕掛けた爆弾が不発だったのを知ると、黙秘するようになった。

意思を持っての黙秘というよりは、今まで彼を突き動かしていた精気のようなものが、完全に尽きてしまったかのように見えた。食事も最低限だし、取調室に連れて行っても、ろくに会話にならず宙空を見つめているだけだ。彼はまるで精神的な自殺を終えた後の肉体の抜け殻のように見えた。

二十四日は休日だったので、科対班の面々は休んだ。珠緒にとって、これ以上ないくらいに嬉《うれ》しい休みだった。

二十五日になって、班室で道化師の男の取り調べの映像を眺めた。

珠緒は道化師の男を見て、すこし驚いた。自分と話していた時とは完全に変わってしまっている。だが動揺は意外と大きくはなかった。

死ぬという意味では、彼は恐らく自らの伯父夫婦を殺した時に死んでいたのだろうという、理屈にならない感想が珠緒の頭をかすめたからだ。後に残った彼は、ただ怒りが詰まっただけの抜け殻だ。だから今の彼は、その死が顕在化しただけなのだ。珠緒はそんな奇妙な考えを抱いた。

道化師の男の本名は割れていた。

三田善之助《みたぜんのすけ》。

もちろん名付け親の心理はわかりようがないけれども、なるべく善《よ》い子になるように名付けられた名前であることは推測できた。

善、という漢字一文字を、珠緒は口の中で転がした。そして『リュックサックの中の捨てられない荷物』という、彼自身の言葉を立て続けに思い出した。

彼はそれを、なんとか捨てようとしていたのだろうか。捨てようとして一体、どこまで行ったのだろうか。

取調室の映像からは、何の情報も得られなかった。なんせ道化師の男は何も話さないからだ。

松浦は「もう飛ばしましょうよ」と言って、再生速度を十六倍にしたが、それに反対する科対班の班員もいなかった。

再生速度を十六倍にしても、ほぼ画面に動きがない。それはそれで奇妙だ。道化師の男は、せいぜい机の上で気まぐれに指を動かしているだけで――。

その時だった。ふと葵野が言った。

「……映像を巻き戻してくれないか？」

「なんですか？」松浦が聞いた。

「絵を描いてるんじゃないか？」

葵野の言う通り、道化師の男の指は、なにかを描いているように見えなくもなかった。意識的な動きというよりは、祈る時につい胸元に手を持っていってしまうような、そんな無意識的な動きには見えるけれど。

葵野が分と秒を口にする。松浦は言われたままに、そこから十六倍速で再生し直す。

相変わらず、意味のある絵を描いているようには珠緒には見えない。だが葵野は何かに気づいたかのように、確信を持って言った。

「あの絵だ」と言って手を打った。

「……ええと、何の絵でしょう？」珠緒は言った。

「茉理奈ちゃんが佐井義徳から受け取った絵だよ」

あっ、と、つい珠緒は声を漏らした。

二ヶ月前の誘拐事件の時に、佐井義徳は佐井茉理奈に向けて、たった一枚の絵を残していた。『愛する茉理奈へ。この絵を見たら近づくな』のメッセージと共に。

それ以外の捜査資料は、目の前の道化師の男によって盗難されてしまったのだが、その一枚の絵だけが、特別扱いされて茉理奈に渡されたのだ。

それは絵というのもはばかられるような、なんの意味も無さそうな白黒の落書きだった。一見気まぐれな、呪術的な線の集合だった。もちろん絵の正体を突き止めるための、ある程度の捜査は行われたのだが、今の所、なんの情報も得られていなかった。つまるところ絵に関しては謎に包まれていた。義徳が命を賭《か》けて娘に残した絵だ。それだけの価値があるはずなのだが。

その絵と全く同じものを、道化師の男の指は描いているらしい。抽象的な絵だが、どうやら異常な記憶力を持った葵野には、確信を持って同一だと言えるようだ。様子を見る限り、意識的な動作ではないだろう。だが確かにあの絵は、道化師の男の脳内に刻み込まれているようだ。それが無意識の動作に出てしまうくらいには。

「あの絵は一体、なんなんでしょうね」

珠緒はぽつりと呟《つぶや》いた。

映像の中の道化師の男は、ただ電池の切れかけた玩具のように、自らの指を絵に沿うように動かし続けていた。

9

その日、珠緒が警視庁の廊下の自動販売機のところまで歩いていると、小さなおじいさんがいた。清掃の人だろうか……と思ってから、ひっと声をあげて飛び退きたいような気持ちになった。

よく見ると我らが捜査一課長、北総一郎《そういちろう》だ。慌てふためく珠緒をよそに、北の方は穏やかに言った。

「おお、大山巡査部長」

名前を間違えられている。だがそれを指摘できるほどの胆力を自分は持っていない。私は葵野とは違うのだ。

捜査本部で見た北とは違って、背筋も曲がっているし、かなり柔らかな雰囲気だ。というより事件以前に、定期報告の映像などで見た彼の印象はこんな感じだった。だが、今となってはこの中に『鬼の北』が宿っていることを知ってしまっている。落ち着いた姿を見せられてみても、逆にプレッシャーをかけられているような気分だ。

「き、北捜査一課長」と、ややつっかえながら珠緒は言った。硬い声になってしまっている。もっと自然に振る舞わねば。

一方の北は飄々《ひょうひょう》とした様子で、自動販売機にあるボスのブラックコーヒーのボタンを押した。自分で飲むのかなと思ったら、それを珠緒に手渡した。

「ほらよ」

珠緒は小さな声で「あ、はい」と言った。北は続けて言った。

「次も頼んだぜ、大村巡査部長」

そう言うと、彼自身のブラックコーヒーを買って、立ちすくんでいる珠緒をよそに去っていった。その後ろ姿を珠緒は呆然《ぼうぜん》と見送った。

どうやら北なりのねぎらいだったらしい。手の中にあるブラックコーヒーの缶は熱く、一度服の袖《そで》の上に置き直さないと耐えられないくらいだった。名前を二分の一の確率で当ててくれたのだろう、と珠緒は思った。すこしは認められたのだろう、と珠緒は思った。

ブラックコーヒーのプルタブを引いてからふと思う。私はあまりコーヒーをブラックで飲まない方なのだ。でも、たまにはいいかと思う。

口に入れるとほろ苦さが広がっていく。うーん、あまり美味《おい》しいとは思えない。だが私はけっこう、見知らぬ体験をするのが嫌いじゃない。

もう一口飲んで、ブラックコーヒーの缶を見つめ直す。改めて見てみると、ボスの黒い缶のおじさんのデザインは、ちょっと洒落《しゃれ》てる感じかもしれない。

エピローグ

土曜日、葵野が珠緒と茉理奈の家にやってきた。

なぜだかスーパーのビニール袋を提げている。袋の中には今にもパックからはみ出そうになっている、生き生きとしたタコの白い足が入っていた。

「そのタコ、どうしたんですか?」と、珠緒は聞いた。

「今朝、三来のお父さんが家にやってきてね。おすそ分けみたいな感じでくれたんだ。近くに住んでいるから、時々あるんだよ」

ふうん、と珠緒は言った。三来は死んでしまった葵野の元恋人の名前だ。葵野は今でも、彼女のお父さんと関わりがあるらしい。

もしかするとお父さんの方が、機会を見つけては葵野と関わるようにしているのかもしれない、と珠緒は思った。なんとなく、葵野を放っておけない気持ちはわかるからだ。彼は時々、食生活をないがしろにしたりするし、変人のようでいて、意外と如才ないようでいて、けれども妙に純粋なところがあったりして、時たま世の中の残酷さと正面衝突しては、その傷を誰にも見せずに飄々と振る舞ったりするからだ。

葵野のタコを手に持ってみるとかなりの重さがあった。そのくせ包装に貼られた値段は意外な安さだ。珠緒はスーパーでこのタコを見て「葵野数則くんに一つ買ってあげようかな」と考える中年男性のことを想像する。そのままレジへと持って行って、葵野の家を訪れる後ろ姿も想像する。

「ただ、この大きさだ。一人では食べきれないと思ってね」葵野は言った。「冷凍というのも考えたのだが、タコは鮮度が大事だろう。そこで珠緒さんと茉理奈ちゃんと一緒に食べるのはどうかなと思ったんだ」

「嬉《うれ》しいですね」珠緒は指を組み合わせた。「どうやって食べるんですか？」

「パスタにしようと思っている」

「タコをパスタですか？」ちょっと意外な用途だと珠緒は思った。

「うん。パスタと言うと日本だとすこし背伸びをしている印象もあるけれど、イタリアだと国民食なんだ。さっと作って一日に一食は食べるらしい。だから家にある余った食材なんかを、なんでも具材にしてパスタにしてしまうそうだよ」

「日本人が味噌《みそ》汁に余った食材を入れるような感じでしょうか」

「かもしれない。そこで僕は、タコを入れるのはどうかなと思ってね。タコの味が滲《し》み出たペペロンチーノなんかはどうだろう」

「美味しそうですね」と、珠緒は声を弾ませた。

と言ってはみたものの、珠緒は正直、葵野の作るパスタの味には半信半疑だった。なぜなら葵野自身、こんなにも大きな具材を入れて、さらに三人分のパスタを作ることはあまり無いらしく、調味料を入れる時にも、彼にしてはかなり確信が無い素振りで、首を捻《ひね》ったりしていたからだ。珠緒は料理している葵野を見ながら、もう少し塩を入れた方がいいんじゃないでしょうか、のような助言をしようと思ったが堪《こら》えた。

葵野が料理をしていると、珍しく茉理奈が部屋を出てきた。そして、葵野の後ろを右に左に歩きながら、「計算複雑性理論の質問をしていいですか」と、明るく言った。

葵野は茉理奈の難しそうな質問に、九九でも暗唱するみたいに軽やかに答えながらも、目の前のパスタの大きさに振り回されていた。それが珠緒には可笑《おか》しかった。どうして計算複雑性理論を闊達《かったつ》に話しながら、パスタ作りに苦戦しているのだろう。

葵野は味見をする。彼は眼光を鋭くして「うん」と言った。その様子を見るに、どうやらそんなに上手《うま》くは出来なかったらしいぞ、と珠緒は思った。まあ、手元の調味料で多少味を整えれば良いだろう。

だが、珠緒の予測はいい意味で外れた。そのパスタは今までに食べたどのパスタよりも、抜群に美味しかった。葵野は調味料をあまり入れていない様子だったが、それが逆にタコ本来の旨みを際立たせ、パスタ全体に旨みが浸透していたのだ。

「美味しいですね」と、珠緒は興奮して言った。

「風味がある気がします」と茉理奈は言いながら、ガツガツと料理を口に運んでいた。

「良かった」と、葵野はやや安堵《あんど》した様子だった。

「どうしてもっと自信満々に提供しなかったんですか？」と、珠緒は味見をしながら自信なげにしていた葵野を思い出しながら言った。

「実はね。味見の時は、熱くて味が全然わからなかったんだ」と言って、葵野は肩をすくませた。

珠緒は笑った。あんなにも真面目な顔をしておきながら、内心では「味が全然わからない」と思っていたのだ。考えてみれば捜査の時に、答えが思いつかなくて悩んでいる時の葵野と同じ顔だった。

窓の外の風景は夜の紺色に染まり、なにもかもが群青色に変わっていった。そして自分たちのいる一室は穏やかなオレンジ色の光の中にあった。茉理奈が食べ物を口に入れたまま数学の話をし、葵野が微笑んで彼女の話題に答えた。それを見る珠緒の口元にも自然と笑みが浮かんでいた。

いつまでもこんな時間が続いていけばいい。この世界になんの不幸も訪れなければいい。謡うような団欒《だんらん》の中で、ふと珠緒はそう願った。

本書は書き下ろしです。

シュレディンガーの容疑者《ようぎしゃ》
学者警部《がくしやけいぶ》・葵野数則《あおいのかずのり》
中西《なかにし》 鼎《かなえ》

令和5年 3月25日 初版発行

発行者●山下直久

発行●株式会社KADOKAWA
〒102-8177 東京都千代田区富士見2-13-3
電話 0570-002-301(ナビダイヤル)

角川文庫 23580

印刷所●株式会社暁印刷
製本所●本間製本株式会社

表紙画●和田三造

●お問い合わせ
https://www.kadokawa.co.jp/(「お問い合わせ」へお進みください)
※内容によっては、お答えできない場合があります。
※サポートは日本国内のみとさせていただきます。
※Japanese text only

ISBN 978-4-04-113406-1 C0193

◇◇◇

角川文庫発刊に際して

角　川　源　義

第二次世界大戦の敗北は、軍事力の敗北であった以上に、私たちの若い文化力の敗退であった。私たちの文化が戦争に対して如何に無力であり、単なるあだ花に過ぎなかったかを、私たちは身を以て体験し痛感した。西洋近代文化の摂取にとって、明治以後八十年の歳月は決して短かすぎたとは言えない。にもかかわらず、近代文化の伝統を確立し、自由な批判と柔軟な良識に富む文化層として自らを形成することに私たちは失敗して来た。そしてこれは、各層への文化の普及滲透を任務とする出版人の責任でもあった。

一九四五年以来、私たちは再び振出しに戻り、第一歩から踏み出すことを余儀なくされた。これは大きな不幸ではあるが、反面、これまでの混沌・未熟・歪曲の中にあった我が国の文化に秩序と確たる基礎を齎らすためには絶好の機会でもある。角川書店は、このような祖国の文化的危機にあたり、微力をも顧みず再建の礎石たるべき抱負と決意とをもって出発したが、ここに創立以来の念願を果すべく角川文庫を発刊する。これまで刊行されたあらゆる全集叢書文庫類の長所と短所とを検討し、古今東西の不朽の典籍を、良心的編集のもとに、廉価に、そして書架にふさわしい美本として、多くのひとびとに提供しようとする。しかし私たちは徒らに百科全書的な知識のジレッタントを作ることを目的とせず、あくまで祖国の文化に秩序と再建への道を示し、この文庫を角川書店の栄ある事業として、今後永久に継続発展せしめ、学芸と教養との殿堂として大成せんことを期したい。多くの読書子の愛情ある忠言と支持とによって、この希望と抱負とを完遂せしめられんことを願う。

一九四九年五月三日

角川文庫ベストセラー

アルキメデスの捜査線
学者警部・葵野数則

中西鼎

警視庁捜査一課に異動となった大村珠緒。新設部署『科対班』で彼女の新たなバディとして待っていたのは、元数学者の刑事・葵野数則だった。感性と理性、異なる長所を持つ2人が難事件に挑む！

警視庁文書捜査官

麻見和史

警視庁捜査一課文書解読班——文章心理学を学び、文書の内容から筆記者の生まれや性格などを推理する技術が認められて抜擢された鳴海理沙警部補が、右手首が切断された不可解な殺人事件に挑む。

永久囚人
警視庁文書捜査官

麻見和史

文字を偏愛する鳴海理沙班長が率いる捜査一課文書解読班。そこへ、ダイイングメッセージの調査依頼が舞い込んできた。ある稀覯本に事件の発端があるとわかり作者を追っていくと、更なる謎が待ち受けていた。

灰の轍
警視庁文書捜査官

麻見和史

遺体の傍に、連続殺人計画のメモが見つかった！さらに、遺留品の中から、謎の切り貼り文が発見され——。連続殺人を食い止めるため、捜査一課文書解読班を率いる鳴海理沙が、メモと暗号の謎に挑む！

影の斜塔
警視庁文書捜査官

麻見和史

ある殺人事件に関わる男を捜索し所有する文書を入手せよ——。文書解読班の主任、鳴海理沙に、機密命令が下された。手掛かりは1件の目撃情報のみ。班解散の危機と聞き、理沙は全力で事件解明に挑む！

角川文庫ベストセラー

心霊探偵八雲1
赤い瞳は知っている
神永　学

死者の魂を見ることができる不思議な能力を持つ大学生・斉藤八雲。ある日、学内で起こった幽霊騒動を調査することになるが……次々と起こる怪事件の謎に八雲が迫るハイスピード・スピリチュアル・ミステリ。

心霊探偵八雲2
魂をつなぐもの
神永　学

恐ろしい幽霊体験をしたという友達から、相談を受けた晴香は、八雲のもとを再び訪れる。そんなとき、世間では不可解な連続少女誘拐殺人事件が発生。晴香も巻き込まれ、絶体絶命の危機に――!?

心霊探偵八雲3
闇の先にある光
神永　学

「飛び降り自殺を繰り返す女の霊を見た」という目撃者の依頼で調査に乗り出した八雲の前に八雲と同じく〝死者の魂が見える〟という怪しげな霊媒師が現れる。なんとその男の両目は真っ赤に染まっていた!?

心霊探偵八雲4
守るべき想い
神永　学

逃亡中の殺人犯が左手首だけを残し、骨まで燃え尽きた異常な状態で発見された。人間業とは思えないその状況を解明するため、再び八雲が立ち上がる！「人体自然発火現象」の真相とは？

心霊探偵八雲5
つながる想い
神永　学

15年前に起きた一家惨殺事件。逃亡中だった容疑者が、突然姿を現した!?　そして八雲、さらには捜査中の後藤刑事までもが行方不明に――。冬とともに八雲に最大の危機が訪れる。

角川文庫ベストセラー

脳科学捜査官　真田夏希

鳴神響一

神奈川県警初の心理職特別捜査官・真田夏希は、医師免許を持つ心理分析官。横浜のみなとみらい地区で発生した爆発事件に、編入された夏希は、そこで意外な相棒とコンビを組むことを命じられる――。

脳科学捜査官　真田夏希　イノセント・ブルー

鳴神響一

神奈川県警初の心理職特別捜査官の真田夏希は、友人から紹介された相手と江の島でのデートに向かっていた。だが、そこは、殺人事件現場となっていた。そして、夏希も捜査に駆り出されることになるが……。

脳科学捜査官　真田夏希　イミテーション・ホワイト

鳴神響一

神奈川県警初の心理職特別捜査官・真田夏希が招集された事件は、異様なものだった。会社員が殺害された後に、花火が打ち上げられたのだ。これは殺人予告なのか。夏希はSNSで被疑者と接触を試みるが――。

脳科学捜査官　真田夏希　クライシス・レッド

鳴神響一

三浦半島の剱崎で、厚生労働省の官僚が銃弾で撃たれ殺された。心理職特別捜査官の真田夏希は、この捜査で根岸分室の上杉と組むように命じられる。上杉は、警察庁からきたエリートのはずだったが……。

脳科学捜査官　真田夏希　ドラスティック・イエロー

鳴神響一

横浜の山下埠頭で爆破事件が起きた。捜査本部に招集された神奈川県警の心理職特別捜査官の真田夏希は、カジノ誘致に反対するという犯行声明に奇妙な違和感を感じていた――。書き下ろし警察小説。